황제를 위하여

1

황제를 위하여

FOR THE EMPEROR

이문열 장편 소설

1

RHK
알에이치코리아

40년 만의 교정 추고 판(版)을 내며

조나단 스위프트는 만년에 자신이 쓴 『걸리버 여행기』를 다시 읽고 스스로 감탄했다고 한다.

"여기 참 재주 있는 젊은이가 있었군."

그런데 초판 출간 거의 40년 만에, 아마는 마지막이 될 듯싶은 교정 추고 판 서문을 쓰기 위해 『황제를 위하여』를 다시 읽는 내 느낌은 그런 스위프트만큼 느긋하지도 감동스럽지도 못하다.

"그때 참으로 고단하고 막막하던 서생[文靑]이 하나 있었군."

아마도 70년대 후반 처음 '황제를 위하여' 초고를 구상하던 시절의 나를 떠올린 탓이었을 것이다. 그때 나는 출발부터가 비뚤어진 지향과 열정으로 여러 해 세상 밖을 떠돌다가, 마침내 패잔하여 70년대 초 소매를 떨치고 떠났던 문학으로 되돌아온 지 오래지 않은 때였다. 한판 크게 싸움에 져서 간과 뇌를 땅에 바른[肝腦塗地] 지경까지는 아니라도, 헛되이 푸른 구름[靑雲]을 좇다가 거름더미에 처박힌 꼴은 되어 늙으신 어머니와 어린 처자를 거느리고 도회로 나온 뒤 몇 해를 삶의 진창에서 허우적거리고 있었다.

어느 날 문득 『한비자(韓非子)』 한 구석에 나오는 옛 중국의 아나키스트 광휼(狂矞)과 화사(華士)나 『맹자』 「등문공(滕文公)」 장에 나오는 농가(農家) 허행(許行)으로 동양의 무정부주의나 사회주의 사상을 말할 수도 있고, 도연명이나 가의(賈誼)를 워즈워드나 보들레르처럼 불러내 두시언해(杜詩諺解)나 근대의 몇몇 볼 만한 의고문(擬古文) 번역체로 엮으면 우리 스산한 근대사를 재미있게 빗대어 엮어볼 수도 있겠다 싶으면서 이 자못 장엄하면서도 황당한 서사의 실마리가 엮이기 시작했다.

한번 흥이 일자 난데없는 호기가 나고 감흥이 치솟아, 나는 몇 달 만에 '백제실록(白帝實錄)'이라는 대략 2백자 원고지 7백 장 분량의 대학노트 초고를 가지게 되었다. 1977년도 다해 갈 무렵이었다. 하지만 이듬해 내가 대구 〈매일신문〉에 편집기자로 일자리를 얻게 되면서 새로운 생업에 골몰하느라 그 초고는 더 진전 없이 대학노트에 휘갈겨진 상태로 내 묵은 원고더미 속에 묻혀 있었다.

그러다가 당시로는 아주 늦어서야 〈동아일보〉 신춘문예로 등단한 뒤인 80년대 초 어느 해, 그 무렵 창간된 계간지 〈문예중앙〉에 장편으로 분재(分載)가 결정되면서 그 '백제실록'은 '황제를 위하여'란 제목으로 환골탈태하게 된다. 원래는 '위료황제(爲了皇帝)'라는 백화문체(白話文體) 한문 제목이었으나, 우리 독자가 알아보기 쉽게 국한문 혼용체로 바꾼 것이었다. 제목이 바뀌고 유사(類似)실록 문체에서 장회소설(章回小說) 형태로 재구성되면서 연재는 한 분기에 2백자 원고지 3백매 남짓의 장(章)으로 1년 반에 6회 분재되었고, 완성된 전체 원고 매수는 대략 2백자 원고지 2천 장 남짓이었다고 기억된다.

초판은 어떤 운동권 쪽 출판사에서 내게 되었는데 좋은 계기로 만났으나 헤어짐은 신통치 못했다. 어쭙잖은 감정싸움, 체면싸움 끝에 초판 1만 부로 합의 절판하고, 재판은 다른 출판사에서 낸 '한국 현대소설 33인 전집' 끄트머리 권으로 들어갔는데, 그 전집 기획이 크게 성공해 월부판매로 백만 질을 넘긴 덕분에 3년에 걸쳐 백만 부 가까운 인세를 월급처럼 나누어 받았던 기억이 있다. 하지만 기획된 서른세 권 전집 가운데 한 권이라 흐지부지되었다가 90년대 초입 고려원이란 곳에서 다시 상하 두 권의 단행본으로 나누어 내게 되었으나, 책의 운명이 기구해서인지 그곳 또한 네댓 판 내고는 문을 닫아 2000년도 이후에는 민음사 판으로 넘어갔다.

민음사에서는 기세 좋게 『황제를 위하여』를 '민음 세계명작 전집'에 1, 2 두 권으로 나누어 끼워 넣었는데, 내가 이 최종 교정판 원본으로 쓴 2018년도 민음사 판은 40쇄로 나와 있다. 1쇄에 몇

부를 찍었는지는 잘 모르겠으나, 지난 40년간 꾸준히 독자의 사랑을 받았음은 마음속으로 늘 고마워해 왔다.

이번에 RHK 출판사 편집부가 새로 찾아 실어준 고(故) 김현 서울대 교수의 『황제를 위하여』 평문(評文)은 그 과분한 지우(知遇)로 지난 30여 년 판을 바꿔낼 때마다 내 교정과 추고를 게을리할 수 없게 만들었다. 옛 사람을 떠올리며 새삼 숙연해진다.

2020년

부악白虎 蒼友岡에서

이 문 열

3판 서문

 기구한 인연의 책이다. '82년에 첫 출간됐으나 이런저런 사정으로 초판에서 그치고, 다시 '84년에 출판사를 바꾸어 두 번째 출간을 맞았으나, 이번에는 출판사 사정으로 역시 초판에서 끝나게 되고 말았다. 그러하되 자식을 아는 데 부모만 한 이가 있으랴. 나는 이 책의 정신적 어버이로서, 믿건대 이 책을 나의 여러 자식 중에서도 쓸 만한 자식 중의 하나라고 생각한다. 이에, 고려원의 요청을 받아 세 번째로 독자에게 다시 선을 보인다. 아이들 말로 삼세판이라는 게 있던가.

1991년 10월
이문열

초판 서문

　처음 이 작품을 구상할 때 나는 두 가지 의도를 가지고 있었다. 그 하나는 금세기의 한국 역사가 보여주는 의식 과잉 내지 이념에 대한 과민 반응을 역설적으로나마 지워보려는 것이었고, 다른 하나는 나날이 희미해지고 멀어져가는 동양적인 것에 대한 향수를 일깨우는 것이었다.

　가만히 돌이켜보면 멀게는 개화파(開化派)와 수구파(守舊派)의 투쟁에서, 가깝게는 민주·공산(民主·共産)의 대립에 이르기까지 근세사에 있어서 가장 격렬하고 비극적인 사건들은 모두 이념의 부재에서가 아니라 과잉에서 왔고, 옛것 또는 동양적인 것에 대한 집착보다는 새것 또는 서구적인 것에 대한 지나친 민감에서 온 것으로 여겨진다. 따라서 나는 그 모든 것들 ─ 과학과 합리주의, 갖가지 종교적 이념, 그리고 금세기를 피로 얼룩지게 한 몇몇 정치 사상 등등 — 이제는 거의 아무도 그 유용성이나 정당함을 의심하려 들지 않는 것까지도 순전히 동양적인 논리로 지워보려 애썼다. 비록 역설적이고 황당하더라도, 부분적인 진실만 들어 있다면, 우리가 다시 불필요하고 무분별한 의식 과잉에 빠져드는 걸 제어하는 한 조그만 장치의 역할을 할 수 있으리란 생각에서였다.

그다음 동양적인 것, 특히 한문화(漢文化)의 고전에 대한 향수를 새삼 일깨우려든 것은 우리 시대의 지나친 무관심과 냉담에 대한 일종의 반발에 가까운 것이었다. 오늘날의 젊은 세대는 플라톤이나 아리스토텔레스의 저서는 읽으면서도 사서삼경은 낡았다고 읽지 않고, 보들레르에게는 감탄하면서도 이하(李賀)를 아는 이 드물다. 니체에게는 심취하면서도 장자를 이해하려 들지는 않고, 로버트 오웬은 알아도 허자(許子)는 낯설어한다. 그러나 진정으로 우리가 세워야 할 문화의 유형이 있다면 그것은 우리의 전통에 깊이 뿌리내린 동양적인 것과 새롭고 활기찬 서구적인 것의 조화에 있지, 어느 한편에 대한 일방적인 배척과 다른 편에 대한 무조건적인 추종이나 몰입에 있지는 않을 것이다. 따라서 문화적인 사대주의의 부활이라는 비난의 우려에도 불구하고 나는 지나치리만치 자주 중국의 고전들을 인용하였다. 서구인들이 그리스·로마 문명에서 자기들 전통의 뿌리를 찾는 것을 부끄러워하지 않는 것처럼, 우리가 전통의 뿌리를 한족(漢族)을 중심으로 이루어진 동북아문화권(東北亞文化圈)에서 찾는 것을 부끄러워해야 할 필요는 없기 때문이다.

하지만 이 작품이 연재된 지난 2년간은 내게는 그대로 소모와 피로의 세월이었다. 처음의 의도는 그런대로 뜻있는 것이었으나, 완결짓고 보니 아무래도 만족스럽지만은 못한 작품이 되고 말았다. 지우는 작업도 제대로 된 것 같지가 않고 동양 정신의 정수(精粹)를 끌어내 보이려던 것도 터무니없는 야심이 되고 만 것 같다. 그러나 어쩔 수 없다. 이번은 여기까지뿐이다. 못다한 얘기, 빠뜨린 메시지들은 다음에 쓸 다른 작품에서 기대해 볼 수밖에. 몹시 무더운 여름이다.

1982년 8월
이문열

카프리치오
서주(序奏)

여러 해 전 내가 어느 시답잖은 잡지사에 근무할 때의 일이다. 시답잖은 잡지사란 이를테면, 겨우 열차간의 심심파적이나 될까 말까 한 책자 몇 천 권을 월초쯤에 뿌려 놓고는 자기들이 대한민국의 문화와 예술을 어깨에 걸머지고 있는 것쯤으로 착각하고 있는 잡지사를 말한다.

유난히 무덥던 그해 여름 어떤 날 오후 늦게 나는 돌연 데스크의 호출을 받았다. 이제 그만 덮고 일어나 어디 시원한 생맥줏집으로나 찾아들까 하던 참이었으므로 별로 달가울 리 없는 호출이었다.

"이걸 한번 읽어두쇼, 내일 아침까지."

내 기분쯤이야 아랑곳없다는 듯 부장은 책 한 권을 내밀며 간결하게 지시했다.

"난데없이 노스트라다무스의 예언서가 번역돼 팔리는 걸 보고 생각한 건데…… 다음 호 특집거리로 어떨는지."

나는 내 앞으로 밀어 논 책을 집지도 않고 멀거니 훑어보았다. 『신역(新譯) 정감록』. 어디 밤늦은 거리 모퉁이에서 가스등 밝힌 리어카의 좌판 위에다 벌여 놓고 지나가는 사람에게 덤핑으로나 떠안길 법한 조잡한 책이었다.

내가 선뜻 책을 집어 들지 않고 표지만 살피고 있자 부장이 이번에는 약간 설득조로 나왔다. 그가 항용 즐겨하는 현학적인 문어 투(文語套)였다. 누가 탈락 교수 아니랄까 봐, 원.

"사람은 항상 자기 시대 또는 자기 자신의 삶에 부하(負荷)된 짐이 가장 무겁다고 생각하는 버릇이 있어요. 그런 점에서 말세론은 모든 시대에 공통하는, 그리고 인간들의 대표적인 비관론이 될 겁니다. 특히 종교에 있어서는 그것이 일반 대중을 위협하고 굴복시키는 가장 효과적인 수단이었지요.

하지만 또 말세론은 거기에 대처할 구세주의 존재로 인해 인간들의 보편적인 낙관론을 보여주기도 합니다. 유대교도들의 메시아, 기독교도들의 재림 예수, 불교도의 미륵불, 조로아스터교도의 샤오샨은 물론, 일본의 오오모[大母] 교도들도 자기들의 새 구세주를 가지고 있어요.

요즘 젊은이들에게는 좀 실감이 나지 않을 테지만, 고유한 의미로 보아 우리들의 대표적인 말세론과 메시아는 바로 이 『정감록』

과 계룡산에 도읍할 정(鄭) 진인(眞人)이 될 거요. 하기야 말세론은 허황되고 메시아는 빈약하기 짝이 없죠. 그러나 지금쯤 한번 그쪽을 더듬어보는 것도 어떤 의미가 있을 겁니다.

물론 지금이 말세라는 것은 아니고, 경기의 침체나 정국의 불안정도 일시적인 것으로 보이지만, 어느 정도 위기의식은 모두 느끼고 있으니까…… 아마 독자들에게도 꽤 흥미 있는 관심거리가 될 거요."

그렇게 나온다면 도리 없었다. 나는 군말 없이 그 책을 집어 들고 내 자리로 왔다. 그러고는 강렬한 생맥줏집의 유혹도 포기하고 똑바로 하숙집에 돌아가 밤늦도록 읽었다. 시답잖은 잡지사라고 말했지만 그래도 오랜만에 얻은 직장이었으니까.

미상불 재미없는 것은 아니었으나 한편으로 밤늦도록 그런 책을 읽고 앉았는 자신이 한심스럽기도 했다. 로켓이 달나라를 지나 화성을 오락가락하고, 세계 정치가 두루뭉수리 한데 얽혀 돌아가는 마당에, 유독 우리만 계룡산에 정(鄭)씨 팔백 년, 전주에 범(范)씨 육백 년, 다시 송악으로 돌아가 왕(王)씨 몇백 년의 왕조라니. 거기다가 메시아는 또 뭐 이따위가 있어. 무슨 성(姓)이 언제 왕이 되어 잘 먹고 잘 살리라는 얘기지, 질곡에 빠진 백성을 어찌어찌 구제한다는 말은 눈 씻고 봐도 없지 않은가 ― 내 한심한 기분은 주로 그런저런 이유에서였다.

그러나 일은 그 한심한 독서로 끝나지 않았다. 다음 날 아침 잠이 모자라 부숭부숭한 얼굴로 출근한 내게 독후감 따위는 자신의 지레짐작으로 때운 부장이 이렇게 지시했다.

"흥미 있었을 줄 믿습니다. 그럼 이제 취재비를 타서 현장엘 가봐요, 계룡산엘. 이게 진부한 '르포'가 될지, 참신하고도 뜻있는 특집물이 될지는 이 형의 능력과 창의에 달렸소."

……그것이 그해 내가 갑자기 계룡산을 찾게 된 경위였다.

분명히 모자랄 테지만, 그래도 취재비랍시고 몇 푼 타 지갑을 채우고 따분한 편집실을 빠져나오고 보니 그리 나쁜 기분도 아니었다. 하늘이 찌뿌둥한 것도 오히려 뜨거운 햇살을 막아 시원해서 좋았다. 대전까지의 고속버스 속 두 시간은 아리따운 아가씨와 한자리가 되었는데, 그 또한 내게는 예사 행운이 아니었다. 어디로 여행할 때, 내 옆자리에 앉은 사람이 몸피 큰 역도 선수나, 한 잔 걸친 술꾼이나, 차멀미로 토악질을 해 대어 나까지 메스껍게 만드는 할머니가 아니면 도리어 이상할 정도니까.

그럭저럭 신도안(新都安)까지도 잘 갔다. 고속버스터미널 근처를 얼씬거리며 차편을 알아보다가 운 좋게 그곳 삼동원(三同院)이란 곳을 찾아가는 원불교 교도 둘을 만나 서울의 좀 먼 곳 택시값 정도로 그 골짜기까지 편하게 갈 수 있었다.

그러나 비마저 질금거리는 신도안 장터거리에 내려서는 순간부터 나는 곧 막막한 기분이 들었다. 너무 급하게 오느라고 변변한 지도 한 장 없을 정도로 필요한 예비 지식을 전혀 갖추지 못한 탓이었다. 그제서야 나는 속이 상해, 나를 그 지경으로 내몬 서울의 부장에게 '씨벌놈'을 수없이 내뱉었지만 몇백 리 저쪽 사람이 알아들을 리 없었다. 하기야 알아듣는다 해도 큰일일 테지만.

거기서 나는 할 수 없이 근처 술집에서부터 시작하게 되었다. 빈약한 취재비에는 과중한 안주 한 접시를 시켜 놓고 예쁘지도 않은 중년의 안주인을 추켜가며 수작을 시작하는데, 마침 알맞아 뵈는 한 사람이 술청으로 들어섰다. 그 동네에 적어도 삼십 년은 붙박여 살았음직한 중늙은이었다. 내가 술자리로 그를 청하자 그는 그래야 마땅하다는 표정으로 맞은편 의자에 앉았다. 사양도 않고 술잔을 받아 비우는 품이 듣지 않아도 네놈 수작을 다 안다는 투였다.

과연 내 짐작은 틀림없었다. 술잔이 몇 순배 돈 후 내가 막 본론을 꺼내려는데 그쪽에서 먼저 선수를 치고 나왔다.

"사람도 참 여러 질이란 말여. 골골이 틀어박혀 미쳐 돌아가던 연놈들도 우습지만, 그걸 또 시시콜콜히 물어가서는 뭘 하겠다는 건지, 원……."

비아냥거리는 것인지 딱하게 여기는 것인지 구별 못할 어조였으나 내가 찾아온 목적은 정확히 알고 있는 것처럼 보였다. 그래서 나는 앞뒤 보탤 것 없이 바로 물었다.

"저 같은 사람이 자주 옵니까?"

"자주 오다마다. 무슨 교수다, 기자다, 논문 준비하는 대학생이다……. 젊은 선생은 아마도 기자겠구먼."

"잘 보셨습니다. 조그만 잡지사에서……."

"허면 너무 늦었수. 왼통 다 뜯어내버렸으니까. 새마을, 자연보호, 어쩌고 해서 속시원히 쓸어버렸지."

"그럼 여긴 아무것도 없습니까?"

"있기야 있지. 산 넘으면 갑사(甲寺), 동학사(東鶴寺)에, 골짜기에도 암자로 오래된 놈은. 하지만 불교 연구하러 계룡산을 찾지는 않았을 테구……."

"그렇습니다. 그럼 사교(邪敎)……."

그러다가 나는 잠시 머뭇거렸다. 왠지 지역 주민에게 사교란 말을 쓰는 것이 커다란 실례가 될 것 같은 느낌 때문이었다.

"정통 불교나 기독교가 아닌 조그만 종교 단체……."

"사교라고 불러도 괜찮수. 나는 아무것도 믿지 않으니까. 토박이 주민들은 대개 마찬가지지. 어쨌든 그 계통은 국립공원 안에는 하나도 남지 않았수."

"그럼 모두 없어진 겁니까?"

"물론 마을로 내려와 남은 것도 있지. 그러나 한때 이백 몇십 개나 있었던 데 비하면 없는 것과 비슷하우. 글쎄, 한 오륙십 개나 남았나?"

"이 장터거리에도 있습니까?"

"여긴 없지. 산 너머나 윗마을에는 제법 있수. 곁에서 보면 여느 가정집 같지만 그게 아닌 집들이 많을 거유."

그 정도로 알게 된 것만도 일단은 성공이었다. 그러나 나는 몇 가지를 더 물었다.

"여기 와서 꼭 보고 가야 할 것으로는 어떤 것들이 있습니까?"

"글쎄…… 이(李) 태조가 도성(都城)을 지으려고 갔다 논 초석(礎石) 석재에다 암용추, 수용추 그리고 주봉(主峰) 정도일까."

"거리는 어떻게 됩니까?"

"석재는 바로 요 뒤 삼동원(三同院) 안에 있고, 암용추, 수용추는 한 오 리 길 되지. 주봉까지는 한 시간 정도 오르면 될까."

그런데 실인즉 '주봉까지 한 시간 정도'가 바로 이 엉뚱하고 자칫 지루하기까지 한 이야기에 나를 말려들게 한 계기를 만들었다.

술을 다 비운 후에도 한동안 묻지도 않은 얘기를 이리저리 늘어놓던 그 중늙은이는 담배까지 한 갑 얻은 뒤에서야 자리를 떴다.

"이건 젊은 선생이 알아서 할 일이지만 행여 그런 집(사이비 종단)을 찾게 되더라도 어설프게 기자증부터 디밀고 시작하지는 마슈. 욕밖에 못 얻어걸릴 테니까. 진리를 알고 싶다느니, 귀중한 자료로 남을 것이라느니 하는 말도 잘 안 먹혀들 거요. 교수다, 뭐다 해서 많이들 해먹은 수작이니까.

어떤 집이건 들어가면 어딘가 귀중하게 모셔둔 게 있지. 그게 돌조각이건 그림이건, 부처건 그 앞에 지전이라도 한 장 놓고 합장이나 하는 게 젤 나을 거유. 그러면 새 신도 만들려고 있는 것 없는 것 죄다 늘어놓을 테니……."

그것이 그의 마지막 충고였다.

나는 사이비 종단 찾기를 이튿날로 미루고 그날은 유적이며 지세를 살피는 것으로 취재 계획을 짰다. 그러나 솔직히 말해서 실망투성이였다. 이 태조의 도성 초석이란 것도 아무런 특징 없는 쑥돌덩어리 백여 개였고, 암용추, 수용추란 것도 계곡의 세찬 물줄기가 바위 틈서리에 파 놓은 조그만 소(沼) 둘에 지나지 않았다. 물이 몹시 맑다는 것과 십 리나 떨어진 암·수용추가 예전에는 땅밑으로 맞닿아 있었다는 전설 정도가 얘깃거리일까.

늦은 점심 후에 오르기 시작한 계룡산의 주봉도 민속의 오랜 성역(聖域)치고는 너무 평범했다. 어디에 용이 여의주를 물고 금계(金鷄)가 알을 품는 듯한 신령스러운 형상이 있단 말인가. 불교의 용화세계(龍華世界)와 도교의 선인지(仙人池)와 토무(土巫)의 천당이 유독 그곳에만 쏠려 있다는 믿음은 어째서 나온 것일까. 풍수지리에 대한 안목이 전혀 없는 내게는 산이 조금 높다는 것과 비 갠 하늘에 낮게 드리운 구름이 약간 인상적일 뿐이었다.

주봉(主峰)의 정상 부근에 통신 부대와 국영 방송국의 중계소가 있어 등산로는 비교적 좋은 편이었다. 그러나 장터거리의 술집에서 만났던 늙은이가 말하던 한 시간은 산중턱에도 못 가 지나가 버렸다. 날씨가 더워 중간중간 쉬고, 길섶의 산딸기숲도 헤치느라 늑장을 부린 탓도 있지만 장터거리에서 주봉 꼭대기까지 한 시간 걸린다는 것은 일류 등산가에게도 애초부터 무리였다.

중턱에서 한차례 땀을 식히고 다시 쉬엄쉬엄 산을 오르기 시작한 나는 오래잖아 그만 싫증이 났다. 평소 별로 등산을 즐기지 않는 데다가 힘들여 올라가 본들 별수 있겠느냐는 생각이 든 탓이었다. 지세랬자 이미 말한 대로 별 특별한 느낌도 없었고, 그렇다고 산꼭대기에 무슨 중요한 유적이 있는 것도 아니었다. 거기나가 갑자기 하늘이 어두워 왔으므로 나는 그쯤에서 대충 산세를 살피고 그만 산을 내려오기로 작정했다.

다시 그곳 길섶 떡갈나무 곁에서 담배 한 대를 태운 후 나는 등산로를 따라 천천히 산세를 살피며 하산하기 시작했다. 그런데 그 무슨 변덕일까, 그곳에서 채 오 분도 내려오기 전에 풀숲 사이로 난 소로(小路)를 하나 발견하자 나는 문득 그리로 내려가고 싶은 충동을 느꼈다. 짙은 수림에 묻힌 골짜기의 신비와 군데군데 소가 뜯어 먹은 듯 보이는 옛 암자나 절간 터가 나를 유혹한 탓이었다. 그래서 해발 팔백이십팔 미터가 대단한 높이는 아니라 하더라도, 숲이 무성한 여름 등산에서 넓은 등산로를 버리고 전혀 알지 못하는 샛길로 빠진다는 것이 얼마나 위험한 일인가는 거의 생각해 볼 틈도 없이, 나는 그 소로로 접어들었다.

처음 한동안은 길도 잘 보이고 나도 겁 없이 걸었다. 그러나 그것도 잠시, 길은 곧 짙은 잡목잎과 풀숲 속에서 사라져버렸다. 길을 잃자 약간 으스스했지만 내친걸음이라 나는 계속해서 헤쳐나갔다.

숲은 점점 짙어져 갔다. 사방뿐이 아니라 하늘도 차츰 좁아졌다. 그리하여 등산로로 되돌아갈까 하는 마음이 일었을 때는 이미 모든 것이 늦어 있었다. 위로 쳐다보아도 그저 막막한 수해(樹海)뿐 무사히 등산로로 되돌아가리라는 보장은 없었다. 대신 이제 상당히 내려왔으므로 곧 골짜기에 이를 것 같은 느낌과 골짜기에만 도달하면 어떻게든 마을로 돌아갈 수 있으리란 판단이 무턱대고 나를 아래로 아래로만 헤쳐가게 했다. 물에 빠진 사람이 되돌아 나오면 가까운데도 앞으로만 헤어나가 점점 더 깊은 곳으로 빠져들어 가는 것과 비슷한 심리 상태였을 것이다.

이윽고 나는 사방이 참나무며 칡넝쿨 같은 활엽수로 막혀 하늘조차 간간이 뵈는 깊은 잡목숲에 빠져버렸다. 위기라고까지 느껴지지는 않아도 마음은 점차 다급하고 불안해졌다. 난데없이 산짐승이 두려워지기조차 했다. 나는 도중에 주운 참나무 막대기를 앞뒤 없이 휘두르며 하산을 계속했다. 가끔씩 조그만 암맥이 불거진 곳을 만나면 거기서 땀을 식히며 트인 사방을 휘둘러보았다. 내가 서 있는 곳의 높이를 가늠하기 위한 것인데, 이상하게도 언제나 같은 높이로만 느껴져 나를 전보다 더 허둥대게 만들었다.

하지만 어쨌든 나는 점점 내려가고 있었고, 그래서 이제 거의 골짜기에 가까웠으리란 느낌이 들 무렵 갑자기 숲이 끝나며 꽤 넓은 공터가 눈앞에 열렸다. 보통보다 봉분(封墳)이 좀 커 보이는 묘역이었다. 별로 다듬지 않은 상석(床石) 앞으로 고른 잔디가 깔려 있었는데 몹시 포근해 보였다. 지칠 대로 지친 나는 그 잔디를 보자 잠깐 누워 쉬고 싶은 충동을 느꼈다. 시계를 보니 다섯 시 반, 생각보다는 저물 때까지 많은 시간이 남아 있었다. 거기다가 제법 가깝게 들리는 계곡의 물소리도 어느 정도 마음의 여유를 찾게 해주어 나는 그 잔디 위에 벌렁 누웠다.

얼마 지나지 않아 땀이 마르고 피로도 좀 가시는 것 같았다. 나는 천천히 몸을 일으켜 주위를 둘러보았다. 그런 내 눈에 무슨 나무 그루터기 같은 것이 띄었다. 위치를 보아 비목(碑木)인 성싶었는데, 오래되어 언뜻 알아볼 수 없었지만 먹물로 무엇인가가 씌어 있었다.

나는 별 호기심도 없으면서 그 글씨를 한 자 한 자 읽어보았다.

'남조선국(南朝鮮國) 태조(太祖) 광덕대비(廣德大悲) 백성제지릉(白聖帝之陵)'

내가 간신히 해독한 비문의 내용은 대강 그러한 것이었다. 읽기를 마친 나는 곧 기이한 느낌에 빠졌다. 비로소 내가 계룡산에 왔다는 걸 실감나게 해주는 이상한 비문이었다.

나는 한동안 그 비목 앞에 서서 그 무덤의 임자를 추측해 보았다. 남조선이란 나라도 들은 적이 없고, 백성제란 황제 또한 눈에 선 것으로 보아 틀림없이 어떤 사교(邪敎) 교주의 무덤인 것 같았다. 그러나 상석 하나 제대로 놓지 못해 자연석에 가까운 화강암을 쓰고, 비석도 못 세워 나무 기둥으로 대신한 것을 보면 그가 살아 있을 때의 교세(敎勢)란 것도 짐작할 만했다.

나는 우선 마을로 내려가면 그 묘의 연고자부터 먼저 찾아보기로 마음먹었다. 자연보호와 새마을(취락 구조 개선)운동 속에 사라져버린 옛 계룡산을 구태여 복원시키느니보다는, 그 무덤의 내력을 읽을거리로 꾸미는 쪽이 훨씬 나을 것 같았기 때문이었다. 만약 뜻대로 되지 않으면 인근 마을을 한 집 한 집 뒤지기라도 할 작정이었다.

하지만 결국 나는 그런 수고를 할 필요가 없었다. 충분히 원기를 회복한 내가 막 그 묘역을 벗어나려고 할 때 건너편 잡목숲 사이에서 누군가가 불쑥 나타났다. 주의를 모아 살펴보니 젊었을 때는 힘깨나 썼을 성싶은 기골이 장대한 절름발이 노인이었다. 손에는 작은 보퉁이를 들고 있었는데 똑바로 상석 쪽으로 가는 것으로 보아 그 무덤의 연고자임에 틀림없었다.

상석 앞에 다다른 후에야 나를 발견한 노인은 잠시 멈칫했으나 이내 무시하기로 마음먹은 듯 조용히 무릎을 꿇고 보퉁이를 끌렀다. 간단한 제수(祭需)가 쏟아져 나왔다. 노인은 그걸 상석 위에 벌이고 한구석에는 칠 벗겨진 나무 향로를 놓더니 향을 붙였다. 그리고 좀 낯선 방식으로 여러 번 절을 한 후 길게 국궁(鞠躬)했다. 나는 너무도 쉽게 길 안내자와 취재원을 한꺼번에 얻게 된 기쁨을 누르며, 되도록 노인을 방해하지 않으려고 애를 썼다.

한동안 국궁하고 섰던 노인은 이어 준비해 온 제문을 꺼냈다. 뒤이어 제문을 읽기 시작했으나, 처음 얼마간 내게는 낮게 웅얼거리는 소리밖에 들리지 않았다. 그러나 이윽고 노인의 감정이 격해지는 듯 목소리도 점차 크고 뚜렷해지기 시작했다. 나는 그 목소리 중에서 이런 구절들을 알아들을 수 있었다.

"……신민(臣民)들은 아직도 새 하늘이 열렸음을 알지 못하고…… 신은 늙어 능참봉의 직을 감당키 어렵고, 슬하엔 자식도 없어…… 향화(香火) 영영 끊어질까 저어하나이다……."

혼히 알고 있는 정격(正格)의 제문은 아니었으나 그걸 읽고 있는 노인은 울고 있는지 어깨가 가늘게 떨리고 있었다. 처음 얼마간 희화적인 기분으로 듣고 있던 나도 원인 모르게 숙연해졌다. 차차 노인의 목소리에 흐느낌이 섞여 들었지만, 예민해진 내 귀 탓일까 알아듣기에는 더 분명해졌다.

"바라옵건대 폐하, 명년 황기(皇忌)에는 향화 끊이더라도 노신의 불충(不忠)을 나무라지 마소서. 그때는 이미 노신의 혼이 황천을 날고 있을 때이오니, 머지않아 폐하 곁에 이를 것이옵니다."

완연히 흐느낌으로 변한 그 목소리를 들으면서 내 원인 모를 숙연함은 점차 큰 전율과 감동에 빠졌다. 무덤 속에 누워 있는 이가 누구이든 비목이 썩을 만큼 세월이 지난 후에도 그토록 노인의 충성을 확보할 수 있는 것으로 보아 예사 인물은 분명 아니었다.

그사이 읽기를 마친 노인은 제문을 불태운 후에도 한동안 묘 앞에 엎드려 있었다. 말없이 지켜보고만 있던 나는 노인이 일어나 제수를 챙길 때쯤에야 그에게 다가갔다.

"할아버지, 저, 실례지만 이 묘와 어떤 관계가 있으십니까?"

그러자 노인은 한동안 나를 쏘아보았다. 왼쪽 눈언저리가 일그러지고 여기저기 험한 흉터가 깊은 주름 속에 감추어져 있었다.

"새삼 세월을 탓하는 것은 아니지만 십 년 전만 해도 젊은이는 성치 못했을 거요. 여기는 덕릉(德陵)이고, 나는 능참봉 우발산(牛拔山)이오."

노인의 표정이 하도 근엄한 바람에 나는 자신도 모르게 기가 죽었다. 그러나 이내 강한 호기심이 일어 그냥 물러날 수 없었다. 그동안 보고 들은 것으로 대강의 사정을 짐작하지 못한 것은 아니었으나 나는 짐짓 물었다.

"덕릉이라고요? 이 근처에는 왕릉이 없는 걸로 아는데…… 그럼 여기 묻히신 분은 어느 나라 왕이십니까?"

"왕이 아니라 황제시오. 태일천존(太一天尊)의 명으로 현신하신 북극진군(北極眞君)께서 남조선을 일으키시고, 사십여 년간 다스리셨소."

나는 거기서 그 노인이 도교(道敎) 계통의 신앙을 가졌음을 가늠할 수 있었지만, 다시 『정감록』과의 관계가 궁금해졌다.

"그럼 저기 씌어 있는 남조선이란 나라가 정말로 있었단 말입니까?"

"물론이오. 지금은 잠시 종사가 비어 있으나 태자께서 돌아오시는 날 다시 일어날 것이오."

그런 노인의 얼굴에는 자기가 황당무계한 말을 하고 있다는 표정은 전혀 없었다. 오히려 내가 얼떨떨하게 말려들 지경이었다.

"그럼 이분, 황제께서는 어디를 다스렸습니까?"

"물론 이 나라 삼천리 강토지."

노인은 내가 엉겁결에 황제라고 불러준 것이 상당히 기분이 좋은 모양이었다.

"대개 나라를 다스리는 길은 세 가지가 있으니, 그 하나는 백성을 힘으로 위협하는 것이며, 그 둘은 법으로 묶어두는 것이고, 그 셋은 덕(德)으로 보살피는 것이오. 그런데 힘으로 위협하는 것은 법으로 묶느니만 못하고 법으로 묶는 것은 덕으로 보살피느니만 못하오. 또 덕으로 보살피는 데도 상덕(上德)과 하덕(下德)이 있으니 수다하게 인의(仁義)를 말하고 까다롭게 예악(禮樂)을 따져 백성을 마소 몰듯 끌고 가는 것은 하덕(下德)이오. 만세에 혜택을 베풀어도 인(仁)을 내세우지 않으며, 하늘과 같이 똑같이 덮으며 땅과 같이 똑같이 실으[荷]면서도 그 백성에게 요구함이 없고, 여름비에 초목이 자라듯, 누가 인도하지 않아도 산골짜기의 물이 마침내 만 리 밖 바다에 이르듯, 만민이 저마다의 본성을 좇아 그 도(道)에 이르게 함이 상덕(上德)인 것이오. 황제는 바로 그 상덕으로 이 백성을 다스리다가 우화(羽化)하셨소. 어찌 하덕도 못 갖추어 힘으로 위협하고 법으로 묶는 속된 무리들과 견줄 수야 있겠소?"

"그럼 구체적으로 하신 일은?"

"그걸 어찌 한자리에서 다 말할 수 있겠소? 간략한 실록만 해도 수천 자(字)에 이르니……."

"실 — 록이라고요?"

"그렇소. 폐하께서 생전에 이루신 위업을 기록해 둔 게 있소. 내 젊은이에게니까 하는 말이지만, 궁금하면 보여줄 수도 있소이다."

그리하여 홀린 듯 따라나선 나는 그 밤 그 노인의 토막에서 문제의 실록을 구경할 수 있었다. 기름 먹인 표지에는 백제실록(白帝實錄)이란 제첨(題簽)이 붙어 있었고 내용은 한지에 모필로 쓰인 편년체(編年體)였는데, 해 달 날짜를 밝히는 데는 주로 간지(干支)

를 사용하고 있었다.

　나는 노인의 토막에서 밤을 새우며 그 책을 읽었다. 그러나 시원찮은 한문 실력에다 파자(破字), 음훈차적(音訓借的) 표현 등이 섞여 있어 확실한 뜻은 노인의 해설을 듣고서야 알아낼 수 있었다. 대부분은 일견 황당무계하였지만, 그래도 단순히 웃어넘길 수만은 없는 내용이었다. 밤늦도록 얘기에 열을 올리던 노인의 번들거리는 두 눈에서 타오르던 것도 분명 광기만은 아니었다. 내가 그 실록과 노인의 해설로 잡지의 읽을거리를 만들려던 계획을 포기하게 된 것도 바로 그런 느낌 때문이었으리라.

　이튿날 나는 '계룡산의 현주소'란 가제(假題) 아래 어정쩡한 '르포' 기사를 하나 작성한 후 서울로 돌아왔다. '자연보호와 국립공원화에 밀려나는 사교(邪敎)의 메카……' 어쩌고 하는 내용이었는데, 그 노인과 실록 얘기는 비치지도 않았다. 가까운 술친구들에게도 그와 관련된 얘기를 함부로 하지 않기는 마찬가지였다.

　그러다가, 그 뒤 오래잖아 그 잡지사를 그만둔 내가 금년 봄 우연히 계룡산에 들러 그 노인의 죽음을 알게 된 후에야, 문득 어떤 형식으로든 그때 읽고 들은 황제의 일생을 기록해 두어야 할 것 같은 기분이 들었다. 그 노인은 죽고, 실록도 찾을 길이 없는 지금, 황제를 알고 그 삶을 일관되게 정리할 수 있는 이는 나뿐이므로. 다만 한 가지 한스러운 것은 내 부족한 기억력 때문에 실록 그대로를 재현하지 못한 일이다. 기껏해야 용케 메모해 둔 편년체 각조의 서두 몇 구절과 나중에 몇 달 신도안 인근을 뒤지다시피 해

채집한 여러 구전(口傳)을 바탕으로 연의(演義)의 형식을 흉내 낼 수 있었을 뿐이었다.

첫째 권

소명(召命)

갑오(甲午) 사월(四月) 황고(皇考) 고경(古鏡)을 얻으시다. 시월(十月) 산승(山僧)이 내려와 성탄(聖誕)을 고(誥)하다.

　일찍이 성현께서는 괴력난신(怪力亂神)을 말하지 아니하셨으되, 제왕의 태어나심은 오히려 거기에서 종종 벗어나셨다. 제왕은 부명(符命)에 응하고 도록(圖錄)을 받아 대업을 이루나니, 하수(河水)에서 용마의 도(圖)를 얻어 복희씨가 일어나고, 낙수(洛水)에서 신령한 거북의 서(書)가 나와 하우씨의 융성함을 볼 수 있었다.

　대개 그와 같은 이적은 우리 삼한(三韓)에도 같으니 환웅은 천부인(天符印) 세 개를 받아 태백산 신단수 아래로 내려왔고, 가락국은 하늘의 목소리에 따라 구지가(龜旨歌)로 수로 대왕을 맞았으며, 고려 태조 왕건은 옛 거울의 참문(讖文)에 따라 난마 같은 삼한을 수습했고, 이(李) 태조는 지리산의 이서(異書)를 얻어 이조 오백 년의 기틀을 마련했다.

또 제왕의 핏줄기는 범인(凡人)과 달라, 혹은 하늘에 이어지고 혹은 천년 전에 미리 정해진 성씨(姓氏)를 따랐다. 일찍이 일연(一然) 국존(國尊)은 저 진귀한 『기문일사(奇聞逸事=여기서는 『삼국유사』)』의 자서(自序)에서 말하기를,

"무지개가 신모(神母)를 둘러 복희씨를 낳았고, 용이 여등(女登)에게 감촉되어 염제(炎帝)를 낳았으며 황아(皇娥)가 궁상(窮桑) 뜰에서 놀 때 백제(白帝)의 아들과 교접하여 소호(少昊)를 낳았고, 간적(簡狄)은 알을 삼키고 설(契)을 낳았으며 (……) 그런즉 우리 삼국의 시조가 모두 신이(神異)한 데서 나왔다는 것이 무어 괴이할게 있으랴." 하였다.

과연 그러하니, 단군왕검은 천제의 서손(庶孫)이요, 수로(首露)와 주몽과 혁거세와 탈해와 알지는 한가지로 금빛 알에서 나왔으며, 동부여의 금와(金蛙)는 큰 돌 밑에서 금빛 개구리의 형상으로 나왔고, 견훤은 지렁이의 자식이며 왕건은 용녀(龍女)의 핏줄을 이었고, 이 태조의 성씨는 천년 이서(異書)에 파자(破字)로 명기된 것이었다.

우리의 황제도 그 태어나심에 있어 신이함에는 삼한의 그 어느 제왕에 못지않으셨다. 차차 기록하려니와 우선 내세울 수 있는 것은 황고(皇考=여기서는 황제의 아버지)께서 얻으신 옛 거울이다.

갑오년 동학의 무리가 창궐하여 삼남을 휩쓸 적에 황고께서는 아직 천시(天時)가 이르지 못함을 아시고 초연히 신수 간을 소요하고 계시었다. 멀리 금강산에 발길이 미쳤다가 내맥(內脈)을 따라 가장(家莊)이 있는 계룡산 백석리(白石里)로 돌아오시던 중 소백산에 이르러 그곳 바위 틈서리에서 기괴한 옛 거울 하나를 얻으셨다. 새파랗게 녹이 나 있었으되 그 뒷면에 건녕(乾寧=唐 昭宗의 연호. A.D. 894년경) 칠월이란 명문(銘文)이 뚜렷하였으니 바로 천년의 고경(古鏡)이었다.

황고께서는 그 거울이 범상치 않음을 한눈에 알아보시고, 싸안듯 소중히 품속으로 간직하신 채 총총히 백석리로 돌아오셨다. 남몰래 녹을 제거하고 거울을 살피니 거기에는 놀랍게도 열두 자의 참문이 보였다.

"木子亡 奠邑興(李씨가 망하고 鄭씨가 흥하리라.) 非奠邑得 大凶(鄭씨 아닌 자가 이 거울을 얻으면 크게 흉하리라.)."

정(鄭)씨의 핏줄을 타고난 황고께서는 멸문의 화가 두려워 그 거울을 깊이 감추고 천기(天機)를 내색치 않으셨다. 마침 황제의 선비(先妣)께서 황제를 배태 중이셨으므로 그 감춤은 더욱 엄중하셨으리라.

그러나 사향은 싸고 싸도 그 향기가 마침내 새어나가듯, 황고의 우연한 취언(醉言)이 빌미가 되어 먼저 그 비밀은 황고의 오랜 친구인 이웃 황 진사에게 알려지고 말았다. 사람의 길흉은 진실로 짐작키 어려워라. 황 진사 비록 소과에 급제하여 이씨들의 조선에 충성을 서약한 바 있으나 오히려 그 천기를 힘써 지켜주었을 뿐만 아니라, 그 뒤 기회 있을 때마다 그 범상치 않은 예언을 성취할 친구의 집안을 도와주었다. 황고의 실수가 이후 몇십 년간 굳건히 지속된 두 집안 결속의 계기를 가져온 셈이었다.

그런데 어떤 이는 말한다. 일찍이 황고께서 백석리에 터를 잡을 때 자신을 남해(南海)에서 왔다고 한 것과 마찬가지로, 이 옛 거울의 일도 그의 조작일 것이라고. 그 거울은 결코 천년의 고경이 아니라 도참(圖讖)에 빠져 계룡산 일대에 몰린 허황된 무리를 현혹시키기 위해 스스로 만들었을 것이라고. 황 진사에게 술을 핑계로 넌지시 그 비밀을 알린 것도 원래의 계획 중 하나이며, 거기에 걸린 황 진사는 결국 천석 살림을 그 때문에 날리게 된 것이라고.

또 어떤 이는 말한다. 그 거울이 황고께서 직접 만드신 것은 아니고, 저 이조 중기의 야심가 정여립(鄭汝立)이 무리를 시켜 명산에 감추게 한 위작(僞作) 중의 하나라고. 그리고 동학란을 피해 산속을 헤매다가 우연히 그 거울을 얻게 된 황고께서는 그것이 위작임을 알면서도 그것을 내세워 재물과 민심을 얻을 마음이 생겼다고.

슬프다, 대개 세상 사람들의 소견과 지각이 그러하니 종내 새 하늘이 열린 것을 알지 못하고 황제를 외로움 속에 붕(崩)하시게 하였다. 그러나 하늘의 뜻을 조작함도 쉽지 않으려니와 한번 가까이서 그 거울을 본 사람이면 한결같이 그 신이(神異)함을 의심치 않았으니 그것은 어찌된 일인가. 또 그 뒤를 잇는 허다한 이적(異蹟)은 어떻게 설명하려는가.

서양 오랑캐[洋夷]들이 우리 삼한의 신민에게 옮긴 미신 중에 가장 허황된 것은 과학과 합리이다. 어찌 인간의 짧은 안목이 저 먼 하늘의 일을 다 살필 수 있으며 그 작은 지혜가 허다한 천지 만물의 원리를 한 가지로 깨우쳐 알 수 있으랴. 그 두 미신은 일견 인간의 고매한 정신에서 우러난 것같이 보이지만 실인즉 눈에 보이는 현상만의 질서이며, 물질에 대한 정신의 예속과 굴종에 불과하다. 그런데도 지금 사람들은 오직 그 미신에 얽매여 지난날의 참다운 예지와 아름다움을 헌신짝같이 버리고 있다.

저 옛 이인(異人)과 술사(術士)의 부류가 배척되고 사라진 것도 그 한 예다. 아아, 지난날 그들이 전하던 참다운 이치, 전설로만 남은 기이하고도 거룩한 행적. 그들은 초자연적인 직관에 의지하여 까마득한 미래를 볼 수 있었고 무한한 포용력으로 저 먼 하늘의 뜻까지도 그들의 예지 위에 받아들일 수 있었다. 세상이 평화로우면 깊은 산 유현(幽玄)한 골짜기에서 선불(仙佛)의 길을 닦다가도 어려운 때를 맞으면 망설임 없이 저잣거리로 내려와 혹은 부적으로 혹은 영단(靈丹)으로 창생의 어려움을 덜어주었다. 그들이 부르면 비도 바람도 오기를 마다하지 않았으며, 그들이 꾸짖으면 못된 병마와 요귀는 천리를 달아났다. 그들 앞에서는 제왕도 그 백성과 마찬가지로 가르침을 구했고, 그들이 한번 입을 열어 인간의 길흉

화복과 왕조의 흥망성쇠를 예언하면 설령 천년 후의 일이라도 털 끝 하나 어김이 없었다.

그러나 이제 그들은 자취를 감추었다. 일부는 화형의 장작더미 위에서 불사름을 당하고 일부는 박해의 칼날 아래 피를 뿌렸지만, 대부분은 어리석은 백성들이 과학과 합리로부터 배운 그들에 대한 불신과 경멸 속에서 질식했다. 누구는 투표나 고시를 통해 그 옛날 삼공(三公)의 자리를 대신하고, 누구는 양서(洋書) 몇 권을 몰래 읽어 옛날 선비 행세를 하며, 누구는 한평생 사람 좋은 체나 하며 선술집을 왕래하다가 생각난 듯 토해 낸 몇 줄의 난삽한 글로 의연히 옛 소객(騷客) 티를 내고 있지만 그들 이인들이 설 땅은 남아 있지 않게 되고 말았다.

하지만 황제께서 태어나실 무렵만 해도 그들은 지는 햇살처럼 스산한 빛으로 이 땅을 떠돌고 있었다. 황고께서 옛 거울을 얻은 그해 시월 난데없이 백석리에 나타나 놀라운 인물의 출생을 예언하고 떠난 산승(山僧)도 분명 그들 중의 하나였다.

그날 황제의 선비(先妣)께서는 무거운 몸으로 마을 앞 우물 곁에서 빨래를 하고 계셨다. 시월의 햇살이지만 제법 따끈한 정오 무렵, 지나가던 남루한 차림의 스님 하나가 우물가로 와서 냉수 한 그릇을 청했다. 인자 후덕한 성품에 돈독한 불심을 지니셨던 선비께서는 기꺼이 맑은 냉수 한 그릇을 공양하셨다.

그런데 갑자기 뜻밖의 일이 벌어졌다. 분명 목이 말라 물을 청했을 것이언만, 그 스님은 돌연 무엇 때문인지 물그릇을 받을 생각도 않고 선비의 부른 배를 뚫어지게 바라보았다. 선비께서도 공연히 오싹하시어 물이 엎질러지는 줄도 모르며 망연히 서 계셨다.

한동안 얼어붙은 듯 서서 선비의 배만 바라보던 산승은 이윽고 쓰러지듯 땅바닥에 엎드려 절을 했다. 선비께서는 물론이요, 더욱 놀란 것은 마침 우물가에 나와 있던 동네 아낙네들이었다. 그네들은 물을 긷는 둥 마는 둥 마을로 돌아가 그 놀라운 소문을 퍼뜨렸다.

마침 주막집에 앉아 있다가 그 소문을 들으신 황고께서는 한달음에 우물가로 달려가 이제 막 떠나려는 그 스님을 공손히 집으로 청해 들였다. 그 스님은 집 안에 들어와서도 계속 말이 없더니, 몰려온 동네 사람들이 모두 돌아간 후에야 조심스레 입을 열었다.

"태일전(太一殿) 자미대제(紫微大帝) 현신이오. 사람으로서는 하늘 아래 한 분이시고 땅 위에서도 한 분이실 거요."

그리고 다시 입을 다물었다가 잠시 후에 혼잣말처럼 중얼거렸다.

"이 집이 전읍(奠邑=鄭氏)의 가문이라면 장차 저 아이를 통해 요공대선사(了空大禪師=道詵)의 천년 비기(秘記)를 이루겠구나."

그러나 도가와 불가를 오락가락하며 배 속에 든 태아의 상을 볼 수 있던 그 신통한 스님도 장지문 하나 건너는 볼 수 없었던 모양이었다. 그런 그의 예언은 때아닌 잔치를 거들러 왔다가 마침 아랫방에 들어가게 된 이웃집 아낙의 귀에 들어가고 말았다. 본시 말이란 옮겨질수록 자라는 법, 그리하여 그 놀라운 예언은 그날

낮 우물가에서의 일과 함께 그곳 백석리 사람들의 움직일 수 없는 신화로 굳어져버렸다. 그 뒤 오랫동안 계속된 황제에 대한 그들의 충성에 굳건한 기반을 준 신화 중의 하나였다.

그 신비한 산승은 이튿날 황고께서 마련한 두둑한 시주를 마지 못해 거둔 후 어디론가 표표히 떠나갔다. 몇 번이나 그의 법호를 묻고 기거하는 곳을 알려 해도 대답은 언제나 동일하였다.

"한운야학(閑雲野鶴)이 하천불비(何天不飛)리오."

진실로 한가로운 구름 같고 외로운 학 같은 자취였다.

그런데 그 산승에 대해서도 다른 말을 하는 이가 있다. 곧 그 무렵 한 협잡꾼이 스님의 복색으로 삼남을 돌며 요사한 말과 괴이한 행동거지로 양민의 재물을 탐하고 부녀를 희롱하다가 붙들려 이듬해 전주 감영에서 효수된 일이 있는데, 그가 바로 그 산승과 비슷하다는 주장이었다.

다만 불신한 무리의 망언일 따름이다. 황제의 탄생을 예고한 산승의 말은 그 후 터럭만큼도 어긋남이 없이 이루어졌으니 어찌 그의 신통함을 잠시라도 의심할 수 있으랴. 하물며 요사한 속임수로 백성을 농락하다 붙들려 효수된 협잡꾼으로야.

을미(乙未) 이월(二月) 사흘 검은 구름에 누른 안개 십 리에 뻗다. 구월(九月) 산왕(山王)이 이마에 구오(九五)의 위(位)를 표하다.

지금까지 황제의 출생을 얘기함에 있어 나는 주로 기억할 수 있는 실록의 원문과 능참봉 노인의 해설에 의지했다. 따라서 서술 형식과 용어는 자주 낯설고, 케케묵은 고사(故事)의 인용으로 이야기는 지루하다. 거기다가 철저하지 못한 논리나 엉뚱한 감정의 비약은 읽는 이를 어리둥절하게 하는 데마저 있을 것이다. 모두 내가 원하는 바가 아니다. 지금부터는 약간 어색하고 어울리지 않는 일이 있더라도 보고 들은 바를 요약한 내 자신의 목소리로 얘기하겠다.

황제는 그 산승이 떠나가고 넉 달 만에 태어났는데 그날은 여러 가지로 그곳 흰돌머리[白石里] 사람들에게는 인상적인 날이었다. 실록과 해설에 따르면 벌써 태어나기 사흘 전부터 검은 구름이 마을을 덮었고, 태어나는 날 아침에는 누른 안개가 황제의 집 주위를 하루 종일 맴돌았다고 한다.

거기다가 나라의 어지러움이나 왕조의 쇠미를 나타낼 때마다 양념처럼 쓰이는 혜성의 얘기도 있었다. 혜성이 북두칠성을 지나 자미궁(紫微宮)을 범했다는 내용이었다. 흰돌머리라는 마을 이름과 더불어 「감결(鑑訣=정감의 예언서)」의 한 구절을 연상시키는 일련의 전설이었다.

"너희 자손[李王家] 말년에 궁중의 과부가 자기 뜻대로 오로지 하고, 전하인 어린아이가 손으로 밀어 (정치를) 맡기면 나랏일은 글러지고 (……) 계룡산의 돌이 희어지고, 청포의 대[竹]가 희어지고, 초포에 조수가 생기어 배가 다니고, 누른 안개와 검은 구름이 사흘 동안 가득 차 있고, 혜성이 진성(軫星, 이십팔수 가운데 마지막 자리에 있는 별) 근처에서 나와 은하 사이(혹은 北斗)에 들어가 자미궁(紫微宮)을 범하고……."

그러나 황제의 사관(史官)은 스스로 말했듯이, 태사공(太史公＝사마천), 문열공(文烈公＝김부식)의 재주와 문장은 없었으나 춘추(春秋)의 필법(筆法)만은 제대로 본받은 것 같다. 그들은 조그만 의심도 없이 황제의 출생에 얽힌 여러 가지 상서로운 일을 기록함과 아울러 그 적대자들의 말도 기록하기를 잊지 않았다.

그들 적대자들의 주장은 이러하다. 먼저 사흘 검은 구름이라는 것은, 황제의 생일이 음력 이월 말인 걸 보면 봄장마가 있을 법도 한 일이고 따라서 하나도 이상할 것이 없으며, 누른 안개란 것도 청솔가지 때는 연기가 흩어지지 않았을 뿐이었다고 한다. 부지런하고 튼실한 머슴을 둘 만큼 넉넉하지 못했던 황제의 아버지였으므로, 땔감을 떨어지게 한 어린 머슴이 주인마님의 해산을 당하여 황황히 해온 생솔 가지로 군불을 땠을 법도 한 일이었고, 또 그 지독한 연기는 궂고 바람 없는 날씨 때문에 오래오래 집 주위를 맴돌았을 수도 있는 일이었다. 그런데 그것들이 계룡산 발치에 살면서 오랫동안 『정감록』의 예언에 젖어온 그곳 사람들에게 그릇된 확신을 불러일으켰다고 우긴다. 그 밖에 혜성에 관한 부분은 전혀 근거가 없다는 것도 그들의 주장이었다. 사흘이나 검은 구름이 덮여 있었다면 무슨 수로 혜성이 은하수를 지나 자미궁에 들어가는 것을 볼 수 있었겠는가, 하는 이유였다.

하지만 나는 실록의 저자들처럼 애써 그들의 주장을 부인하지도 않으려니와 그들의 주장에 동조하고 싶은 마음은 더욱 없다. 설령 황제의 출생에 얽힌 설화가 전혀 근거 없는 것이라 한들, 무슨 대단한 차이가 나겠는가. 세상의 어떤 신화, 어떤 전설도 과장과 왜곡은 있기 마련이다. 하물며 그것이 정치적인 목적을 가진 것에 있어서야.

황제가 이 땅에서 맡아야 할 역할이 범연치 않음을 나타내는 또 하나의 이적(異蹟)은 같은 해 구월에 있었던 놀라운 일이었다. 흔히 산왕대신(山王大神)의 사자(使者) 또는 산왕 그 자체로 불리는 호랑이가 황제의 이마에 그의 운명을 나타내는 글자를 새겼다는 것인데 그 전말은 대개 이러하였다.

별스레 추위가 빨리 온 그해 가을 어느 무서리 내린 아침 황제의 어머니는 무를 뽑기 위해 후미진 계곡에 있는 밭으로 갔다. 등에는 겨우 일곱 달 된 황제가 업혀 있었다. 처음 그녀는 황제를 업은 채로 무를 뽑아나갔다. 그녀가 뽑아 놓기만 하면 얼치기 머슴아이가 져 나르게 되어 있었다.

그런데 한나절이 가까이 되자 햇살은 아직도 따가운 기가 있어 차츰 더워지면서, 등에 업힌 황제가 거북살스럽기 시작했다. 그녀는 황제를 내려놓기 위해 마땅한 장소를 찾아보았다. 마침 산 쪽 밭머리에 두어 평 되는 잔디밭이 있었다. 그녀는 별생각 없이 곤히 잠든 황제를 거기다 뉘어 놓고 일을 계속했다.

그런데 얼마쯤 지났을까, 갑자기 아기가 웅얼거리는 소리를 듣고 황제를 뉘어 둔 밭머리 쪽을 살펴본 그녀는 기겁을 할 정도로 놀랐다. 어느새 깨어 있는 황제 곁에 송아지만 한 호랑이 한 마리가 엎드려 있었다. 그것도 그냥 엎드린 것이 아니라 어린 황제와 어울려 장난을 치고 있는 중이었다. 황제는 자꾸 호랑이의 등에 기어오르려다 미끄러지고 호랑이는 그런 황제를 앞발로 툭툭 치며 장난을 치고 있었다.

황제의 어머니는 극도의 공포에 질린 나머지 한동안 넋을 잃고 그 광경을 바라보고만 있었다. 그러나 이윽고 정신을 수습한 그녀는 날카로운 비명과 함께 무턱대고 그리로 덮쳐갔다. 호랑이는 잠깐 그녀를 노려보다가 갑자기 앞발로 황제의 이마를 치고 달아났다. 공깃돌처럼 튕긴 어린 황제는 이마에 피를 흘리며 얕은 언덕 아래의 찔레 넝쿨에 처박혔다. 누가 보아도 죽은 목숨이었다.

그러나 아니었다. 황제는 이마가 몇 군데 찢어졌을 뿐 다른 곳은 하나도 상한 데가 없었다. 그 신기한 일은 곧 마을에도 알려졌다. 불과 태어난 지 일곱 달밖에 안 된 어린아이가 호랑이의 앞발에 맞고도 죽지 않았다는 것은 충분히 신비적인 요소가 있었다.

거기다가 그때 이마에 얻은 한 줄기 세로로 굵게 난 상처는 황제가 자라감에 따라 생겨난 가로의 주름과 함께 뚜렷하게 '王' 자의 형태를 이룸에 따라 그 사건은 또 하나의 신화로 황제의 예사롭지 않은 생애를 암시했다. 즉, 하늘이 산왕(山王)을 보내 장차 그가 오르게 될 구오의 위(九五之位=임금의 자리)를 표시했다는 것이었다.

물론 이 신화에도 이설(異說)은 있다. 어린 황제를 소홀히 돌보다가 찔레 넝쿨에 처박혀 이마를 다치게 만든 황제의 어머니가 자기의 잘못을 변명하기 위해 지어낸 얘기라는 주장이 그것이다. 실제 그 무렵 이미 계룡산 부근에는 호랑이가 자취를 감춘 후였고, 그 일을 직접 본 사람도 황제의 어머니 단 한 사람뿐이었다는 것 때문이었다.

나는 늘상 있는 이런 시비에 말려드는 대신 내게 실록을 해설해 준 그 노인의 반문을 옮김으로써 이 부분의 얘기를 맺기로 한다. 그때 그 노인은 말하였다. 있을 수 있는 일로서만 어떻게 하늘의 특별한 뜻을 나타낼 수 있겠느냐고. 그리고 만약 황제의 상처가 찔레 넝쿨 때문이라면 어찌 그렇게 깊이 찢어졌을 것이며, 그 흉터가 주름과 함께 이마에 남긴 글자 또한 하필이면 '王' 자이겠느냐고.

병신(丙申)에서 갑진(甲辰)까지. 백 스승이 놀라고 천 이웃이 우러르다. 문 앞이 성시(盛市)를 이루고 인재가 구름처럼 모이다.

이 십 년의 세월에 대해 실록은 많은 부분을 할애했고 노인의 해설도 길었다. 그러나 그것을 상세히 옮기는 것은 황제의 신성함과 천명(天命)의 소재를 믿는 이에게건 아니건, 한가지로 지루할 것이므로 두 항목으로만 뽑아 개괄하고자 한다.

출발부터가 범상치 않은 황제의 삶은 그 후 세월이 지남에 따라 찬란한 빛을 더해 갔다. 황제의 총명은 하나를 들으면 열을 깨우쳐 세 살에 천자문을 읽고 일곱에 『소학(小學)』을 떼니 마을의 훈장은 일찌감치 두 손을 들고 말았다. 사서삼경에 들어서는, 특별히 청을 넣어 황 진사의 지도를 받았으나 그 또한 아홉에 이르자 황제를 감당치 못하게 되니 그때부터는 인근에서 스승을 구할 길이 없었다. 그리하여 열 살 때 옛 회덕현(懷德縣) 보문골[寶文谷]의 청허(淸虛) 윤 선생에게 얼마간 배운 것을 마지막으로 결국은 홀로 학문을 깨우쳐가기에 이르렀다. 이후 일평생 계속될 무사독학(無師獨學)의 첫 번째 시작이었다.

그러나 어떤 이는 말한다. 한 체제가 말기에 이르면 먼저 그것을 옹호하고 지지하던 학문부터 쇠하는 법이라고. 황제가 스승을 구할 무렵만 해도 이미 흔들리는 이조에 앞서 그 학문이 쇠하였으며, 따라서 저절로 옳은 스승은 드물었을 것이라고. 거기다가 황제가 살고 있던 흰돌머리 마을은 사방 산으로 막힌 궁벽한 곳이고 보면 『대학(大學)』 한 권 제대로 가르칠 만한 스승이 없는 것은 차라리 당연한 일이라고. 결국 황제의 천재성을 부인하기 위한 말일 테지만, 그들도 황제가 어느 정도 우수하였다는 점만은 부인하지 못하고 있다. 따라서 황제가 반드시 천재이어야만 한다는 법칙이 없는 이상, 거기에 대한 것은 별 실익이 없는 논란이므로 그냥 덮어 두고 황제의 인품이나 살피는 게 낫겠다.

뛰어난 재주 못지않게 황제의 인품 또한 여러 덕목을 고루 갖추고 있었다. 특히 그 너그러움은 천하 만민을 두루 싸안을 만하였으며, 하찮은 미물의 고통조차 무심히 보아 넘기지 않았다.

한번은 이런 일이 있었다. 황제 나이 아홉 나던 임인년 어느 겨울날 밖에서 돌아온 황제는 아버지에게 돈 열 냥을 청했다. 평소 황제를 믿는 그 아버지였으나 아홉 살의 아이가 쓰기에는 너무 큰 돈이어서 그 용도를 묻지 않을 수 없었다.

"노루를 사려고 합니다."

"노루를?"

"눈이 쌓여 먹을 것이 없는 탓인지 아니면 큰 짐승에게 쫓겨 온 것인지 마을을 배회하는 노루 한 마리가 있는데 지금 청년들에게 쫓기는 중입니다."

"그래서?"

"비록 하찮은 들짐승이라도 궁하여 찾아든 것을 잡는 법이 아니라고 말렸으나 말을 듣지 않습니다. 자기들이 그 노루를 잡으려는 것은 맛을 취하려 함이 아니라 기름진 그 고기로 그동안 곯은 배를 채우고자 함이라는 것입니다."

"그래, 지금 천하 만민은 굶주리고 있다. 한 마리의 노루가 죽어 여러 사람의 빈속을 채워줄 수 있다면 그 아니 아름다우냐?"

"아닙니다. 하늘은 원래 호생지덕(好生之德)을 지녔으니, 아무리 하찮은 짐승이라도 왕자(王者)의 땅에서는 한가지로 어여쁜 생령(生靈)입니다. 거기다가 사냥꾼도 품속으로 날아든 새는 쏘지 않는다 했거늘 하물며 사람을 의지해 마을로 내려온 노루이겠습니까?"

"그래서 어떻게 했느냐?"

"노루를 놓아주면 내가 그들에게 술과 밥을 배불리 먹여주마고 했습니다. 그래서 열 냥이 필요한 것입니다."

또 이런 일도 있었다. 이듬해 계묘년 봄을 당해 전해의 흉작으로 몇몇 집을 제외한 마을 대부분은 지독한 춘궁기를 겪게 되었다. 인근의 산마다 나무껍질을 벗기고 풀뿌리를 캐는 사람으로 허옇게 뒤덮인 어느 날부터 돌연 아홉 살의 황제는 하루 한 끼 이상 밥상을 대하려 들지 않았다. 처음 한두 번은 봄을 타는가 여겨 대수롭지 않게 넘기던 그 아버지도 사흘째가 되자 근심이 되어 원인을 물었다.

"마을 전부가 굶주려 부황이 나고 혹은 굶어 죽기까지 하는데 어찌 홀로 세 끼를 배불리 먹겠습니까?"

"그런들 우리도 넉넉지 못한 처지에 그 많은 사람을 어떻게 할 수 있겠느냐?"

"진정한 군자는 백성의 어려움을 덜어주지 못하면 함께 나누어 겪기라도 해야 한다고 들었습니다."

그 말을 들은 황제의 아버지는 크게 깨달은 바 있어 그날로 곳간에 남은 양곡 전부를 기미(饑米)로 풀었다. 그러자 황 진사를 비롯한 몇몇 부자들이 호응하여 이후 흰돌머리 사람들은 하나도 굶어 죽은 이가 없이 그해 춘궁기를 넘길 수 있었다.

이 명백한 선행에 대해서도 두 가지 모두를 황제의 아버지가 꾸며낸 것이라고 주장하는 사람들이 있다는 것은 정말로 알 수 없는 일이다. 곧 노루에 관한 얘기는 황제의 아버지가 먼저 쫓기는 노루를 보고 아들의 도량과 인품을 드러내기 위해 꾸민 각본을 황제가 그대로 연기했을 뿐이며, 기민(饑民)을 먹인 일 역시 남의 곡식을 빌려 황제의 덕성을 돋보이게 하려는 그 아버지의 계략에 지나지 않았다고 한다.

그 진실된 내막은 오직 지나간 세월만이 알 테지만 옹호자도 적대자도 모두 죽었으므로 어쨌든 그런 반론이 있는 이상 이런 종류의 얘기를 더 늘어놓는 것은 무의미하다. 황제를 의심하는 사람들에게는 이미 한 이야기만으로도 지루할 것이며, 믿는 사람이라면 그것만으로도 나머지 여러 덕목을 미루어 짐작하기에는 충분하니까.

황제의 문 앞이 성시(盛市)가 되고 인재가 구름처럼 모여들었다는 것은 그 십 년 동안에 순전히 황제만을 보고 흰돌머리 마을로 이주한 집이나 눌러앉은 사람이 몇몇 있었던 것을 말한다. 과장이야 어떤 실록엔들 없겠는가. 단 한 명이라도 황제만을 바라 흰돌머리로 옮겨 온 사람이 있다면 그것은 분명 기록에 남길 만한 일이리라.

맨 처음 이주해 온 사람은 중년의 건장한 해물 장수 일가였다. 황제가 여섯 살 나던 해 가을, 마른 어물과 김 따위를 지고 흰돌머리 마을로 들어온 그는 동네 어귀에서 놀고 있던 황제를 보자마자 장사도 잊고 똑바로 황제의 집을 수소문해 찾아들었다. 황제의 아버지에게만 비밀로 말했다는데, 나중에 소문이 되어 마을을 떠돈 그의 말은 이런 것이었다.

"평생 주군(主君)을 찾지 못해 한낱 해물 장수로 헛되이 늙어 가고 있었습니다. 이제 주군을 찾았으니 곁에서 우러르며 살게 해 주십시오. 때를 당하면 개나 말의 일이라도 맡아 세상에 난 보람 을 찾겠습니다."

그다음에 나타난 것은 역시 중년의 다소 용모가 험상궂은 화 전민 일가. 원래 지맥을 따라 옮겨 살던 그는 마침내 제왕의 맥을 따라 그곳에 이르렀다고 했다. 그다음 떠돌이 점쟁이. 애꾸눈인 그 가 흰돌머리를 찾아든 이유도 앞서의 둘과 비슷했다. 그리고 동학 (東學)의 잔당임에 분명한 부랑민 둘. 그들은 황제의 사랑방에서 그 부친과 하룻밤을 새운 후에야 정착을 결정했다.

그 밖에 정체를 알 수 없는 과객이 몇 더 있었다. 그중 가장 흥 미로운 것은 끝까지 '큰선생'으로만 불리다가 마을에서 사라져버 린 삼십 대 후반의 남자였는데, 그는 사서삼경이나 『십팔사략(十八 史略)』을 홀로 힘들여 깨우쳐가던 황제를 지도해 줄 수 있을 만큼 학식이 있었다. 뿐만 아니라 제반 무예에도 능하여, 특히 태껸은 맨손으로 돼지 창자를 꺼낼 만큼 일품이었고 검법도 본국검은 물 론 제독검, 왜검에 이르기까지 두루 통해 있었다. 어쨌든 한 어린 아이를 보고 그와 같이 사람들이 몰려든 것은 이미 말했듯 예사 로운 일이 아니다. 그러나 이야기가 어느 쪽에도 치우치지 않게 하 기 위해서는 다른 방향의 해석도 들어보자.

황제의 적대자들에 따르면, 이 일련의 사람들 역시도 대부분 황제의 아버지가 자기 계획을 돕기 위해 은밀히 끌어들인 사람들이라고 한다. 그러고 보면 지금껏 황제에 대한 거의 모든 신화와 전설이 그의 조작으로 되는 셈인데, 아무래도 그런 주장에는 얼른 이해 못할 점이 하나 있다. 그의 의도는 충분히 짐작할 수 있다 하더라도 어떻게 그 모든 조작이 가능할 수 있었느냐 하는 점이다. 특히 이 일처럼 한 사람도 아니고 가족까지 합쳐 십여 명이 넘는 인원을 불러들인 것이며, 그 뒤 그들의 생계가 아무런 어려움 없이 이어질 수 있었다는 것은 경제적인 측면에서만도 설명이 쉽지 않다. 따라서 이 기회에 황제의 아버지에 대한 기록과 구전(口傳)을 종합해 보는 것도 그런 여러 의문의 해결에 도움이 될지 모르겠다.

　황제의 부친 정 처사(處士)(물론 후에 신무(神武) 황제로 추존된다.)는 원래 남해의 호족이었다. 젊어 그는 그 지방의 손꼽는 재사(才士)로서 아래로는 주문(朱門) 기방(妓房)으로부터 위로는 유림, 불가에 이르기까지 그의 자취가 이르지 않은 곳이 없었다. 거문고를 들을 때는 종자기(鍾子期)요, 화필을 잡으면 소(小) 사백(思白＝董其昌)이었으며, 한말 술로 두이(杜李＝두보와 이백)와 시흥을 다툴 수 있었고, 천하 경륜을 논할 때는 그의 눈도 삼국 정립을 예언하던 공명(公明)의 혜안처럼 빛났다고 한다.

　그러나 한편으로 그는 이름 없는 잔반(殘班)의 후예로서 얼마 안 남은 가산마저 주색잡기로 탕진한 건달에 불과했다는 풍설도 있다. 두 가지 다 애꾸눈의 옆면 초상화 같은 얘기리라. 성한 쪽을 그리면 성한 사람이 되고 감긴 쪽을 그리면 장님이 되고 마는 식의.

그런데 정작 흥미 있는 이력은 그다음이다. 실록과 전문(傳聞)은 입을 모아 말한다. 그는 "양이(洋夷)가 도래하고 왜적이 침노하매, 홀연 붓을 꺾고 의로운 군사를 일으켜, 연전연승 수없는 왜적의 목을 베고 탐관오리를 징치하셨으되, 형세는 궁하고 힘은 다하여 마침내 병사를 흩고 표표히 유랑타가, 지맥을 밟아 계룡산에 이르시고 백석리에 택리(擇里)하셨다."라고.

여기에 대해 적대자들의 반론은 그 어느 때보다 강경하다. 그가 군사를 일으켰다고 하는 때는 아직 청국의 입김이 강하여 일본군은 서울에 약간이 있을 뿐이었으므로 '연전연승'이니 '수없이 목을 뻤다'는 따위는 터무니없는 얘기라는 것이었다. 대신 주색잡기로 가산을 탕진한 그가 한 일은 몇몇 마음 맞는 패거리와 어울려 호젓한 산길에서 행인의 노자나 봉물짐 따위를 턴 것이 고작일 거라는 추측을 댄다. 그리고 황제를 보고 몰려들었다는 사람들 중 대부분은 그때 한 재산 모은 후 각각 갈라져 살기로 했던 예전의 패거리들을 다시 꾀어 들인 것에 불과하다고 주장했다.

사실이 그러하다면 황제만을 바라 흰돌머리로 몰려든 사람들에 대한 의문은 쉽게 해결되는 셈이다. 그러나 실록과 그것을 지지하는 구전을 의심한다면 그 반대자들의 주장 또한 어떻게 믿을 수 있단 말인가. 다시 말하지만, 부질없는 시비로 머뭇거리느니보다는 미심쩍은 대로 앞으로 나감으로써 일의 대강을 먼저 안 뒤에 다시 차분히 미루어 생각해 봄이 나으리라.

을사(乙巳) 시월(十月) 천명(天命) 먼저 황고(皇考)께 이르시다.

　오래전부터 이 땅에서 세력을 키워오던 일본의 요사로 나라 안 팎이 분분하던 그해도 얼마 남지 않은 시월 하순, 선친의 제사를 마친 황제의 아버지는 작은 들창을 열고 이미 반나마 이울어진 달을 바라보고 있었다. 인적은 끊어지고, 달을 향해 짖는 개 소리만 간간 들려오는 삼경 무렵이었다.

　홀연 그의 눈이 침침해졌다가 이내 환해지면서 주위의 경물이 달라졌다. 어디로 어떻게 왔는지 산도 아니고 들도 아닌 어떤 유현(幽玄)한 벌판에 홀로 서 있었다. 이상하기도 하고 두렵기도 해서 주위를 살피는 그의 눈에 저쪽에서 천천히 다가오는 노인이 들어왔다. 어딘가 천상의 기품이 서린 위엄 있는 풍채였다.

　"누, 누구시온지요?"

　"나는 월궁천자(月宮天子)다. 태일천존(太一天尊)의 보내심을 받아왔다."

　"천존께서 무슨 일로……."

　"그분은 전일 네게 북극진군(北極眞君) 자미대제(紫微大帝)를 보내셨는데 알고 있느냐?"

　"연전 지나가던 산승에게서 들은 바는 있사옵니다만……."

　"잘 자라고 있느냐?"

　"힘껏 모시고는 있사옵니다. 그런데……."

　"곧 붉은 해가 지고 흰 해가 뜬다. 불의 덕은 식고 물의 덕이 삼한을 적시리라."

"소인이 어리석어 그 뜻을 알지 못하겠습니다."

"천존께서 이(李)씨에게 맡겼던 삼한의 왕홀(王笏)을 장차 거두시려 한다. 머지않아 그 거두신 것을 네 자식으로 현신한 진군(眞君)에게 넘기실 터인즉 행여 소홀함이 없도록 하라."

"하오나 무엇을 어떻게 해야 합니까?"

"내가 일러줄 것은 모두 일렀다. 하늘이 성사(成事)를 결정했다 하더라도 행여 모사(謀事)에 부족함이 없도록 하라."

그 말을 마친 노인은 다른 궁금한 것을 물을 틈도 없이 어디론가 사라져버렸다. 안타까운 마음으로 눈을 뜨니 한바탕 꿈이었다. 여전히 들창문은 열려 있고 달도 그대로 걸려 있는 것으로 보아 잠깐 동안 졸았던 모양이었다.

그런데 정말 신기한 것은 이튿날 한밭[大田] 장에 나갔던 마을 사람 하나가 가져온 소식이었다. 다섯 대신이 왜놈들에게 나라를 팔아먹었다는 내용이었는데, 광무황제[高宗]도 그대로 보위에 있고 모든 벼슬아치들도 제자리에 있지만 그건 왜놈들의 눈가림에 지나지 않는다고 했다. 바로 을사보호조약이 그랬다.

그제서야 황제의 아버지는 간밤의 꿈이 신묘함에 놀랐다. 이씨에게서 왕홀을 거두려 한다는 꿈속의 말이 뜻하는 바를 깨달았기 때문이었다. '붉은 해'니 '흰 해'니 하는 말도 무학(無學)의 「동국역대기수본궁음양결(東國歷代氣數本宮陰陽訣)」을 펴본 후 깨달을 수 있었다. 이조는 불에 속하고 물을 꺼리며(屬火忌水), 불은 적

(赤), 물은 백(白)을 나타내는 까닭이다.

그날 밤 황제의 아버지는 황제를 불러 조용히 사기가 받은 천명(天命)을 전하였다. 그러나 적대자들은…… 아아, 이제 그들의 얘기는 그만두자.

정미(丁未) 사월(四月) 연작(燕雀)이 어찌 홍곡(鴻鵠)의 뜻을 알리오. 큰선생 떠나다.

앞서 잠깐 말한 적이 있는 '큰선생'이 처음 흰돌머리에 나타난 것은 황제 나이 열 살에 들던 해였다. 늦가을의 쓸쓸한 바람과 함께 나타난 그는 처음부터 남다른 데가 있었다. 다른 이주자와는 달리 그는 아무런 목적도 흥미도 없는 문자 그대로의 방랑자였다. 그러나 반듯하고 깨끗한 이마며 광채 있는 눈길에는 어딘가 범할 수 없는 위엄이 서려 있었다.

그가 황제의 집으로 가게 된 것은 평소 황제의 아버지가 그와 같은 과객을 후히 대접한다는 소문 때문이었다. 어쩐 일인지 황제의 아버지는 떠돌이 길손들을 환대했는데 그 또한 비범한 운명을 타고난 아들을 위한 것으로 보인다. 잦은 정변과 민란으로 세상에 뜻을 잃고 떠도는 사람들 중에서 유능한 인재를 찾아 아들을 보필하게 만들고 싶은 까닭이었다.

그날도 예외는 아니었다. 황제의 아버지는 찾아온 과객과 겸상으로 저녁을 먹고 사랑방에 마주 앉았다. 이상하게도 그 과객은 마주 앉은 지 한 식경이 되도록 입을 열지 않았다. 여느 과객 같으면 주인에 대한 감사와 호의의 표시로 자기가 거쳐온 먼 지방 소식을 전해 주거나 이것저것 세상 얘기를 수다스럽게 늘어놓기 마련이었다. 그런데 그날 저녁의 과객은 묻는 것조차 띄엄띄엄 성의 없이 대답할 뿐이었다. 자연 대화가 없다 보니 아랫방에서 황제가 글을 읽는 소리가 사랑방까지 뚜렷이 들려왔다.

"『상서(尙書)』로군. 목소리가 낭랑하구려."

한참 있다가 과객이 불쑥 말을 꺼냈다. 얼음에 박 밀듯 거침없이 읽어나가는 아들을 은근히 자랑스레 여기며 황제의 아버지가 대답했다.

"네. 미천한 자식 놈입니다."

"이 깊은 산골에 저걸 가르칠 만한 선생이 있소?"

"그게 바로 아비 된 자의 근심입니다. 전에 사십 리 밖 회덕현에 한 분 선비가 있어 몇 달 유숙시키며 배운 적이 있습니다만, 그 뒤로는 자전(字典) 한 권으로 홀로 깨쳐가고 있습니다."

"이제 과거도 없어졌는데 무엇 때문에 애써 옛 경전을 가르치려 하시오?"

"학문하는 뜻이 어디 과거에 한하겠습니까? 그저……."

"하기야 그렇소만. 그런데 올해 몇 살이오?"

"열 살입니다."

"놀랍구려. 아드님을 한번 대할 수 없겠소?"

"그야 어렵지 않습니다만……."

거기서 황제의 아버지는 약간 난처한 기색이었으나 곧 손님의 청을 들어주었다.

"방금 읽은 중훼지고(仲虺之誥=尙書의 편명)를 풀이할 수 있겠느냐?"

과객은 초면부터 엄한 스승의 말투였다. 황제는 얼결에 더듬거리며 대답했다.

"네."

"그럼 먼저 소리 내어 읽고 뜻을 풀어보아라."

"성탕(成湯)이 방걸우남소(放桀于南巢)하시고 유유참덕(惟有慙德)하사 왈(曰)……."

황제는 낭랑히 읽어나갔다.

"예공래세(豫恐來世)에 이태(以台)로……."

거기서 갑자기 그 과객은 '台' 자를 짚으며 물었다.

"이 글자의 음이 태가 되느냐?"

"그렇습니다."

"그럼 읽은 것만 풀이해 봐라."

"탕왕이 걸을 남소로 쫓으시고 부끄러운 마음이 있어 이르시되 다음에 나를 구실로 삼을 무리가 있을까 두려워하노라……."

그러나 과객이 구절구절을 묻자 황제의 풀이는 곧 뒤죽박죽이 되고 말았다. 더군다나 이미 읽었다는 부분도 태반은 음조차 제대로 대지 못했다.

"열 살 아이로는 총명이 뛰어나고, 기억력도 우수한 편이지만 아직 『서경(書經)』을 읽기에는 이른 것 같소. 도무지 음과 훈(訓)이 어우르질 않고 겉으로만 흘렀구려. 이를테면 앞서 물은 '台'도 여기서는 별[星] 태가 아니라 나[朕] 이로 읽어야 되오."

"워낙 스승 없이 배운 글이 돼서 여러모로 부족할 것입니다."

낭패한 아들을 보며 황제의 아버지가 궁색하게 대답했다.

"스승이 없었던 게 아니라 나쁜 스승이 있었음에 분명하오. 『소학(小學)』이나 읽고 있어야 할 나이에 무리하게 앞으로 내몰았소. 내 보기엔 그 스승이 주인장이 아닌가 싶소만."

차고 날카로운 지적이었다.

"저 같은 천학(淺學)이 감히……. 다만 하나뿐인 자식이 잘되기를 바라는 마음에 조금 욕심을 부렸을 따름입니다."

완연히 부끄러워하는 낯빛으로 얼버무리던 황제의 아버지는 돌연 정색을 하고 옷깃을 여미더니 그 과객에게 머리를 조아렸다.

"이렇게 큰선생님이 제 집에 왕림하신 줄 미처 알아뵙지 못했습니다. 비록 제 집이 누추하고 가세가 변변치 못하오나, 물리치지 않으신다면 저희 부자 이 대(二代)의 사부로 모시겠습니다. 긴히 갈 곳이 없으시면 주제넘다 마시고 이 간곡한 청을 받아들여 주십시오."

큰선생이란 명칭은 그때부터 시작된 것이었다. 주인장의 돌연한 변화에 그는 약간 당황한 것 같았다. 얼굴에 은연중 떠올렸던 경멸과 냉소의 표정을 이내 거둔 그는 몇 번이나 사양하다가 마침내 그 청을 받아들였다.

"모든 일에 뜻을 잃고 떠도는 영락한 선비를 이렇듯 환대해 주시니 고맙소이다. 연한은 기약할 수 없으나 잠시 주인장의 뜻을 받들기로 하겠소이다."

그로부터 큰선생은 삼 년 가까이 흰돌머리 마을에 머물면서 황제를 가르쳤다. 그 뒤 일생 황제의 위엄을 지탱해 준 깊은 학문의 기초는 대개 그때에 다져진 것이었다. 뿐만 아니라 큰선생은 황제를 몇 가지 무예에도 입문시켰다.

"총포를 비롯한 여러 새로운 병기의 출현으로 도검(刀劍)과 권장(拳掌)의 예(藝)는 비록 그 빛을 잃었으나, 심신의 단련과 장부의 기개를 기르는 데 한 가닥 도움이 될까 하여 가르치겠다."

그것이 큰선생의 설명이었다. 긴 재위 기간을 일관한 황제의 상무(尚武) 정신 또한 그때 길러졌을 것이다.

그러나 실록에는 애석하게도 그 부분에 대한 큰선생의 공로는 별로 기록되지 않고 있다. 오래잖아 황제를 버리고 떠났기 때문일 것이나, 적어도 조조의 불인(不仁)함을 보고 일찍 그를 떠난 진궁(陳宮) 정도로는 기록해 두었어야 할 인물이었다.

큰선생이 황제를 떠난 것은 정미년 유월 중순, 양력으로는 칠월 말께였다. 그날 이례적으로 한밭[大田] 장에 나갔던 그는 돌아오자마자 여장을 꾸리고는 황제의 아버지를 찾았다.

"오랫동안 주인장의 두터운 은덕을 입었으나 이제 떠날 때가 온 것 같소이다. 애초에 연한을 기약하지는 않았지만 갑자기 떠나게 되니 어쩐지 죄스러운 마음이 앞서는구려."

"실로 어쩐 일이십니까? 행여 소홀히 모신 점이라도 있으면 노여움을 거두시고 깨우쳐주십시오."

"받은 대접도 과분한데 노여움이라니 가당키나 한 말이겠소? 다만 소생의 일신에 긴한 일이 있소이다."

"천둥벌거숭이 같은 자식 놈을 생각하니 눈앞이 캄캄한 느낌입니다. 이제 겨우 문리(文理)가 트이고, 근골이 자리를 잡는가 싶더니…… 행여 결례가 될지 모르나 떠나시려는 연유를 들을 수는 없는지요?"

그러자 잠시 말을 멈추고 무얼 망설이던 큰선생은 곧 결단을 내리듯 목소리를 가다듬고 입을 열었다.

"삼 년이나 한솥밥을 먹으면서도 출신 내력조차 말하지 않는 것은 도리가 아닐 듯하여 말하겠소이다. 나는 원래 전주 사람으로 성은 박(朴)을 쓰고 이름은 지초(志超)라 하오. 일찍이 청운의 뜻을 품고 학문과 무예를 닦아 열아홉에 무과에 올랐소이다. 대원위(大院位) 대감이 집정하시어 나라의 기상이 바로잡히매 벼슬길도 순조로워 스물다섯에 훈련원 참군(參軍)에 이르렀을 때만 해도 내 뜻은 이루어지는가 싶었소.

그러나 갑오년 시월 왜군을 인도하여 공주 부근에서 동학교도 들을 깨친에 이르러 갑자기 모든 것이 허망해졌소이다. 비록 충성을 서약했던 왕가라 하나 겨우 외적의 힘을 빌려 정당한 요구를 하는 백성을 도륙하는 것으로 능사를 삼으니 어찌 의분과 회한이 없겠소? 난이 평정돼 서울로 돌아간 후에도 수십만 피 흘리던 생령이 눈앞을 떠나지 않고 그들의 신음과 비명이 귓가에 쟁쟁하였소. 결국 나는 이듬해 관복을 벗고 일찍이 이씨 왕가에 서약한 충성을 거두어들였소. 그 후 나는 행여 속죄가 될까 하여 옛 싸움터를 배회하며 회한의 눈물을 흘리는 것으로 일을 삼다가 우연히 이 마을로 오게 된 것이오.

그런데 오늘 장에 나가보니 놀라운 소문이 돌았소. 을사년의 조약으로 허수아비가 된 조정은 다시 한일신협약(韓日新協約)이란 것으로 군대까지 해산하게 되었다 하오. 비록 이씨 왕가에 대한 충성은 철회하였지만 나라가 영구히 망하는 것은 차마 그대로 보고만 있을 수 없구려. 나라는 군주의 것이 아니고 만백성의 것이기 때문이오.

나라가 어지러울수록 충신과 열사가 많은 법, 어찌 뜻있는 이가 없겠소? 가서 그들을 찾아 한 무리의 의로운 군사를 일으켜볼까 하오."

"일으키시는 것이 하늘이라면, 망하게 하는 것 또한 하늘일 것입니다. 이제 이씨 왕가의 운이 다했다면 또한 새로이 일어나는 왕가가 있을 터이니, 차라리 그를 찾아 장부의 기개를 펴봄이 어떻겠습니까? 선생의 용력과 지혜라면 가히 새 왕조의 초석을 이룰 만한 것입니다."

"더 말하지 않아도 주인장의 뜻은 알겠소이다. 그러지 않아도 말하려 했거니와 이제 주인장께서 먼저 꺼내시니 기탄없이 얘기하겠소.

내가 이 마을에 들어와서 곧 느끼게 된 것이지만 주인장은 정말 놀라운 일을 하셨더이다. 마을 사람들은 아드님에게 거의 신불(神佛)에 버금가는 믿음을 가지고 있었고, 아드님이 힘써 기른 안목이나 닦은 학문도 대개는 제왕과 치자(治者)의 그것에 치중되어 있었소. 그러나 지금껏 뜻대로 이루어졌다고 해서, 앞으로도 계속 이루어지리라고 생각하면 그야말로 한낱 망상에 지나지 않을 것이오. 듣기에는 섭섭한 말일 테지만 나는 잘라 말할 수 있소. 주인장의 꿈은 결코 이루어지지 않을 것이오. 오히려 일찍 버리지 않으면 주인장은 물론 아드님에게도 재앙이 되오리다."

"그러나 그것은 제가 원한 것이 아니라, 하늘이 정하신 일입니다."

"물론 거기 관해서도 나는 들었소. 그러나 주인장이 맨 처음 얻었다는 옛 거울[古鏡]부터 일이 잘못된 것 같소이다. 애초에 그런 것은 없소. 설령 주인장이 스스로 만들지 않았다 하더라도 그것은 결국 윗대의 광기 어린 몽상가나 야심가의 위작(僞作)일 따름이오. 다른 몇 가지도 들었지만 실상은 그 거울과 다를 바 없소. 하늘과는 무관한 것이며, 또 백 보 물러서서 하늘의 뜻이라 한들 저 말 없는 하늘이 무엇을 해줄 것 같소?

거기다가 내가 주인장의 뜻이 이루어지지 않으리라고 단언하는 데는 주인장께서 전혀 고려하지 않고 있는 두 가지 이유가 더 있소.

그 하나는 얽히고설킨 만국의 사정이오. 서양인들의 기계 문명에 의시한 낙상한 힘은 우리의 오랜 대국(大國)이던 중화조차 노략하고 능욕하는 중이오. 하물며 힘없고 작은 우리 조선이겠소? 우리가 힘을 길러 그들과 대등해지는 날까지의 몇십 몇백 년은 어차피 그들 힘센 서양인들이나 재빨리 그들의 기술을 배운 왜인들의 손을 벗어나지 못할 것이오. 더구나 만국 정치의 대세는 왕을 폐하거나 있어도 통치하지 않는 형태로 기울어져 가고 있다 하오. 그런데 우리만 허황된 비기(秘記)를 따라 무슨 성(姓) 어디 몇 년, 무슨 성 어디 몇 년, 하는 식으로 구태의연한 왕조가 이어가겠소? 인구 십만도 먹일 물이 없는 이 계룡산 골짜기가 도읍이 되겠소?

다른 하나는 주인장이 꿈을 걸고 있는 아드님이오. 확실히 그 아이는 기억력이 뛰어나고 용모도 수려하오. 천성도 순수하며 대범하오. 그러나 새로운 왕조를 개창할 왕자(王者)의 재목은 아니오. 난세를 헤쳐나갈 간흉계독(姦凶計毒)이 없고, 모사(謀事)는 치밀하지 못하며, 판단은 무디고, 때에 당하여 대처함이 느리오. 뿐만 아니라 주인장의 망상으로 깊은 해독을 입어, 그릇된 신념이 종종 원래의 장처(長處)마저 가리고 있소······."

거기서 황제의 아버지는 갑자기 침중한 목소리로 큰선생의 말허리를 잘랐다. 어느새 얼굴 가득 노여움이 덮여 있었다. 말투도 그때까지의 공손하던 것과는 사뭇 달랐다.

"떠나시는 건 뜻대로 할 일이나, 내 집에서 그런 말씀 삼가 주시오. 서양 오랑캐가 비록 강하다 하나 하늘이 정한 것은 저들도 어찌할 수 없을 것이오. 내 자식이 미거하다 해도 이미 하늘이 이 조선을 위해 보내 놓고 버리기야 하겠소? 이제 떠나려 하신다니 다행이려니와 애초에 선생의 뜻이 그러한 줄 알았다면 내 집에 받아들이지도 않았을 것이오."

"그럼 이만 떠나겠소이다. 지난 정리로 재삼 충고하는 바이니, 제발 지금이라도 망상에서 눈을 뜨시오. 새로운 세상, 새로운 학문이 있음을 아드님에게 알리고 머지않은 재앙에서 그를 구하시오."

정말로 충심 어린 목소리였다. 삼 년이나 보살피고 길러온 제자의 앞날을 근심하는 스승의 진정이었으리라. 그러나 큰선생이 마을에서 사라진 후에야 황제를 불러들인 그 아버지는 이렇게 말하였다.

"너희 선생 재주는 놀라운 사람이었다만, 경박하고 기개가 모자랐다. 사표(師表)로 삼을 만한 이가 아니었어. 거기다가 천명까지 의심하기에 떠나보냈다. 참새나 제비가 어찌 큰 기러기나 고니의 뜻을 알겠느냐."

경술(庚戌) 오월(五月) 미생(尾生)의 신의(信義) 비록 아름다우나 왕자(王者)의 길은 험하여라. 칠월(七月) 천명(天命) 드디어 황제에 직접 이르시다.

단군왕검께서 아사달에 도읍하신 지 4243년째요, 중화(中華)의 선통 2년, 일본의 명치 42년에 해당되는 경술년은 이씨 왕조가 개국 519년에 그 기수(氣數)가 다해 마침내 섬 오랑캐의 속왕(屬王)으로 전락한 해였다.

열여섯에 이른 황제에게도 그해 경술년은 여러 가지로 뜻깊은 해였다. 모든 면에서 조달(早達)했던 황제의 첫사랑이 슬프게 끝나버린 해였고, 삶의 영욕을 함께 나눌 일생의 배필을 맞은 해였으며, 그때껏 여러 신이한 조짐으로만 떠돌던 하늘의 뜻이 황제의 일신에 직접 와닿은 해였다.

그러나 이야기의 순서로 보아, 그 일련의 사건에 앞서 그때까지의 여러 방면에 대한 황제의 성취를 먼저 서술하는 편이 온당할 것 같다.

이미 본 바와 같이, 황제의 학문적인 성취는 정통의 유학을 위주로 한 것이었다. 실록에 따르면, 황제는 일찍이 정주(程朱)의 성리학에 통하였을 뿐만 아니라 왕양명(王陽明), 육상산(陸象山)이며 황종희, 고염무의 주장 또한 소홀히 넘기시지 않았다. 그때 겨우 열여섯이었음을 상기하면 실로 놀랄 만한 학문이었다. 그러나 또한 황제는 한낱 유생에 그친 것은 아니어서 손오(孫吳)에 이르러 용병(用兵)의 묘(妙)에 통했고, 순경(荀卿), 한비(韓非)에 이르러 법치의 이(理)를 깨달았다. 노장(老莊)은 후년에까지도 깊은 영향을 미쳤으며, 묵적(墨翟), 공손룡(公孫龍), 추연(騶衍)에 이르러서도 두루 막힘이 없었다. 군자는 두루 있고 한곳에 치우치지 않는다[周而不比]란 말은 정녕 그를 두고 이름이리라. 나중에 황제는 그 모든 학파의

옳고 그름을 이렇게 요약했다고 또한 실록은 전한다.

"옛말에 이르기를, 천하 모든 일의 극치는 한가지인데 거기에 도달하는 길은 백 갈래로 갈라져 있다고 한다. 생각해 보면 유가(儒家), 묵가(墨家), 도가(道家), 법가(法家), 음양가(陰陽家), 명가(名家) 등의 학파는 모두 좋은 정치를 해보려고 애쓰는 데 지나지 않는 바, 다만 논의를 세우는 방법이 각기 다르고 학자들이 잘 살피느냐 못 살피느냐 하는 차이가 있을 뿐이다.

가만히 유가의 학문을 살펴보면, 그 학문은 비록 범위가 넓고 크나 요점이 적다. 따라서 사람의 몸과 마음을 수고롭게 하는 데 비해 효과가 적어 그들의 말을 그대로 모두 따를 수 없다. 그러나 임금과 신하, 아비와 자식 간의 예(禮)를 마련하고 남자와 여자, 늙은이와 젊은이 간의 차별을 둔 것만으로도 다른 학문과 바꿀 수 없는 것이라 하겠다.

도가의 학문은 사람의 정신을 집중시키고 그 행동을 무형의 도(道)에 합일케 하여 만물을 충실하게 한다. 그러나 그들은 실제로 행하기 쉬운 것 같으면서도 표현이 미묘해서 이해하기 어렵다.

묵가의 학문은 검소를 지나치게 강조해서 적용하기 힘들다. 따라서 그들의 주장은 누구나 따를 수는 없다. 그러나 생활의 근본을 튼튼히 하고 낭비를 줄이는 점은 쉽게 버릴 수 없다.

법가의 학문은 너무나 엄혹해서 온정과 너그러움이 적다. 그러나 군신과 상하의 구분을 엄정히 해놓은 점은 고쳐서는 안 될 것이다.

음양가의 학문은 너무 상세해서 금기하는 것이 많아 거기에 구애되다 보면 지나치게 사람들을 두렵게 한다. 그러나 네 계절의 위대한 운행에 따라 세상일에 질서를 부여한 점은 없애서는 안 될 것이다.

명가의 학문은 지나치게 궤변으로 흘러 진실을 잃기 쉽다. 그러나 이름과 본질의 관계를 바로잡은 점은 알아주어야 할 것이다……."

다시 말하지만, 겨우 열여섯의 황제가 그러했다면 실로 놀랄 만하다. 적대자들의 주장을 듣지 않는다 해도 어느 정도 과장이 있음을 짐작할 만하다. 특히 그들 육가(六家)의 학문에 대한 평은 거의 『사기(史記)』의 자서(自序) 부분에서 순서를 바꾸고 내용을 뜯어고친 데 지나지 않음을 아는 이는 금세 알 수 있다. 그러나 뒷날의 여러 조칙(詔勅)이나 어록(語錄)으로 미루어 황제가 한학에 상당한 성취를 얻은 점은 부인할 수 없다. 그의 적대자들도 그런 점에서는 대체로 인정하고 있다.

하지만 그렇다고 해서 황제가 오로지 문약(文弱)에만 흐른 것은 결코 아니었다. 실록이 전하는 것처럼 의병이었건 적대자들이 단언하듯 화적 떼였건, 그래도 한때 무리를 이끌었던 정 처사의 아들답게 황제의 용력(勇力) 또한 남다른 데가 있었다. 그 타고난 용력에다 큰선생의 지도가 곁들여지니 이미 나이 열다섯에 황제를 당할 장사는 인근 백 리 안에는 없었다. 실록은 그것을 '주먹은 바위를 깰 만하고 힘은 황소를 들어올릴 만했다.'라고 표현하고 있다.

거기다가 무엇보다 황제를 황제답게 한 것은 그 위엄 있는 풍채와 준수한 용모였다. 열다섯에 벌써 키는 여섯 자에 이르고 허리는 호랑이처럼 늘씬했으며 어깨는 곰의 어깨였다. 관옥 같은 얼굴에 짙은 검미(劍眉), 크고 그윽한 눈에는 슬기와 열정이 함께 빛나고 우뚝한 콧날에는 군건한 의지가 서려 있었다. 붉고 두터운 입술에는 무한한 웅변이 깃든 듯하였으며 한번 그 입술을 떼면 맑고 우렁우렁한 목소리는 만인을 압도할 만하였다. 거기다가 비록 은은하기는 하였지만 나이를 먹을수록 뚜렷이 내비치는 이마의 징표 — 호랑이가 그 앞발을 들어 새겼다는 '王' 자……. 만약 그런 기록이 진실이라면, 그런 황제의 모습을 상상하는 것만으로도 얼마나 신나고 즐거운가. 더구나 그에게 약속된 화려한 앞날을 생각하면, 딸 가진 부모치고 누군들 그런 황제를 탐내지 않겠는가.

참으로 그러하였다. 흰돌머리 마을에는 일찍부터 그런 황제를 사위로 맞으려는 야심가가 여럿 있었다. 대개 그와 비슷한 또래의 딸을 둔 이들로, 그중에도 황 진사와 윤 산인(尹山人)은 대표적인 사람이었다. 세월이 지남에 따라 야심이 식거나 또는 너무도 비범한 황제에 자신을 잃고 나머지 대부분이 자기의 딸을 제 갈 길로 보내는 동안에도 그들 둘은 끝내 일찍이 품었던 야심을 버리지 않았다. 둘 다 나름대로의 승산이 있었기 때문이었다.

황제의 출생에 얽힌 여러 신화와 그 후에 보인 예사롭지 않은 조짐들을 굳게 믿어 의심치 않는 황 진사가 힘으로 삼고 있는 것은 그의 상당한 재력이었다. 비록 부조(父祖)의 재산을 제대로 지키지는 못했지만, 그때만 해도 그의 전답은 몇백 석 추수가 착실했다.

그런데 여기서, 그런 황 진사를 이해하기 위해 그가 서른에 가까워서야 얻은 진사 벼슬에 대해 잠깐 살펴보는 것도 한 가닥 도움이 될 것 같다. 역시 황제에 대한 악의의 연장이겠지만, 그가 족보보다 소중히 모시고 있는 쇠가죽 제수장(除授狀)은 기실 소과에 열몇 번이나 낙방한 끝에 세도가인 안동 김씨 사랑방에서 만금(萬金)을 주고 산 것에 불과하다는 이설(異說)이 있기 때문이다.

그게 사실이라면 우리는 그 황 진사에게서 정치에 대한 열정은 있으나 실력을 갖추지 못할 때에 생기는 분개형(憤慨型)의 인간을 발견하기 어렵지 않다. 아울러 그런 인간은 자기의 좌절당한 권력 지향에 대한 일종의 보상 심리로 정치적 변혁을 열망하기 일쑤이며, 그런 열망 때문에 미신과 그릇된 결론에 떨어지기 쉽다는 점 또한 쉽게 짐작할 수 있다. 어쨌든 뒷날 황제를 위해 마지막 한 푼까지 털고 거지와 다름없이 죽어가면서도 자기의 딸이 황후가 되는 날을 고대하던 그의 믿음은 거의 종교적인 신앙에 흡사한 것이었다. 그것이 그의 아내가 늦게서야 첫아이를 잉태했을 때 아들보다 딸을 원하게 만들었고, 소원대로 황제가 태어난 이듬해 말에 딸을 낳자, 그때부터 그는 더욱 아낌없이 재산을 뿌려 정 처사와의 결속을 굳건히 다져나갔다.

거기에 비해 윤 산인(尹山人)이 의지한 것은 여러 가지로 미루어 보아 아주 오래전부터 맺어온 정 처사와의 친분과 그들 사이에 이루어진 모종의 밀약이었다. 윤 산인은 바로 왕자(王者)의 지맥을 밟아 흰돌머리 마을로 들어오게 되었다는 화전민 일가의 가장으로, 그가 산인(山人)이라고 불리는 것은 그런 이주 경로 때문이었다.

처음 흰돌머리 마을로 들어설 때의 말대로라면, 그는 응당 정 처사와 첫 대면이어야 했음에도 불구하고, 그는 다음 날부터 정 처사와 십년지기처럼 지냈다. 겉으로는 황제의 신화를 믿고 그 아버지를 공경하는 체했으나 조금만 자세히 관찰하면 어딘가 그에게는 경멸과 냉소의 기색이 있었다. 특히 정 처사와 단둘이 마주앉게 되면 그 분위기는 그저 대등한 음모자끼리의 대좌에 지나지 않았는데, 어떤 때는 자신이 세운 큰 공으로 은근히 정 처사를 위압하는 듯한 태도마저 엿보였다.

그런 사이고 보니 두 집은 처음부터 매우 가깝게 지냈다. 특히 윤 산인이 그리로 옮겨올 때 이미 다섯 살이었던 그의 딸은 한 살 위인 황제와 거의 오누이처럼 자랐다. 남자와 여자는 일곱 살만 되어도 자리를 함께하지 않는다는 오랜 가르침도 두 집안의 특수한 관계에는 무력했다. 그리고 그런 분위기 속에서 오래잖아 슬프게 끝나버릴 그들 두 사람의 첫사랑이 내몰리듯 싹트게 됐는지도 모르겠다.

사실 황 진사의 딸이 아버지의 든든한 재력 외에 이렇다 할 빼어난 점이 없었던 것에 비해 윤(尹) 규수는 여러 면에서 훨씬 황제에 걸맞는 배필감이었다. 경사(經史)와 시사(詩詞)가 부녀자의 본업이 아닌 이상 굳이 학문을 따질 필요는 없지만 그래도 『어계(女戒)』나 『내훈(內訓)』 정도는 구슬 꿰듯 읊어나갈 총명은 있었다. 거기다가 반듯한 아미에 샛별 같은 눈, 앵두 같은 입술에 오똑한 콧날, 좁고 연한 어깨와 버들 같은 허리, 우아한 몸가짐과 수줍은 듯하면서도 상냥한 미소…… 그 모든 그녀의 외양은 그대로 한 폭의 미인도(美人圖)였다고 훗날 황제는 술회했다 한다. 이루지 못한 사랑일수록 과장되기 쉬운 법이지만 그녀가 상당한 미인이었다는 것은 충분히 짐작할 수 있다. 비록 보잘것없는 화전민의 딸이라 할지라도 황제의 술회가 반의 반만이라도 진실이라면 누군들 그녀를 사랑하지 않고 배기겠는가.

나이가 차 춘정(春情)에 눈뜨게 된 황제와 윤 규수가 서로 사랑하게 된 것은 차라리 당연한 일이었다. 흰돌머리 같은 조그만 산간부락에서 그들 서로가 아니면 걸맞는 짝을 찾을 길이 없었으리라. 처음 한동안 그들 사랑의 앞날은 순조로울 것처럼 보였다. 그들이 열댓 나던 해까지도 정 처사와 윤 산인은 서로 사돈이라고 부르며 농담을 했고 안으로도 가까운 동서들처럼 오갔기 때문이었다.

자칫 지루하기 쉬운 이 이야기에서 그들의 사랑이 어떠했던가는 분명히 신선한 감동의 일장(一章)을 이루겠지만, 불행히도 그 상세한 것은 알 길이 없다. 실록은 물론 황제의 사람들도 그 적대자들과 한가지로 입을 다물고, 본인들은 이미 죽었기 때문이다.

그러나 한 가지 그들의 사랑이 순수하였으리라는 것은 여러 가지로 미루어 짐작할 수 있다. 부모들이야 어떠했건 윤 규수는 결국 열여섯의 순진한 산골 처녀였고, 황제 또한 아버지의 야심과 이웃의 맹신에 영향 받고는 있었지만 아직 자기에게 주어진 천명을 확신하고 있지는 못했던 까닭이다.

어쩌면 그들이 함께 지닌 이상은 그저 사랑받고 사랑하는 지아비 지어미로서 일생을 함께 살리라는 정도였으리라. 그리고 그런 그들의 바람은 황 진사만 아니었더라도 어렵잖게 이루어질 수 있었을 것이다.

왕자(王者)에게 어김없이 찾아오기 마련인 비련의 쓰라린 운명은 벌써 황제가 열다섯 나던 해부터 어두운 그림자를 서서히 드리우기 시작하였다. 그해부터 황 진사가 부쩍 자기 딸과 황제의 혼담에 열을 올렸기 때문이었다. 예상대로 황 진사는 그 일에 자신의 재산을 아낌없이 동원했다. 그가 보낸 피륙과 곡물이 황제를 뒷바라지하느라 비어버린 정 처사의 곳간을 채웠고, 젊고 부지런한 황 진사댁 머슴들은 몇 뙈기 안 남은 정 처사의 메마른 전답을 순식간에 옥토로 바꾸어 놓았다. 잦은 황 진사댁 대소사(大小事)에 정 처사는 항시 상석(上席)으로 불리어 갔고, 안으로도 전에 없이 발걸음이 잦아졌다.

정 처사가 그렇게 황 진사와 가까워짐에 비례해서 윤 산인과의 사이는 갈수록 멀어졌다. 어쩌다 마주 앉는 술자리도 전처럼 흥겹지 않았고, '사돈 사돈' 하던 농담도 윤 산인만 억지스럽게 반복할 뿐 정 처사는 의식적으로 피하는 눈치였다. 그러다가 황제가 열여섯에 드는 그해 경술년이 되면서부터 두 집 사이는 눈에 띄게 벌어졌다. 정 처사와 윤 산인은 간혹 만나도 그저 불쾌한 얼굴로 마주 앉았다가 말없이 헤어지기 일쑤였고, 안으로는 아예 서로 발길을 끊다시피 했다.

황제만은 예나 다름없이 부모의 눈을 피해 가며 윤 규수와 만났다. 그러나 그녀 역시도 나날이 우울한 표정으로 변해 갔고, 때로는 슬픔 가득한 눈으로 황제를 말끄러미 바라보다가 눈물짓기도 하였다. 그럴 때 황제의 가슴은 슬픔과 연민으로 메어지는 듯하였다. 말은 안 했지만 그 역시도 아버지와 황 진사 사이에서 일어나고 있는 일을 어렴풋하게나마 짐작하고 있었다.

그러던 어느 날이었다. 황 진사의 생일잔치에 초대받아 간 정 처사는 그날따라 밤이 깊어서야 돌아와 황제를 불렀다. 술기운 있는 얼굴이 이상하게 환했다.

"내 오늘 너에게 기꺼운 소식을 전해야겠다. 네 나이 열여섯이 되도록 마땅한 혼처를 구하지 못해 근심하였으나 이제야 비로소 마음을 놓았다. 등잔 밑이 어둡다고 바로 황 진사댁에 참한 규수가 있더구나. 듣기로는 재색 겸비하고 행신(行身)도 놀랍다더라. 황 진사와는 이미 확약을 하고 일간 날을 받아 정혼할 작정이다마는, 네 생각은 어떠냐?"

오래전부터 예상해 온 것이기는 해도 막상 듣고 보니 우선 당황스러움이 앞섰다. 모든 면에 조달(早達)했다고는 하지만 황제는 역시 열여섯의 소년에 불과했던 까닭이다. 그러나 당황한 가운데에도 문득 이슬 머금은 해당화처럼 수심에 젖은 윤 규수의 얼굴이 떠올랐다. 황제는 떨리는 목소리를 진정하며 물었다.

"그러면 윤 산인댁 규수는 어떻게 됩니까?"

"그까짓 것, 어린아이들을 두고 술자리에서 한 농담이 어떻단 말이냐?"

"아니 됩니다. 혼인은 인륜의 대사(大事)인즉, 대사에 희언(戱言)이란 있을 수 없습니다. 어찌 이제 와서 농담을 핑계로 오랜 약속을 저버린단 말씀입니까?"

"나 역시 그게 다소 마음에 걸리지 않는 바는 아니나, 혼인이란 큰일이기에 오히려 더 신중하지 않을 수 없었다.

무릇 장부가 웅지를 펴기 위해서는 그 토대가 튼튼해야 하는 법. 네 비록 학문이 정박(精博)하고 용력이 출중하다 하나 세상에 독불장군은 없느니라. 그러나 네가 황씨댁 규수를 취하면 인근에 널려 있는 황씨 일족과 무남독녀인 황 진사의 천석 살림은 네 장차의 기업(基業)에 그야말로 굳건한 토대가 되어줄 것이다. 외롭고 곤궁한 윤 산인에 비하겠느냐?"

"성현의 말씀은 천하의 무슨 일이든지 신의를 근본으로 삼으라 하셨습니다. 대저 지나치게 승리를 탐하면 오히려 지게 되고, 명예를 탐하면 그 명예로 몸을 망치며, 재물을 탐하면 마침내 그 재물의 노복이 되어 일생을 혹사당하게 된다고 들었습니다. 정녕 근일을 이룰 양이면 먼저 신의를 구하고 아래로 인사(人事)를 다하며 위로 천명을 기다리는 것이 마땅할 것입니다."

"그렇지 않다. 예부터 수많은 제왕이 이러한 혼인의 본보기를 보여왔다. 한의 원제(元帝)도 일개 흉노의 선우(單于)에게 왕소군(王昭君)을 보내었고, 소열황제[劉備]는 뒷날 관왕(關王)을 죽인 손권의 누이와 혼인하였다. 어찌 중원뿐이랴. 고려 태조는 등극 전에 각처 토호들의 딸을 취하여 삼한 통일의 기틀을 삼았고, 마침내는 그 딸을 김부(金傅＝경순왕)에게 주어 대업을 완수했다. 그런 예는 헤아릴 수조차 없을 만큼 많으니, 그들은 그렇게 함으로써 혹은 날개 얻은 호랑이가 되고 혹은 삼일우(三日雨)를 만난 용이 되어 땅을 놀라게 하고 하늘을 떨어 울릴 큰일을 성취할 수 있었다."

"하지만 미생(尾生)의 신의 또한 아름다운 것입니다. 저는 이미 윤 규수에게 마음 둔 지 오랩니다. 언약까지 한 바 있으니, 바라건대 아름다운 선비의 신의를 지키게 해주십시오."

"시끄럽다. 미생의 신의는 아름다움이 아니라 어리석음의 극치다. 어찌 한낱 아녀자와의 약속으로 장부의 몸을 소홀히 버린단 말이냐? 모든 일은 이미 결정되었으니 시키는 대로 따르도록 해라.

윤 규수와의 일은 아직 앞날이 있지 않으냐? 네가 장차 뜻을 이룬 날 삼궁육원(三宮六苑)을 거느린들 누가 탓하겠느냐? 황씨댁 규수 역시 절도 있는 집의 딸이니 윤 규수와 더불어 아황(娥皇)과 여영(女英)을 본받는다면 그야말로 아름다운 일이 될 것이다."

이미 정 처사의 결심은 움직일 수 없을 만큼 굳어 있었다. 따라서 그 시절의 절대적인 아비의 권능 앞에서는 비록 황제일지라도 무력하였다.

그리하여 이튿날 밤 황제와 윤 규수 간의 마지막 애절한 작별이 있게 되는데, 그 또한 상세히 전하지 못하는 것은 큰 유감이다. 어둠 속에 이루어진 둘만의 밀회여서 본인들이 영원히 잠든 지금 전할 사람도 없거니와 설령 있다 하더라도 왕자(王者)다운 비장미를 손상시킬 우려가 있기 때문이다. 다만 그 밤을 마지막으로 헤어진 그들 두 불행한 연인은 그로부터 꼭 사십 년 후에야 어느 외딴 산사(山寺)에서 다시 만나게 된다는 것과, 그때 이미 초로에 접어든 황제는 물론 속세를 떠난 지 오래인 늙은 이승(尼僧)의 눈에도 한 줄기 눈물이 흘렀다는 것을 미리 덧붙임으로써, 그 슬픈 이별을 묘사하는 것에 대신한다.

윤 산인의 일가가 흰돌머리 마을에서 사라진 것은 그로부터 오래잖아서였다. 황제와 황 진사댁 규수와의 정혼을 축하하는 성대한 술자리를 정 처사와의 대판 싸움으로 망쳐 놓은 윤 산인은 그 길로 가솔을 데리고 떠났는데, 그때 그가 정 처사의 큰상을 둘러엎으며 퍼부은 욕설과 악담은 지독했다. 홧김에 한 말이라 어디까지가 진실이고 어디까지가 거짓인지 알 수 없지만, 그리고 황제의 적대자들이 이용할 염려도 많지만, 혹 참고가 될까 하여 옮겨둔다.

"이놈, 이 더럽고 간사한 놈. 도척(盜跖)에게도 도(道)가 있다는데, 네놈은 그것조차 없더란 말이냐? 지난날 봉 물짐 턴 것도 알짜배기는 혼자서 빼돌리더니, 조용히 마음잡고 사는 사람을 들쑤셔서 꾀어 들이고는 이제 와서 헌신짝 버리듯 해? 뭐, 천명? 영화를

함께 누리자고? 서천 소가 웃을 일이다, 이놈아. 이 천하의 협잡
꾼 놈아. 그리고도 삼궁육원(三宮六苑)이 어쨌다고? 왜 금옥 같은
내 딸이 구름 도깨비 같은 네 아들놈의 첩 노릇을 해야 된단 말이
냐? 예이, 씨도 못할 개똥 통천(通賤)이 놈아……."

도처의 도란 바로 도둑의 도를 말한다. 집에 간직해 둔 물건이
있나 없나를 알아내는 것이 성(聖)이요, 침입할 때 먼저 들어가는
것이 용(勇)이요, 나올 때 나중 나오는 것이 의(義)요, 일의 되고 안
됨을 판단할 줄 아는 것이 지(知)요, 얻은 물건을 똑같이 나누는
것이 인(仁)이라는 것인데, 『남화경(南華經)』 외편(外篇)에 보인다.

윤 산인은 또 그 잔치 자리에 나와 있던 동네 사람들, 그중에
서도 특히 황제를 보고 횐돌머리로 옮겨왔다는 외지인들을 향해
말했다.

"속지 마시오, 벗님네들. 이번에도 우리는 또 저 꾀 많은 정(鄭)
가 놈 장단에 놀아났을 뿐이오. 이제 황 진사란 봉이 걸렸으니
나뿐 아니라 벗님네도 단물 쓴물 다 빨리고 내쫓길 것이오……."

만약 해물 장사 배 서방의 주먹이 그의 경망스러운 입언저리를
힘껏 내려치지 않았더라면 또 어떤 악의에 찬 모함이 나왔을는
지 모르는 일이었다고 황제 쪽의 사람들은 전한다. 윤 산인의 말
을 단순히 모함이라고 단정 지을 수는 없지만, 적어도 그가 기대
한 효과를 거두지 못한 것은 확실하다. 왜냐하면 그들 중 대부분
은 그 뒤로도 변함없는 믿음과 충성을 황제에게 바쳤기 때문이다.

황제가 자기 귀로 하늘의 목소리를 듣고 자기를 통하여 이 땅

에서 구현하려는 하늘의 뜻을 확연하게 깨달은 것은 그해 칠월이었다. 정혼한 지 보름도 안 돼 황제는 갑작스레 원인 모를 열병에 걸려 꼬박 사흘이나 고열과 혼미 상태에 빠졌다. 놀란 황 진사가 몇십 리 밖에서 모셔온 의원조차도 정확한 병명을 알지 못한 그 병의 원인에 대해 의견들은 구구하다.

실록은 그것이 자신의 거룩한 뜻을 전하기에 앞서 황제의 심신을 정화시키기 위해 하늘이 내린 신열(神熱)이었다고 말하고, 저 태평천국의 천왕(天王) 홍수전(洪秀全)이나 우리 동학의 수운(水雲) 선생이 천계(天啓)를 받을 때를 예로 들고 있다. 거기 대해 다른 쪽은 계절로 보아 학질이나 장질부사 같은 열병임이 분명하다고 말하면서, 그걸 원인 모를 병으로 만든 것은 돌팔이 의원의 신통찮은 의술이었으리라 추측하고 있다.

그런데 그중 가장 흥미 있는 것은 떠나버린 윤 규수와 관련되어 생각하는 제삼의 견해이다. 즉 그 병이 극도의 상심과 허탈 상태에서 온 심화(心火) 때문이라는 주장인데, 그 근거로는 윤 규수에 대한 사무친 그리움과 회한 외에도 새로 정혼한 황 진사의 딸이 변변찮은 용모에다 심성까지 취할 점이 없었다는 것을 들고 있다.

하지만 중요한 것은 그 병의 원인이 무엇이냐는 것이 아니라, 그로 인해 생겨난 결과이다. 사흘째 되던 날 밤 정성 들인 탕제를 마신 직후 황제는 갑자기 숨을 거두고 만 일이 그랬다. 의원도 맥박이 멈추었음을 확인했고 모였던 마을 사람들도 황제의 수족이 굳어감을 느낄 수 있었다고 한다. 너무나도 허망한 운명(殞命)이었다.

적어도 황제의 병석에 함께 있던 사람들에게는 그렇게 느껴졌다.

그러나 아니었다. 하늘은 쓸모없는 자를 기르지 않듯이[天不養無所用者], 일부러 내신 자를 부려보지도 않고 데려가시지는 않았다. 그 돌연한 가사(假死) 상태는 하늘의 목소리를 들을 수 있는 영혼의 귀를 열기 위해 잠시 육신의 오관(五官)이 봉해진 데 불과했다. 그리하여 그 적멸(寂滅)의 상태에서 황제에게 우레처럼 들려오는 목소리가 있었다.

"나 이제 적제(赤帝)의 자손에게 맡겼던 삼한(三韓)을 거두어 너에게 준다."

그 소리는 꼭 세 번 반복되었다고 한다. 그리고 황제가 원인 모를 감격과 전율에 빠져 있을 때 다시 그 목소리가 계속됐다.

"삼가 하늘을 공경하고 네 백성을 사랑하여라. 네 팔백 년 운수는 천 년 전에 인간의 입을 빌려 밝힌 것이다. 이 뜻을 어기면 네 팔백 년은 팔 일보다 짧을 것이요, 잘 지키면 팔천 년보다 길어지리라. 나 동황태일(東皇太一)이 전한다."

그러나 오래잖아 그 목소리는 엉머구리처럼 들끓는 인간들의 곡소리로 더 들을 수가 없었다. 황제가 영영 숨진 줄 알고 통곡하는 가족과 이웃들의 곡소리였다. 만약 작은 변화로 이내 천명을 의심하고 절망하는 인간들의 경박이 아니었던들 황제의 영지(靈智)는 보다 많은 하늘의 섭리를 받아들일 수 있었을 것이다.

물론 그 일에도 다른 해석은 가능하다. 심리학에 정통한 어떤 식자는 여기에 관해 말하기를, 그것은 심한 신열(身熱)과 실연의 정신적인 충격이 빚은 환청에 불과하다고 주장했다. 그리고 그 환청의 신비한 내용이란 것도 황제가 어릴 적부터 들어온 자기에 대한 여러 가지 신화가 의식 깊이 잠재해 있다가 그 기회에 재구성된 것일 뿐이라고 설명하였다. 바로 황제의 적대자들과 호흡을 같이하는 해석이지만, 글쎄 인간의 지식이란 것이 그렇게 완전하던가. 또 그렇다면 바로 그 이튿날 들려온 한일합방의 소식 — 하늘이 이(李) 왕가에서 왕홀(王笏)을 거두신 일 — 은 어떻게 설명하려는가.

다만 한 가지 이상한 것은 황제로부터 그 일에 대해 듣고 있는 정 처사의 표정이었다. 자신은 그보다 몇 배나 신비한 체험을 해왔음에도 불구하고, 정작 황제가 확신에 찬 목소리로 자기에게 내린 천명을 얘기할 때는 묘한 당혹과 우려의 표정이 그의 얼굴에 떠올랐기 때문이었다. 벌써 오십 줄로 접어든 나이 탓이었을까.

신해(辛亥) 정월 황제 거병(擧兵)하시다. 일패도지(一敗塗地)하셨으되, 적구(敵仇) 감히 업신여기지 못하다.

황제가 자리에서 일어나자마자 곧 놀라운 소식이 삼천리 강토를 돌고 돌아 흰돌머리 마을에도 전해 왔다. 앞서 잠깐 말했듯, 한일합방의 소식이었다. 황제가 신열(神熱)로 한창 심신을 단근질하고 있던 칠월 스무닷새, 양력으로는 8월 29일 썩은 고목처럼 등걸만 남아 있던 조선은 마침내 음울한 굉음과 함께 무너져내렸다. 그러나 그 굉음은 황제에게는 오히려 자신으로부터 열리게 될 새로운 시대의 화려한 전주곡처럼 들렸다. 황제는 오백 년 이씨 왕가의 손에 몰려 있던 권력과 영광이 주인 없이 이 땅을 배회하고 있음을 보았으며, 한번 자기가 우뚝 일어서서 두 팔을 벌리면 그것들은 서슴없이 달려올 것처럼 느껴졌다. 비록 왜적의 총칼이 일시 한반도를 병탄했다 한들 민심이 어찌 그들 섬 오랑캐의 지배를 길이 용납하겠는가. 그들은 기껏 황제의 영광을 더하기 위해 잠시 무대를 점거한 역사의 조역에 불과하였다.

그리하여 황제에게 이씨 조선의 몰락은 자기의 귀를 우레처럼 울리던 하늘의 목소리보다도 몇 배나 명확한 천명의 고지(告知)로 여겨졌다. 비로소 황제의 가슴은 확신으로 가득 차고, 벅찬 기대로 용솟음쳤다. 적대자들은 이 일 역시도, 환청에서 비롯된 황제의 편집적 망상이, 우연히 발생한 역사적 사건에 의해 일종의 정신적인 질환으로 악화됐을 뿐이라고 단언하지만 그것은 그들의 악의 이상 아무것도 증명하지 못한다. 그 뒤 황제가 보여준 자세는 한 편집병자(偏執病者)로서는 너무나도 의연하고 침착했기 때문이다.

그러하다. 백 리 길을 갈 사람이면 하루치의 양식을 마련하는 것으로 넉넉하지만 만 리 길을 갈 사람은 석 달 치의 양식을 지고 가야 한다. 하물며 한 나라를 경영하는 일에 어찌 조금이라도 경망되고 소홀함이 있을 수 있으랴.

이씨들이 왕홀(王笏)을 잃고 조선땅 삼천리가 무주공산이 되었음을 알게 된 때로부터 거병(擧兵)은 필연이나 다름없었다. 장롱 속의 좀이나 머리칼 속의 서캐처럼 숨어서 이 나라를 괴롭히는 왜 적들을 쓸어버리는 일은 이제 황제의 몫이 되었다. 그러나 황제는 결코 서두르지 않았다. 한번 왕사(王師)를 일으키면 주인 없는 민심은 다투어 그 깃발 아래 모일 것이었지만 하늘이 따로이 정해주신 때를 기다렸음이리라.

그러나 황제가 은인자중 천시(天時)를 기다리는 사이에도 군사를 일으킬 준비는 은밀하면서도 착실히 진행되고 있었다. 장인 황 진사가 곳간을 털다시피 내놓은 군량미 백 섬을 필두로 먼저 인근의 황씨 일족과 천명을 믿고 모여든 이들이 내놓은 갖가지 형태의 군자금이 황제의 집에 쌓이기 시작했다.

이어 그런 정성은 무슨 열기처럼 전 흰돌머리 마을에 번져 혈연이나 인척이 아닌 사람도 무엇이든 군사를 동원하는 데 필요한 것이면 황제의 집으로 가져왔다. 군포로 쓸 베, 병기를 만들 쇠붙이, 금가락지나 은비녀처럼 쉽게 돈으로 바꿀 수 있는 귀금속류 등……. 정 처사의 수완이 크게 작용하기는 했지만 그런 그들의 호응은 저 적미군(赤眉軍)을 내몬 광무제(光武帝)를 맞던 낙양 주민들의 단사호장(簞食壺漿)이 무색할 정도였다.

물론 자기의 야심을 위해 그런 것들을 앞세우는 사람도 있었다. 비록 사방이 산으로 막히고 인가라야 오십 호(戶)도 안 되는 흰돌머리 마을 사람들이었지만 부귀와 영화에 대한 갈망만은 학식 있는 대처(大處) 사람들 못지않았던 탓이었다. 자식처럼 기르던 농우(農牛)와 바꾼 돈을 바치며 앞으로 세워질 황제의 조정에서 자기가 원하는 관직을 은근히 내비치는 사람이 있는가 하면, 가보처럼 내려오던 지금(地金) 토막을 내놓으며 모사(謀士)를 자처함으로써 뒷날의 장상(將相)을 꿈꾸는 이도 있었다. 그런 이들은 군자금뿐만 아니라 황제에게 적절한 충언도 아끼지 않았다. 이를테면, 군령을 엄히 하여 민폐를 끼치지 않아야 한다든가, 까다로운 법제를 폐지하고 세금을 덜어 민심을 수습해야 한다는 것 따위였다.

거기다가 황제를 더욱 기껍게 한 것은 두 사람의 수족(手足)을 얻은 일이었다. 평생을 변함없는 충성으로 마친 장사 우발산(牛拔山)과 모사 방량(房亮)이었다.

우발산은 원래 황 진사댁 머슴이었다. 황제보다는 한두 살 위로, 이름도 성도 없이 떠돌아다니는 고아를 황 진사가 행랑에 거두어 만복이란 이름으로 길렀다. 자라서는 머슴으로 부렸는데, 우직한 대로 힘 하나는 장사였다. 열두엇에 벌써 두 섬 쌀을 졌고, 열다섯 때는 장정 다섯의 힘으로 나르기 힘든 상석(床石)을 들어 올려 사람들을 놀라게 한 적도 있었다.

주인아씨가 황제에게 출가한 후로는 곡식 바리를 져 나르느라 정 처사댁을 자주 드나들게 되었는데, 그러는 동안에 젊은 새 서방님(황제)의 인품에 반하게 되었다. 그리고 그 새 서방님이 무슨 큰일을 꾸미고 있다는 낌새를 알자 대뜸 그의 막하로 달려왔다.

그가 황제와 정 처사에게 바친 믿음과 충성의 표지는 손가락을 깨물어 쓴 혈서였다. 일자무식이어서 결국 문종이에 의미 없는 피 칠만 하고 말았지만, 그래도 얼마나 갸륵한 믿음과 충성인가. 평소 동네 사람들이 그를 반편으로 여기고 있다는 사실조차도 이미 아무런 문제가 되지 않았다. 저 회음후(淮陰侯) 한신(韓信)인들 불량배의 사타구니 사이를 기어다니고 표모(漂母)의 밥이나 빌어먹을 때는 반편 이상으로 보였겠는가.

황제는 흔연히 그를 거둬들였다. 사랑하는 사위의 결정이고 보니 황 진사도 별수 없이 그를 황제의 집에 머물게 했고, 정 처사는 그의 새로운 출발을 격려하는 의미에서 성이 없는 그에게 성을 지어주고 만복이란 천한 이름도 갈아주었다. 우(牛)씨 성에 발산(拔山)이란 씩씩한 이름이었다.

그런 우발산에 비해 모사(謀士) 방량은 흰돌머리에 사는 사람이 아니었다. 원래 성은 안(安)씨로 그곳에서는 삼십 리쯤 떨어진 마을에 살던 선비였는데 그때 벌써 나이는 사십 줄에 접어들고 있었다.

젊어서는 한때 청운의 뜻을 품고 힘써 학문을 닦았으나 간신히 학문을 이루었을 때는 벌써 과거가 폐지된 후였다. 거기서 그는 뜻을 돌려 시서(詩書)를 덮고 병법과 역학(易學)에 전심하였다. 악의에 찬 사람들이 말하는 것처럼 과거의 폐지가 준 충격으로 돌아버린 것이 아니라, 머지않아 세상이 어지러워질 것을 예상하고 기기에 합당한 학문을 택한 것이리라. 그리하여 그 무렵은 그의 해박한 병법 지식뿐만 아니라 신통한 점복(占卜)으로도 인근에 널리 이름을 얻고 있었다.

황제가 그를 찾게 된 것은 그런 소문을 들은 정 처사의 암시에 따른 것인데, 둘은 만나자마자 이내 서로를 알아보았다. 황제가 그에게 지금껏 섬겼던 그 어떤 스승에게보다 공손한 예를 취하자 그는 망설임 없이 가신(家臣)의 예로 받으며 젊은 황제를 따라나섰다. 그 발연한 기상은 공명(公明)이 유비를 따라 남양의 초려(草廬)를 떠날 때나, 위징(魏徵)이 홀연 붓을 던지고 난세(亂世)에 몸을 던질 때와 흡사한 데가 있었다 한다.

"선생은 마땅히 내 아들의 공명(公明)이 되어주셔야겠소."

정 처사는 버선발로 뛰어나와 그를 맞은 후 그렇게 말하면서 방(房)이란 성과 량(亮)이란 이름을 권했다.

그런데 여기서 짚고 넘어가야 할 것은 그들 두 사람이 새로이 얻게 된 우(牛), 방(房)이란 성이다. 그 두 성이 억지로 끼워 맞춘 것처럼 생각되는 것은 「감결(鑑訣)」에 이런 구절이 있기 때문이다.

"계룡산에 나라를 열면 변(卞)씨 정승과 배(裵)씨 장수가 개국의 일등 공신이 될 것이고 방성(房姓)과 우가(牛哥)가 수족같이 될 것이요……."

어쨌든 거병(擧兵)의 준비는 하루하루 충실해져 갔다. 황제의 적대자들은 그 규모를 실제 이상 작게 평가하는 경향이 있지만, 적어도 황제가 횐돌머리 마을에서는 절대적인 지지와 호응을 얻었음에 틀림이 없다. 아무리 궁벽한 산골에서라 할지라도 거의 반년에 걸친 거사 준비가 합병 초기의 날카로운 일제의 감시를 완벽하게 벗어날 수 있었다는 것이 바로 그 한 증거이다. 뿐만 아니라 출동 일자를 두고 갑론을박(甲論乙駁)하던 그해 연말 무렵에는 황제 휘하에 대략 백여 명이 넘는 인원이 모였는데 그 숫자는 마을의 모든 성년 남자보다 훨씬 웃도는 것이었다. 다시 말하자면 어린이와 늙은이도 무기만 잡을 수 있다면 모두 지원했다는 뜻이다.

무기도 상당했다. 언제 적 것인지는 몰라도 화승총이 여섯 자루에다 신식 육혈포(六穴砲)가 한 자루, 그리고 창과 칼도 (비록 태반이 죽창이거나 식칼을 겨우 면할 정도였지만) 전원을 무장시키기에는 충분했다. 다만 활이 좀 부족했으나 그것도 청대[靑竹]를 쪄 수는 채울 수 있었다.

그런데 여기서 감탄할 것은 정 처사의 깊은 심지이다. 구하기 힘든 육혈포와 화승총 네 자루, 그리고 쓸 만한 환도 다섯 자루가 모두 그의 곳간 바닥 비밀한 곳에서 나온 까닭이다. 뿐만 아니라 어렵잖게 활과 화살 문제를 해결해 준 것도 그가 십여 년 공들여 가꾼 대밭이었다.

그렇게 여러 가지 준비가 이루어지고 있는 사이에 경술년이 다가고 신해년이 밝았다. 모든 준비가 거의 다 된 황제의 진중에서는 거병(擧兵)할 날짜를 두고 논란이 일었다. 소위 경파(硬派)와 연파(軟派)의 대립이었다. 경파는 준비가 끝나는 대로 바로 왜적을 향해 짓쳐 나가자는 주장이었고, 연파는 시기와 장소를 보아 신중히 출병(出兵)하자는 주장이었다.

어느 집단에서나 한가지겠지만 토론에서 우세한 것은 대개 강경한 쪽이기 마련이다. 황제의 진영에서도 처음 한동안은 경파가 주류를 이루었다. 그러나 그들은 곧 뜻밖의 난관에 부딪혔다. 왜적을 향해 짓쳐 나가자고 했지만 그 왜적이 어디 있는지를 알 수 없었다. 그들이 들은 것은 왜적에게 나라를 빼앗겼다는 분개해 마땅할 소문뿐, 흰돌머리 부근에는 왜적의 그림자도 없었기 때문이다.

그도 그럴 것이 무슨 대단한 특산물도 없고 전략 요충도 아닌 그 산골짜기에 이 땅에 몇백 밖에 안 되는 일본 군대가 나타날 필요가 있을 리 없었다. 일본 사람이라고 해도 사십 리나 떨어진 주재소에 있는 일본 순사나 한밭[大田] 장터 거리에 상점을 내고 있는 장사치들을 보게 되는 것은 그로부터 아주 여러 해 뒤가 된다. 하기야 그때조차도 아무리 적국민이라 하나 평화롭게 상업에 종사하는 민간인을 해칠 수는 없는 일이거니와 산골 주재소에 두셋 있는 순사를 상대로 대병(大兵)을 발동할 수는 더욱 없는 일이었다.

거기서 당황한 강경론자들은 몇몇 마을 젊은이를 인근 대처로 풀어 왜병의 소재를 탐지하게 하였다. 그러기 며칠 만에 돌아온 젊은이들의 보고는 저마다 구구각색, 중구난방이었다. 한 젊은이는 왜병이 부산포에 상륙해 속속 북상해 오고 있는 중이라고 말했는데, 그것은 아마도 그 무렵 부산에 상륙한 일단의 일본군들을 보고 놀란 사람의 말을 그대로 믿었기 때문이었다. 또 한 젊은이는 왜병이 이미 조선을 병탄했기 때문에 다시 만주와 아라사 방면으로 쳐 올라갔다고 하는 것으로 보아, 노일전쟁 때의 기억에서 아직 깨나지 못한 사람을 만난 것 같았으며, 왜병이 각처의 의병과 치열하게 싸우고 있다는 말을 전한 젊은이는 사오 년 전 얘기를 그대로 전하고 있음이 분명했다.

그중 가장 이치에 닿고 지지를 받은 보고는 왜병들이 서울에만 몰려 있다는 것이었다. 왕과 고관들이 있는 서울부터 철저히 진압한 후에 각지의 봉기를 억누르리라는 예상과 함께였다. 그 보고를 가장 믿을 만한 것으로 채택한 경파의 일부는 서울로 진격할 것을 주장했다. 백성들이 열렬히 호응해 올 것이라는 예상 아래 주장된 것이었지만 끝내 전체의 호응을 얻지는 못했다. 동학(東學)에 참가했던 사람들의 참패 경험에다 서울까지의 오백 리 길도 너무 아득했기 때문이다.

그리하여 경파들이 주춤하고 있는 사이에 사태를 돌변시킬 만한 정보가 모사 방량(房亮)이 풀어논 정탐꾼에 의해 포착되었다. 정확한 수를 알 수 없는 왜병들이 흰돌머리에서 삼십 리 남짓한 신작로(新作路)를 통과하게 되리라는 내용이었다. 그럭저럭 신해년(辛亥年) 정월도 다 가는 스무여드렛날이었다.

그때까지 경·연 양파(兩派)의 논전을 말없이 살피고만 있던 황제는 드디어 출격을 결정했다. 그 결정 역시도 정 처사의 견해에 불과하다는 주장이 있으나 그때 벌써 황제 나이 열일곱, 충분히 한 계책을 도모할 수 있는 나이였다. 저 오(吳)의 손책은 벌써 열여섯의 나이에 일방(一邦)의 주군으로 몸을 세우지 않았던가. 그래도 적은 병력으로 적을 찾아 먼 길을 떠나지 않고, 지친 적이 가까이 오기를 기다릴 수 있었다는 것은 패기에만 휩쓸리지 않은 황제의 왕자(王者)다운 극기와 지혜였다. 그런데도 굳이 모든 결정을 정 처사의 것으로 보려는 것은, 영명한 황제를 정 처사의 야심에 의해 조종되는 허수아비로 만들려는 억설이리라.

'대망의 날이 왔다. 하늘은 황제에게 한 약속을 잊지 않으시고, 감히 황토(皇土)를 노략하는 적도의 무리를 황제의 손에 붙이셨다.' 실록은 그렇게 전하고 있으나 실인즉 그 '적도의 무리'는 그리 대단한 것이 못 되었다. 황제의 군사들이 매복하게 될 계곡 사이의 국도를 통과하기로 되어 있는 것은 두 개 분대 정도의 일본군 헌병대에 지나지 않았기 때문이다. 관할 구역 변경으로 주둔지를 옮기는 중이었다는 말도 있고, 새로 서게 된 주재소를 위해 무력시위를 하려는 중이었다는 주장도 있으나 그들이 왜 그곳을 통과하게 되었는지에 대해서는 알 길이 없다. 다만 우연히도 그곳을 통과하게 되었다는 사실만이 방량의 정탐꾼에게 알려졌는데, 그것도 병력은 수천에 이른다고 과장된 채였다.

그 바람에 한때 황제의 진중에는 비장한 기운까지 감돌았다. 방량이 최종으로 보고한 황제 측의 병력은 노인과 유약자를 합쳐도 백이십 명 남짓했기 때문이다.

"병(兵)은 수(數)가 아니다."

적의 세력이 강대함을 두려워하는 군사를 진정시키기 위해 황제는 그렇게 말했고, 군사(軍師) 방량은,

"한(漢) 고조께서 한낱 정장(亭長)으로 몸을 일으키실 때 수하에는 겨우 장정 여남은뿐이었으며 소열황제[유비]도 불과 백여 명으로 탁현을 출발했으나 마침내 대업을 이루었고, 항우는 팔천 강동(江東)의 자제(子弟)와 더불어 일어나고, 원소는 백만 강병을 기업(基業)으로 삼았으나 마침내 패망했다. 이제 비록 이 방량(房亮)이 재주 없으나 한 계책이면 능히 강성한 섬오랑캐를 깨뜨릴 만하니 제병(諸兵)은 행여 동요 말라." 하며 군사를 안돈했다.

황제에게 내려진 천명과 방량의 지모(智謀)를 믿는 군사들에게 어찌 더 이상의 동요가 있겠는가. 마을은 곧 출격 준비로 부산해졌다.

군사는 방량의 계책을 따라 4대(隊)로 나뉘었다. 선봉은 도끼를 든 우발산(牛拔山)이 이끈 이십여 명의 창검대(槍劍隊)였다. 우발산이 도끼를 무기로 삼은 것은 그게 가장 손에 익은 연장이었기 때문이다. 대개 한창 나이인 그들은 싸움터가 될 계곡 잡목 숲에 숨어 있다가 중군(中軍)의 일제 사격으로 혼란된 적진에 돌격하기로 되어 있었다. 중군은 해물 장사 배(裵) 서방이 이끄는 오십여 명 중장년층이었는데, 그들은 화승총과 활 같은 비행 무기로 무장된 매복대(埋伏隊)였다. 후위(後衛)는 황 진사와 정 처사가 이끈 나머지 노유(老幼)들로 산 중턱에 자리 잡고 있다가 변화에 응하는 유군(遊軍) 역할을 겸하게 했다. 그리고 육혈포를 지닌 황제와 방량은 몇 명의 발빠른 장정과 함께 싸움터가 잘 보이는 산꼭대기 부근에 따로이 중군영(中軍營)을 설치하고 전체적인 지휘에

임하기로 하였다.

가뜩이나 적은 군사를 너무 분산시키는 것 같아 불안해하는 황제에게 방량은 자신 있게 말하였다.

"『손자(孫子)』에 이르기를 아군의 형태를 보이지 않게 하면 아군은 집중할 수 있고 적은 분산하게 된다고 했습니다. 즉 적에게 형태만 드러내지 않으면 비록 네 대(隊)로 갈랐으나 아군은 하나와 다름없습니다. 반면 적은 비록 뭉쳐 오더라도 수비할 곳이 많아지니 자연 분산하게 되므로 아군은 그 하나하나를 차례로 깨뜨리면 비록 적이 수만일지라도 두려울 바가 없습니다. 이른바 열로써 하나를 친다는 것이 바로 이것입니다."

군사들이 흰돌머리 마을을 떠날 때의 정경도 볼 만한 것이었다. 그들은 전날 밤 자시(子時)쯤 떠났는데 마을은 비록 조용하나 장엄한 제전을 이루었다. 집집마다 빚은 떡과 술로 군사들은 길 떠나기 힘들 만큼 배부르고 취했다.

그러나 아무리 영광된 승리가 기다리고 있다 하더라도 가는 곳이 전장인 이상 비장감이 없을 리 없었다. 노모는 출정하는 아들을 붙들고 흐느끼고, 비록 그런 아내의 경망함을 꾸짖고는 있었지만 늙은 아비의 눈에도 물기가 어렸다. 청년들은 평소 사모하던 마을 처녀들을 한 번이라도 더 보려고 횃불 사이로 이리저리 기웃거렸으며, 마음속으로만 애태우던 처녀들도 그때만은 대담해져서 이기고 돌아오라는 한마디로 온갖 심회를 대신하였다. 오래 정들어 살던 부부간의 이별이야 오죽하였으랴. 나중에 국모(國母)가 될 황씨 부인마저도 그날 밤은 눈물을 감추지 못했다. 하지만 모든 군사들이 그런 애상에 젖었던 것은 아니었고 따라서 그 때문에 군사들의 사기가 떨어진 것은 결코 아니었다.

그리하여 그들이 마을을 떠날 때의 위용은 거룩한 데마저 있었다고 실록은 전한다. 기치는 정연하고 천명을 받은 군대임을 표하기 위해 '天' 자를 쓴 수건을 머리에 동여맨 그들 백이십 명은 보무(步武)도 당당히 흰돌머리를 떠났다.

그런데 도중에 다시 황제와 방량 간에 사소한 의견 충돌이 있었다. 은밀을 기하기 위해 자시에 출병한 것을 십분 이해한 황제도 방량이 지름길을 두고 오십 리에 가까운 우회로를 택하자 이유를 묻지 않을 수 없었다.

"군사(軍師)께서는 어째서 지름길을 두고 돌아가려 하시오?"

"『손자(孫子)』에 이르기를 전쟁이 어렵다는 것은 우회하는 것으로써 도리어 직행하는 길을 앞지르게 하고, 해로운 것으로써 도리어 이로운 것을 만드는 일이라고 했습니다. 이른바 우직지계(迂直之計)라는 것입니다."

방량은 태연히 그렇게 말하면서 다시 해 뜨기 전에 목적지에 도달하도록 행군의 속도를 높이게 했다. 그걸 보고 황제가 다시 말했다.

"갑옷을 걷어붙이고 급히 달려가기를 밤낮을 쉬지 않고, 행정(行程)을 배로 하며 백 리를 원정하여 선제(先制)의 이(利)를 취하려 하면 세 장군이 사로잡히게 될 것이다. 군사 중 건장한 자는 먼저 가고 피로한 자는 뒤떨어져서 선제의 이를 취할 수 있는 때에 도착하는 사는 열에 하나밖에 안 되기 때문이다. 또 그렇게 행군하여 오십 리를 원정해서 선제의 이를 얻으려면 상장군(上將軍)이 넘어질 것이다. 선제의 시간에 도착하는 것은 반 정도에 불과할 것이기 때문이다. 이 또한 『손자(孫子)』에 있는 말이 아니오?"

"그것은 앞을 읽고 뒤는 읽지 않은 탓입니다. 부딪쳐 흐르는 물이 돌을 뜨게 하는 것은 그 물결이 빠르고 맹렬한 기세가 있기 때문이요, 새매가 습격받은 새의 날개를 꺾고 몸을 부수기에 이르는 것은 그 습격이 빠르고 겨냥이 정확하기 때문이란 말 또한 거기에 있습니다. 작전하는 일은 신속이 으뜸입니다. 적의 힘이 미치지 못한 빈틈을 타서 적이 미처 생각하지 못하는 길을 경유하여 적이 경계하지 않은 곳을 공격해야 합니다."

"그렇다면 군사(軍師)의 말씀은 마치 창[矛]을 파는 자와 방패[盾]를 파는 자의 말처럼 서로 어긋나지 않소? 아까는 일부러 우회하는 길을 택해 놓고, 이제는 또 신속이 으뜸이라니……."

"용병의 묘(妙)는 섣불리 말하는 것이 아니거니와 지금 길게 얘기할 시기도 아니니 다음에 설명하겠습니다."

"그래도 나는 알아야 될 것이 아니겠소?"

"『회남자(淮南子)』의 병략훈(兵略訓)에 이르기를, '위로 하늘에 이르는 자도 싸움터에서는 장수가 통제하고 아래로 못[淵]에 이르는 자도 장수가 통제하라, 나라는 밖으로부터 다스릴 수 없는 것이고, 군(軍)은 안으로부터 간섭받아서는 안 된다.'라고 하였습니다. 또 주아부전(周亞夫傳)에서는 '군중(軍中)에서는 장군의 영을 듣고 천자의 조서(詔書)는 듣지 않는다.' 했으며, 육도(六韜)에서는 '군사(軍事)를 안으로부터 통어해서는 안 된다.'고 하였습니다. 무릇 장수는 위로는 하늘에도 견제받지 않고 아래로는 땅에도 견제받지 않고 중간으로는 사람에게 견제받지 않는다 했으니, 손자(孫子)도 구변편(九變篇)에서……."

그쯤 되면 황제도 그만 손을 들지 않을 수 없었다.

다행히도 늦겨울 밤은 충분히 길어서 황제의 군사는 한 사람의 낙오도 없이 목적지에 이를 수 있었다. 전날 방량이 답사해 둔 곳으로 좁은 계곡 사이를 국도가 지나는 지점이었다. 양편 둥성이에는 잡목 숲이 알맞게 우거져 매복하기에는 알맞은 지세였다.

"이제 이 이름 모를 골짜기는 파왜관(破倭關)으로 불려 마땅하게 될 것이오."

방량은 자신의 높은 안목에 만족한 듯 주위를 휘둘러보며 자신 있게 말했다.

그런데 병력 배치를 하면서 중군(中軍)의 위치를 두고 또 한차례 황제와 방량은 의견 대립을 보였다. 중군의 위치가 잔설로 빙벽이 진 낭떠러지를 뒤로한 것을 보고 황제가 물었다.

"행여 일이 그릇될 때 퇴로가 없어 어쩌겠소?"

"그 역시 병서(兵書)에 이른 대로입니다. 구지편(九地篇)에 이르기를 장수가 사졸들과 더불어 어느 곳에서 싸우고자 할 때에는 마치 사람을 높은 데 오르게 하고 사다리를 떼어버리는 것처럼 군사들을 들어가게 하고 돌아오기 어렵게 만들어야 한다고 했습니다. 배수진(背水陣)이 바로 이 원리에서 나왔는 바 마침 물이 없기로 낭떠러지를 이용했을 뿐입니다."

방량의 거침없는 대답이었다. 그리고 국도 위에 장애물을 설치하여 적의 진로를 막고 섬멸해 버리자는 황제의 제안을 한마디로 거절했다.

"장애물은 적에게 아군의 매복을 알려주게 되어 좋지 않습니다. 또 이곳의 지형은 절간(絶澗), 즉 높고 가파른 절벽에 둘러싸인 계곡에 가까우며, 적으로 보아서는 중지(重地), 즉 적국의 땅 깊숙이 들어가서 돌아가기가 매우 어려운 땅에 해당됩니다. 이런 곳에서는 적의 군사는 저절로 합심하여 죽음을 무릅쓰고 싸우게 되는 법입니다. 거기다가 한 가닥 혈로(血路)조차 남겨두지 않으면 적은 마치 궁한 쥐가 고양이를 물어뜯듯 아군의 사졸을 상하게 할 것입니다."

그렇게 말하는 방량은 정말 소(小) 공명(公明)이라도 된 듯하였다.

전투는 대략 진시(辰時=오전 10시)경에 벌어졌다. 매복해 있던 황제의 군사들이 반쯤 언 주먹밥을 아침 대신 먹고, 걷잡을 수 없는 한기와 졸음에 빠져 있을 때 적병으로 빽빽한 트럭 한 대가 계곡으로 들어섰다. 앞서 말한 일본 헌병들이었다. 그런데 바로 그 트럭 때문에 문제가 생겼다. 방량의 고전적인 전략에는 트럭 같은 현대적인 기동수단이 전혀 고려되지 않은 탓이었다. 그는 장애물을 설치하자는 황제의 선견지명 있는 제안을 그제서야 뼈저리게 후회했으나 이미 때는 늦었다. 그가 당황해서 "어, 어." 하는 사이에 트럭은 벌써 계곡을 반이나 통과하고 있었다.

그러나 역시 황제에게는 언제나 굽어보고 계시는 하늘이 있었다. 돌연 계곡 가운데서 트럭이 서더니 왜병들이 차례로 뛰어내렸다. 용변을 보기 위함이었다. 대부분은 트럭 곁에 붙어 서서 오줌을 갈겼지만 개중에는 으슥한 곳을 찾아 엉덩이를 까는 녀석도 있었다.

"지금이 호기(好機)입니다. 신호를 하십시오."

산꼭대기 부근에서 그런 왜병들의 동태를 살피고 있던 방량이 황제에게 속삭였다. 계곡의 중군에게 공격 개시를 알리는 신호용의 육혈포를 쏘라는 말이었다. 그러나 황제는 문득 무엇을 생각했는지 무겁게 고개를 저었다.

"군자는 남의 위급을 틈타지 않는다 하였소."

"그렇지 않습니다. 용병(用兵)은 궤도(詭道)라 하였으니, 노자(老子) 같은 이도 나라를 다스리는 데는 정도(正道)요, 용병에는 기계(奇計)라고 말했습니다. 또 순자(荀子)는 용병에게 중히 여기는 것은 세(勢)와 이(利)며 행하는 것은 변화와 속임수라 했고, 한비자(韓非子)도 병진(兵陣) 사이에는 속임과 거짓을 싫어하지 않는다고 했습니다. 꾸며 말하기도 할 마당에, 부디 저절로 생긴 호기를 놓치지 마십시오."

그러나 황제는 뜻을 바꾸지 않았다.

"승리를 훔치는 것은 소인배나 간웅(奸雄)이 할 짓이요, 떳떳한 군자의 도리는 아닐 것 같소. 더군다나 적은 겨우 십여 명, 하물며 기습을 하겠소. 나는 송양공(宋襄公)의 인의(仁義)를 배워 이 골짜기에 뼈를 묻을지언정 승리를 도적질하는 패도(覇道)를 배우지는 않겠소."

방량은 한탄하였으나 어쩔 수 없었다. 결국 황제가 신호용의 육혈포를 쏜 것은 볼일을 마친 왜병들이 다시 트럭에 올랐을 때였다. 하지만 황제는 또 한 번의 실책을 범했다. 높은 곳에서 본 탓으로 왜병들과 중군 사이의 거리를 계산에 넣지 않은 것이었다.

왜병들은 갑작스레 요란한 총성과 함께 하늘을 뒤덮듯 화살이 날아오자 처음 한동안은 당황했다. 그들은 허둥지둥 차에서 뛰어내려 엄폐물을 찾았다. 일부는 방향도 없는 응사를 시작했다. 그러자 잠시 후 그들은 어리둥절한 기분으로 총질을 멈추었다. 상대편의 총소리가 단 한차례로 그친 데다 어지럽게 날아오는 화살이란 것도 자기들 부근에는 얼씬도 하지 않았기 때문이었다.

그와 반대로 황제의 중군은 당황했다. 하늘처럼 믿던 여섯 자루의 화승총이 단 한 번의 발포로 한 자루도 못 쓰게 된 것이었다. 모두 너무 낡아 총열이 갈라지거나 터져버렸던 것인데, 사수가 상하지 않은 것만도 천만다행이었다. 뿐만 아니라 이제 그들의 주된 무기가 된 활도 대부분 직업적인 궁인(弓人)이 만든 것이 아니고 군사들이 손수 푸른 대를 쪄서 장만한 것이라 사거리(射距離)가 형편없이 짧았다.

한쪽은 어리둥절한 채, 또 한쪽은 너무 당황하여 계곡에는 한

동안 침묵이 흘렀다. 그러나 그 기묘한 침묵도 잠시, 계곡은 다시 눈치 없는 우발산이 이끄는 창검대(槍劍隊)의 돌격 소리로 소란해졌다.

왜병들이 또 한 번 놀라 소리 나는 쪽을 돌아보았다. 한결같이 머리에 흰 수건을 동인 조선의 농군이 한떼 달려오고 있었다. 앞장선 우발산의 장작 깨는 도끼와 뒤따르는 사람들의 조잡한 무기를 보고서야 지휘자인 일본 헌병 소위는 비로소 이 이상한 기습과 전모를 어렴풋하게나마 알아차릴 수 있었다. 그들이 지금껏 여러 곳에서 괴롭힘을 당한 구한말의 의병들과는 전혀 성질을 달리하는 민병들이었다.

잠시 생각을 굴리던 그는 재빠른 상황 판단으로 이미 일제 사격 자세에 들어간 부하들을 제지했다. 그리고 총을 들어 선불 맞은 멧돼지처럼 달려오고 있는 우발산을 겨누며 명령했다.

"전원 공포 한 발씩 발사."

그러자 요란한 총소리와 함께 우발산의 커다란 몸집이 짚단처럼 풀썩 쓰러졌다. 하늘이 도울 것이라 믿고 노도처럼 밀려오던 돌격대가 그 서슬에 주춤하는가 싶더니 이내 돌아서서 뿔뿔이 도망치기 시작했다. 나중에 안 일이지만 동학군 출신인 중년의 떠돌이를 돌격대에 끼워 넣은 것이 그런 어이없는 패주의 원인이었다. 왜군과의 전투 경험을 히도 떠벌리기에 정 처사가 추천했던 것인데 활에 상해 본 적이 있는 새는 굽은 나뭇가지만 보아도 놀란다고, 그도 한 번 일본군의 모습과 총소리에 접하자 금세 십육 년 전공주(公州) 싸움의 참혹한 환상에 빠져버리고 말았다. 그리하여 펄쩍 놀란 그가 뒤돌아서서 달아나자 그 공포는 삽시간에 다른 이들에게까지 전염되어 그렇게 한심스러운 꼴을 보이게 되었다.

그러나 교활한 적의 지휘관은 순순히 그들을 보내주지 않았다. 한 번 기선을 제압하자 공명심이 인 그는 그들을 몽땅 사로잡으려는 욕심이 생겼다. 그는 달아나는 그들 가운데 하나를 다시 쏘아 넘기며 그동안 배운 유창한 우리말로 외쳤다.

"서라, 움직이면 죽는다."

그러자 정말 무슨 요술처럼 돌격대의 태반이 그 자리에 풀썩 주저앉았다. 도망친 것은 너무도 당황해서 그 소리조차 못 들었거나 그야말로 죽기를 각오하고 뛴 몇몇뿐이었다.

그걸 본 적의 지휘관은 서너 명의 헌병을 보내 주저앉은 이들을 생포하게 하는 한편 나머지 병력으로 전면에 매복하고 있던 중군을 공격하게 했다.

중군의 운명도 돌격대와 크게 차이는 없었다. 시원찮은 화살 몇 개가 왜병의 모자를 날리거나 몇몇에게 찰과상을 입혔을 뿐 대부분은 고스란히 생포되고 말았다. 퇴로(退路)가 없다는 것이 오히려 절망감을 주어 대부분은 변변한 저항조차 없이 항복해 버렸기 때문이었다.

물론 산꼭대기에 있는 황제와 방량이 그 모든 사태를 그대로 구경만 하고 있었던 것은 아니었다. 돌격대가 무너질 때 황제는 산 중턱에 포진하고 있던 후위(後衛)를 유군(遊軍)으로 투입하였다. 그러나 그것은 황제의 신호로 끝났을 뿐 아무런 효과도 없었다. 애초부터 노인과 어린아이들로 구성된 데다 지휘를 맡은 황 진사나 정 처사도 그저 황제의 화려한 승리를 구경한다는 가벼운 기분이었을 뿐이었다. 그러다가 믿던 선봉과 중군이 어이없이 무너지자 그만 혼비백산 황제의 신호조차 알아보지 못하고 바람에 쓸린 가랑잎처럼 흩어져버렸다.

그날 황제의 패배는 참담하였다. 싸움도 못 해보고 달아난 후위와 몇 명의 선봉을 제하고는 모조리 포로가 되었는데 그 수는 무려 육십 명에 가까웠고, 그중에도 셋은 총상을 입어 중태였다.

산꼭대기에서 그 모든 광경을 보고 있던 황제의 심경은 비통하였다. 황제는 하늘을 바라보며 탄식하였다.

"하늘이 나를 상케 하시는구나, 하늘이 나를 상케 하시는구나. 이제 내 무슨 낯으로 백석리(흰돌머리 마을)의 부형을 대하랴."

그리고는 육혈포를 머리에 갖다 대었다. 그때 만약 군사(軍師) 방량의 적절한 만류가 없었던들 황제의 삶은 거기서 초라하게 끝났으리라.

"고정하십시오. 옛말에 지고 이기는 것은 싸움을 일삼는 이[兵家]에게는 매양 있는 일[常事]이라 하였습니다. 앞으로도 수없는 전장을 횡행하셔야 할 분이 어찌 한 번 싸움으로 이토록 상심하십니까? 설령 우리 군사가 전멸했다 한들 항우가 잃은 강동(江東)의 자제 팔천에 비하겠습니까? 그런 항우가 오강에 몸을 던진 것도 용렬하다고 비웃거늘 어찌 몇십 명의 사졸을 잃은 것으로 그토록

104

상심하십니까? 한시 바삐 백석리로 돌아가 남은 군사를 수습하여 새기(再起)를 노보함만 같지 못합니다."

다행히 황제와 방량이 이렇게 주고받으며 한동안 지체한 후에도 무사히 위험한 지경을 벗어날 수 있었던 것은 승리에 취한 왜병들이 방심한 탓이었다. 거기다가 설령 황제와 방량을 보았다 할지라도 추격하기에는 너무 먼 거리였거니와, 이미 잡은 포로만도 그들로서는 감당하기 어려운 숫자였다. 전혀 예상하지 못한 포로여서 포승줄도, 운반수단도 준비되지 않은 까닭이었다.

한동안의 궁리 끝에 왜병들의 지휘자는 포로의 머리에 남아 있는 상투에 착안하여 먼저 포승 문제를 해결했다. 상투를 풀어 머리채를 둘씩 묶어둠으로써 포승 못지않은 효과를 얻을 수 있었기 때문이다. 그리고 두 차례나 트럭을 왕복시켜 그들을 가까운 헌병대로 압송했다.

한편 흰돌머리 마을은 초상집과 다름없었다. 오십 호밖에 안 되는 마을에서 오십여 명이 잡혀갔으니 집집마다 하나씩은 식구를 잃은 셈인데, 그나마도 어떤 집은 부자나 형제가 함께 변을 당하기도 했다.

황 진사와 정 처사도 샛노란 얼굴로 생사를 알 수 없는 황제와 앞으로 닥쳐올 환난을 근심하며 앉아 있었다. 그러나 역시 정 처사는 황제를 낳고 기르기에 부족함이 없는 사람이었다. 황제와 방량이 무사히 마을로 돌아왔을 때 그는 반갑게 맞이하는 대신 난데없는 불호령을 내렸다. 방량을 향해서였다.

"군사(軍師)는 무슨 낯으로 이곳에 다시 나타나시오? 자결하여도 오히려 그 과(過)는 남을 것을…… 마땅히 군율로 참(斬)할 것이로되, 전공(前功)을 참작해서 용서하니 썩 물러가고 다시는 나타나지 마시오."

그야말로 벽력 같은 호령이었다. 아들의 과오를 남에게 전가시키는 정치적인 기술로 방량을 향해서라기보다는 마당에 옹기종기 모여 선 장정들과 가까운 이웃을 향해 말한다는 편이 옳았다. 그러나 고지식한 방량은 그 말을 액면 그대로 받아들여 궁색한 변명을 시작했다. 그의 변명이란 게 하면 할수록 황제와 그 배후에 있는 정 처사의 과오를 말하는 것이 안 될 수 없었다. 정 처사는 몇 마디 들으려고도 하지 않고 더욱 노한 목소리로 꾸짖었다.

"천시(天時)가 맞지 않았다면 그걸 알지 못한 것도 장수의 죄요, 지리(地理)가 이롭지 못했다면 그 또한 살피지 못한 장수의 죄며, 인화(人和)를 이루지 못했다면 마찬가지로 그걸 도모하지 못한 것은 장수의 죄다. 하물며 그 밖에 사소한 것들에 이르러서야……."

그리고 자신의 선동적인 책임 전가로 노기등등해진 마당의 장정들을 시켜 끌어내게 했다. 방량은 서너 개의 억센 손에 끌려나가면서 길게 탄식했다.

"높이 뜬 소리개가 떨어지면 좋은 활은 창고에서 썩고, 간사한 토끼가 죽으면 사냥개는 가마솥에 삶긴다. 내 헛된 이름과 부귀를 탐하다가 마침내 이 화를 스스로 불렀구나."

과연 그 자신의 처지에 알맞은 비유가 될는지는 알 수 없으나,

어쨌든 그 이후부터 모사(謀士) 방량(房亮)의 이름은 실록에서 영영 사라지게 된다.

만약 간흉계독(奸凶計毒)을 겸비해야만 영웅이 될 수 있다면 정 처사야말로 그에 해당하는 인물이었다. 그러나 덕(德)으로써 세상을 덮고, 그 아름다운 행적을 죽백(竹帛)에 남겨 길이 후세에 전할 제왕의 기상에 있어서는 역시 황제를 따르지 못했다. 모든 패전의 원인을 방량에게 덮어씌워 주위의 불만을 일시 무마한 정 처사가 다시 그 크나큰 난국을 타개할 계책에 부심하고 있을 때, 홀연 황제가 마을에서 종적을 감추었다. 단신으로 적장(敵將)을 찾아 담판을 지으러 떠난다는 게 황제가 남긴 말이었다.

놀라움과 근심에 젖은 정 처사는 사방으로 사람을 풀어 황제의 행방을 찾게 했다. 그러나 꼬박 이틀간 소식이 없던 황제는 사흘째 되던 날에야 왜병에게 잡혀간 오십여 명을 고스란히 구해 내 돌아왔다. 총 맞은 셋 중 우발산은 평생 절름발이 신세가 되고, 다른 하나는 끝내 상처가 덧나 죽게 되었지만, 나머지는 모두 무사하였다.

"적장과 담판을 했습니다. 일후 너를 사로잡으면 반드시 한 번은 놓아줄 것이라고 말했던 바, 순순히 이들을 돌려보내 주었습니다. 적장의 이름 정상영부(井上英夫). 아버님도 기억해 두십시오."

황제의 보고는 그러했다. 우리 한자 발음으로 불리워진 이노우에 에이부는 황제를 맨 마지막으로 놓아준 일본 헌병 오장(伍長)의 이름이었다.

그런데 황제가 그들 포로들을 무사히 구해 올 수 있었던 데 대해, 적어도 이치로 보아서는 훨씬 합당한 이설(異說)이 있다. 말하자면 단신으로 적진에 뛰어든 황제의 용기와 위엄에 눌리어 그리된 것은 아니라는 설명이 그러하다.

거기 따르면, 통역을 세워 포로들을 문책한 결과 사건의 정확한 원인과 경과를 알게 된 그 지역의 헌병 책임자는 한동안 그들 포로의 처리에 대해 두 가지 방향을 놓고 고심했다고 한다. 하나는 흰돌머리 마을을 소탕하여 뿌리를 뽑는 것이고, 하나는 관대히 처리해서 대일본제국의 은혜에 감복하게 만드는 것이었다. 그러다가 『정감록』에 대한 통역의 보충 설명과 포로들의 이해 못할 심리상태, 또 자기들에게는 거의 피해가 없었다는 점 등이 유리하게 작용해서 관대한 쪽으로 기울어질 무렵 뜻밖에도 황제가 제 발로 찾아왔다.

한번 황제를 만나보자 그 헌병대장은 대뜸 자기가 잡은 방향이 옳았음을 알아차렸다. 그 덩치만 크고, 머리가 좀 이상한 열일곱의 소년이 자기들의 대일본제국에 결코 대단한 불리를 가져올 수는 없으리라는 판단 때문이었다. 그러나 그대로 보내주는 것은 그 소년과 그를 따르는 무리의 미신을 더욱 굳게 할 위험이 있었다.

거기서 다시 한 번 고심한 그는 기묘한 해결책을 생각해 냈다. 즉, 황제를 벌거벗겨 거꾸로 달고 포로들을 두 종류로 나누어 처벌하는 방법이었다. 통역이 시키는 대로 황제에게 '미친놈.' 하며 침을 뱉는 자들은 바로 석방하고 그걸 거부한 자들은 그때껏 한

반도에 존속됐던 호된 태형 몇 대로 다스리게 했다.

"군자는 죽일지언정 욕을 보이는 법이 아니다."

황제는 거꾸로 매달려서도 항의했지만 모든 것은 그대로 시행되었다. 다만 황제에게 위로가 될 만한 것은 절반 이상이 황제에게 침을 뱉기보다는 가시나무[荊] 매로 등짝이나 볼기를 일곱 대나 얻어맞는 쪽을 택했다는 사실이다.

그런 주장을 하는 사람들의 근거가 될 만한 것은 조선총독부의 비밀 서류철에 있는 그 무렵의 보고서인데, 발신인이 그 지역 헌병 책임자로 되어 있는 그 보고서의 내용은 이러하다.

'작일(昨日) 주둔지를 이동 중 당 대(隊)는 일단의 조선 농민들에게 습격당했음. 불의의 기습이었으나 조선 농민군은 무기도 빈약하고 전투 경험도 없어 위험이 전무(全無)한 것으로 사료되었음. 적극적인 살상을 피하고, 약간 명을 부상시켜 오십칠 명을 포로로 함. 조사 결과 『정감록』이란 조선 전래의 비기(秘記)를 광신하는 무리들의 망동으로 판명됨. 조선인 통역은 그들을 볼 것도 없는 미치광이로 단언하고 본관도 그들의 재판으로 대일본제국의 시간과 경비를 허비하는 것은 물론, 처벌의 필요조차 의심됨. 당 건(件)의 처리에 대한 하회를 바람. 운운……'

그 해답은 간단했다.

'현지 지휘관의 재량에 맡김.'

그 보고서의 진위는 알 수 없으나 기왕에 그것까지 옮겨가며 적대자들의 견해를 옹호한 이상, 그 전투에 대한 실록의 기록도 옮기는 것이 공평의 원리에 합치되겠다. 내가 기억하는 바 실록은 웅장 유려한 문장으로 그 전투의 전말을 대략 이렇게 적고 있다.

'……신해(辛亥) 정월 황제 거병(擧兵)하시다. 한 번 왕사(王師)를 일으키시매 천 석 군량이 모이고, 만금(萬金)의 군비가 이르다. 군문에 자진하여 드는 자 장사진을 이루었으나, 정예한 백여 기(騎)로 은인자중 때를 기다리실 제, 왜(倭)의 일지군(一枝軍)이 파왜관(破倭關)에 이르다. 정월 스무여드렛날 자시(子時)에 출병하시매 정기(旌旗) 하늘을 덮고, 산천초목도 그 위엄에 떨다. 묘시(卯時)에 파왜관에 이르러 군진(軍陣)을 펴시다. 중군으로써 학익진을 펴 곡(谷) 입구를 막으시고, 파왜장군(破倭將軍) 우발산을 돌격장으로 적의 후미를 치게 하시며, 따로이 일지병(一枝兵)을 나누어 변화에 응하게 하시니 가히 천병(天兵)이 이른 감이 있었다.

왜병이 진시(辰時)에 당도하여 진용이 어지러울 제 군사(軍師) 방량이 기병(奇兵)을 내자 하였으나 대국의 왕자(王者)답게 물리치시다. 혹은 방분(放糞)하고 혹은 방뇨(放尿)하는 무리를 충살하시어 행여 옥 같은 행적에 한 점 티가 될까 저어하심이니, 가히 송양지인(宋襄之仁)을 이으셨다 할 만하다.

왜병의 진용이 정돈되매, 황제 드디어 엄습을 명하시다. 오호라, 하늘은 어찌 황제를 내시고 간사한 도적을 내었으며, 황제의 신묘한 병략(兵略)을 내시고 적도에게 날카로운 병기를 주셨는가. 왜병의 벽력 같고 우레 같은 화통(火筒)에 마침내 일패도지(一敗塗地)하시어 군사를 물리시다. 난전중에 파왜장군(破倭將軍)이 다리를 상하고, 외로운 병사 둘이 적탄에 화를 입었으며, 약간의 무리가 석에게 생포를 당하다.

하늘이 황제를 버리셨는가, 상제(上帝)께서 적도에게 내릴 복주(伏誅)의 부월(斧鉞)을 잊으셨는가. 황제 상심하시어 자진(自盡)하려 하셨음은 어색(臆塞)한 김에 잠시 신지(神志)가 흐려지셨음이라. 쇠는 달구고 때릴수록 굳세지며, 사람은 간난을 통하여 더욱 큰 그릇을 이루나니, 하물며 제왕의 길에 있어서랴. 옛날 구천(句踐)이 섶에 누워 쓸개를 맛본 것이나, 저 한고조(漢高祖)가 당한 평성(平城)의 수모 또한 황제께서 겪은 파왜관의 참패와 무엇이 다르리오. 오로지 훗날의 영광을 더욱 빛내기 위한 하늘의 배려였으리라.

정월 스무아흐레 황제께서는 단신으로 적진에 드시어 적장(敵將)과 대좌하시기 이틀, 마침내 포로된 자들을 돌려받으시다. 장부 한 번 전장에 나가면 이기지 못할진대 말가죽에 뼈를 싸서 돌아옴이 마땅하거늘 구차히 적의 손에 사로잡혀 비루한 생명을 빌었으니 가히 버려 마땅하나, 그 또한 황제의 어여쁜 적자(赤子)이매 적도의 손에 붙일 수 없었음이라. 적장 황제의 신위에 굴복하여 돌려보낸 자가 오십여 인이 넘었다. 황제 비록 첫 싸움에 일패도지하셨으나 적구(敵仇) 감히 업신 여기지 못함이 이에 드러났다……'

둘째 권

대씨(大氏)의 꿈

임자(壬子)·계축(癸丑) 천하를 돌아보며 노니시다.

　훗날 우레처럼 떨쳐 울릴 사람은 먼저 구름으로 오랫동안 떠돌
지 않으면 안 된다. ─ 이는 지난 세기 어느 광기 어린 양이(洋夷)
의 식자가 한 말이거니와, 우리의 황제도 그런 점에서는 예외가 아
니었다. 전 생애를 점철하다시피 하는 숱한 편력과 망명의 여정이
이제 시작되기 때문이다.

　파왜관(破倭關)의 전투가 있었던 신해년(辛亥年)의 나머지 날들
은 황제의 일문(一門)에게는 그대로 크나큰 시련의 시기였다. 패배
의 원인을 모사 방량에게 뒤집어씌운 정 처사는 그 길로 자신의
모든 역량과 지혜를 동원하여 수습에 나섰다. 그는 미처 다 쓰지

못한 군비(軍費)를 풀어 전쟁터에서 부상당한 사람들을 위로했으며, 끝내 총상이 덧나 죽고 만 마을 젊은이의 유족들에게는 황 진사를 구슬려 얻어낸 천수답(天水畓) 세 마지기를 보상으로 내주었다. 우발산이 옛 주인 황 진사댁으로 돌아가지 않고 손발처럼 황제 곁에 남아 있게 된 것도 그 무렵부터였고 장졸(將卒)의 노고를 치하한다는 구실 아래 사흘돌이로 잔치를 벌인 것도 역시 그 무렵이었다.

뿐만 아니라 정 처사는 또 깨어진 황제의 신화를 되살리는 일도 게을리하지 않았다. 홀로 적진에 뛰어든 대담성과 적장을 설복하여 사로잡힌 이들을 되돌려 받은 기지를 끊임없이 과장하고, 홍문(鴻門)에서 나이 스물이나 어린 항우에게 스스로 아우되기를 청한 유방이나 우렛소리에 일부러 젓가락을 떨어뜨린 유비를 예로 그들이 본 황제의 치욕을 미화하려 애썼다.

그러나 한 번 동요한 민심은 쉽게 가라앉지 않았다. 황제를 보고 찾아들었노라던 사람들은 하나둘 흰돌머리를 떠나기 시작했고, 남아 있는 이들의 눈길에서도 그전과 같은 신뢰나 열광은 보이지 않았다. 특히 일본 헌병대에서 몇 대의 매[笞刑]를 면하기 위해 황제를 미친놈이라 욕하고 침을 뱉은 이들에 이르면 사정은 한결 나빴다. 아직도 남아 있는 정 처사의 위세와 황 진사의 후광 때문에 비록 드러내 놓지는 못했지만 자기들끼리만 어울리면 그 배반자의 무리는 거리낌 없이 황제를 두고 이죽거렸다.

"세상에, 거꾸로 매달린 천자(天子) 얘기는 또 처음일세."

"아마 세상이 왼통 거꾸로 되면 천자가 된다는 뜻일 거야."

그런데 정말 다행스럽게도 그런 조소와 경멸이 마을 전체에 옮겨지는 것을 막아준 사람은 해물 장사 배 서방이었다. 다른 사람들과 마찬가지로 황제에게 실망하여 흰돌머리를 떠났던 그는 채 사흘도 안 돼 신비한 귀환을 했다. 마침 무슨 일인가로 마을 사람들을 불러 놓고 있었던 정 처사 앞에 엎어지듯 무릎을 꿇은 그가 줄줄이 눈물을 흘리며 한 말은 이러했다.

"경망되어 하늘의 뜻을 의심하고 떠난 이 몸을 벌해 줍시오……."

"배 서방, 갑자기 무슨 말씀이오? 대체 무슨 일이 있었소?"

정 처사는 그 뜻밖의 사태에 어리둥절하다는 표정으로 물었다. 그러나 배 서방의 대꾸는 더욱 종잡을 수 없었다.

"이 몸이 이렇게 무사히 돌아온 것도 여기 계신 지존(至尊)하신 분의 음덕입니다. 이제 이 비천한 몸은 오직 그분의 뜻에 맡길 뿐입니다……."

"도무지 영문을 모르겠구려. 배 서방, 그러지 말고 차근차근 경위를 말씀해 보시오."

"소생이 어리석은 무리들과 마찬가지로 이곳을 떠난 바로 그날의 일입니다. 아직 해가 중천에 걸려 있는데 갑자기 길이 끊기고 눈앞이 캄캄해지며 노한 목소리가 높은 곳에서 들려왔습니다. '네 이놈, 하늘의 뜻을 어기고 네 감히 어디로 가려느냐? 얼른 돌아가지 않으면 네 눈을 취하고 마침내는 네 고기가 이름 모를 골짜기에서 썩도록 하리라.' 그리고는 귀도 눈도 닫혀버렸습니다. 놀라 그

길로 돌아선 소생은 천방지축 이틀이나 걸어 이곳에 되돌아왔습니다. 참으로 신기한 것은 흰돌머리로 들어서자마자 제 눈이 다시 열리고 귀가 다시 소리를 듣게 된 것입니다. 눈이 있어도 바로 보지 못하고 귀가 있어도 제대로 듣지 못한 소생의 허물을 하늘이 그와 같이 꾸짖은 것이올시다……."

"같이 떠난 이들은 어떻게 되었소?"

"처음 한동안 놀란 외침과 신음 소리가 들판 가득히 들려오던 것으로 보아 그들 또한 저에 못지않은 낭패를 당한 것임에 틀림없습니다. 나처럼 돌아오지 않았다면 필시……."

"그래 이제는 하늘의 뜻을 믿으시오?"

"믿고 말고요, 믿습니다. 두 번 다시 의심하는 죄를 짓는다면 이 천한 목숨을 거두어가도 원망이 없겠습니다……."

하기야 저 어리석은 배반자의 무리들 중에는 이 신비한 일마저도 정 처사와 배 서방이 몰래 꾸민 한바탕의 사기극으로 보거나, 기껏해야 떠나봤자 별 볼 일 없는 배 서방이 도중에서 마음을 돌려 계속 정 처사를 도우며 그 밑에서 빌붙어 살 생각으로 지어낸 이야기라 여기기도 하지만, 신비한 일은 거기서 그치지 않았다. 이튿날 또 다른 한 사람이 배 서방과 거의 비슷한 체험을 말하며 흰돌머리로 돌아왔기 때문이다.

그리하여 그 일을 계기로 동요하던 흰돌머리 사람들의 믿음은 조금씩 진정되기 시작했다. 하지만 문제는 또 있었다. 심상치 않은 황제의 건강이었다. 신해년 그 한 해를 황제는 거의 누워서 보냈고 일어나도 마치 넋빠진 사람 같았다.

어떤 이는 그런 증상을 왜병들에게서 입은 장독(杖毒) 때문이라고 하고, 또 다른 이는 한 시간에 가깝도록 거꾸로 매달려 있는 바람에 기혈(氣血)이 뒤집힌 탓이라 하지만 사실 황제의 심신을 그토록 참혹하게 물어뜯은 것은 억누를 길 없는 울분과 고뇌였다. 자기를 불러 놓고도 바로 그 성취의 첫걸음에 패배와 치욕의 함정을 마련하신 하늘에 대한 울분과 그런 자기를 따르다가 앞날의 신민(臣民)들이 겪게 된 뜻밖의 재난에서 비롯된 고뇌였다.

그러나 하늘이 그를 통하여 자기의 뜻을 구현하고자 보낸 사람은 역시 평범한 무리들과는 달랐다. 울분과 고뇌 속에 신해년을 보내던 황제는 그해 시월 쓸쓸한 늦가을의 들길을 거닐다가 홀연히 깨달았다. 그가 고통스레 지나고 있는 그 어둠이야말로 훗날의 영광을 몇 배나 더 찬란하게 만들어줄 더할 나위 없이 훌륭한 광배(光背)가 될 것임을, 어둠이 없으면 빛도 없고 시련이 없으면 영광도 없음을. 그러자 그를 병들게 한 마음의 상처는 하늘의 뜻에 대한 배전(倍前)의 확신으로 변하여 황제를 힘차게 일으켜 세웠다.

"아버님, 날이 풀리는 대로 한동안 집을 떠나 있을까 합니다."

그것은 그해 겨울 완전히 심신을 회복한 황제가 아직도 수심에 잠겨 있는 정 처사를 찾아가 한 말이었다. 정 처사는 한층 어두운 얼굴로 아들을 건너다보며 걱정스레 물었다.

"갑자기 왜 그러느냐? 또 잡되고 경망스러운 무리들의 놀림이라도 받은 게 아니냐?"

"아닙니다. 다만 곰곰이 생각해 보니 지금이 헛된 상심으로 세월을 보내고 있을 때가 아닌 것 같아 드리는 말씀입니다. 언젠가 아버님께 현신(現身)했다는 월궁천자(月宮天子)의 말씀대로 일이 이뤄지게 하는 것[成事]은 하늘에 달렸으되 일을 꾸밈[謀事]은 사람에게 있습니다. 가만히 누워 오는 때를 기다리는 것보다는 조그만 일이라도 앞날에 대비하여 하나씩 이루어 가는 것이 옳은 일로 여겨집니다."

"하지만 지금에 와서 우리가 무엇을 할 수 있단 말이냐? 우리가 무엇보다 먼저 해야 할 일은 이 땅에서 왜적을 몰아내는 것일 터인즉, 이제 우리가 다시 싸우려 한들 따를 자가 얼마일 것이며 또 사람이 있다 한들 무엇으로 저 강성한 적도와 싸운단 말이냐? 그날의 벽력 같던 화총 소리와 빗발처럼 쏟아지던 탄환을 떠올리면 나까지도 아직 가슴이 서늘하다."

"성현의 말씀에 지난 일은 허물하지 않는다[往事不咎]라고 하셨으되, 그래도 한 가지 거울로는 삼을 수 있으니, 이는 당태종(唐太宗)이 이른바 '옛것을 거울로 삼아 앞날의 성쇠를 알 수 있다[以古爲鏡 可以知興替].'라는 것입니다. 비록 저 파왜관의 한 싸움은 참담하게 끝났지만 돌이켜보면 천하의 세(勢)가 반드시 의로움에 따르지 않은 것은 어제오늘의 일이 아닙니다. 송의 양공(襄公)이 홍수(泓水) 가에 뼈를 묻은 것이나 인의를 배운 시융(西戎)이 표한한 초(楚)에게 멸망당한 것은 바로 그런 연유입니다.

저는 이번 파왜관의 전투를 통해 때로 싸움의 승패를 결정하는 것은 의(義)보다 영악스러움이며, 인화(人和)보다도 날카로운 병기가 낫다는 것을 배웠습니다. 든건대 왜적의 군대가 저토록 강성한 것은 서양 오랑캐들의 재주 몇 가지를 배워 그대로 시행한 덕분이라고 합니다. 저들이 쉽게 배울 수 있었다면 우리라고 배우지 못할 리 있겠습니까? 이제 이 나라에도 양이(洋夷)의 신기한 재주 몇 가지가 전해졌다 하기로 세상에 나가 자세히 살펴 뒷날에 대비할까 합니다."

"네 장한 뜻은 알겠으나 그 일이 어찌 그리 주머니 속의 물건 꺼내듯 쉽겠느냐? 네 비록 관자(冠者)이고 기개 또한 남다르다 하지만 세상은 횐돌머리 같지가 않느니라. 대개 그들 서양 오랑캐의 문물이 들어온 것은 큰 도성(都城)일 터인즉, 나쁜 꾀만 늘어난 그곳 사람들과 이곳 사람들의 충후함은 비교조차 할 수 없다. 오죽하면 서울 같은 곳은 눈 감으면 코 베어 가는 세상이라고 말하겠느냐?"

"정녕 세상이 그러하다면 그것은 교화가 잘못된 탓입니다. 그 역시 자세히 살펴 후일 사도(司徒)로 하여금 마땅히 백성을 가르치는 데 참고가 되도록 하겠습니다."

"내가 근심하는 것은 그 이전에 먼저 네가 당하게 될 고초이다. 설령 적지 않은 노자를 지니고 떠난다 한들, 협잡꾼을 만나면 하루아침에 빈손이 될 터. 그로 인해 그 각박한 사람들 사이에서 네가 겪게 될 배고픔과 주림이며 쓰고 신 세상 맛이 두렵구나."

"원래 재화란 것은 위로 군주로부터 아래로 만백성에 이르기까지 더불어 나누어 써야 하는 것입니다. 그 백성이 없다면 어찌 그 재화가 생길 것이며, 또 협잡을 해서라도 취하여야 할 만큼 그 백성에게 절박한 재화라면 어찌 홀로 감추어두고 쓰겠습니까? 하물며 그런 것을 두려워하여 장차 천하를 경영하는 데 소홀함이 있다면 그는 결코 제왕의 풍도가 아닐 것입니다. 부디 출행(出行)을 허가해 주십시오."

"그래도 나는 네가 그런 고초로 심신을 소모하는 것보다 이곳에서 와신상담 다시 일어설 기틀을 마련하는 편이 나을 것 같다."

"아닙니다. 예부터 구중궁궐 깊은 곳에서 금지옥엽으로 몸과 마음을 편하게 길러 제왕의 자리에 나아간 자보다는 세상 구석구석을 헤매며 창생의 고통스런 삶을 속속들이 맛본 이가 더 큰 왕업을 이룩할 수 있었습니다.

『좌전(左傳)』에 보면 제(齊)의 공자 소백(小白)은 열국(列國)을 떠돌며 갖은 고난을 겪었으나 한 번 돌아가 환공(桓公)이 되자 제하(諸夏)를 호령할 수 있는 패업(霸業)을 이루었으며, 진(晋)의 공자 중이(重耳)도 적인(狄人)의 땅에서 십이 년을 보내고 다시 칠 년이나 중원의 여러 나라를 떠돌았으나 한 번 문공(文公)의 자리에 오르자 마침내 성복(城濮)에서 무도한 초(楚)의 군사를 깨뜨리고 쇠약한 주실(周室)을 보호했습니다.

비단 화하(華夏)의 예뿐이겠습니까? 일찍이 문열공(文烈公 = 김부식)의 『사기[三國史記]』를 보니, 고구려 서천왕(西川王)의 손자 을불(乙弗)은 남의 집 머슴이 되어 밤새도록 개구리 울음소리를 지키고 또 소금 장사로 고생스레 각지를 표랑했으나, 국상(國相) 창조리(皀助利)의 영접으로 왕위에 나가자 낙랑과 대방을 몰아내고 요동을 경략한 일세의 영주(英主)가 되었습니다. 저 백제의 무왕(武王)인들 한낱 마 파는 아이로 서라벌을 떠돈 것이 오로지 선화공주를 얻고자 함뿐이겠습니까? 비록 만년의 사치가 백제의 쇠망을 재촉했다 하나, 초년의 눈부신 업적은 대개 그 젊은 날의 유력(遊歷)에 바탕한 것임에 분명합니다.

아득한 상고의 일뿐만 아니라 명의 주홍무(朱洪武=주원장)는 ……."

황제의 설명이 거기에 이르자 정 처사는 다시 한 번 가슴을 쓸며 감탄하지 않을 수 없었다. 황제의 마음속에 그토록 크고 깊은 뜻이 숨어 있음을 생각하지 못한 까닭이었다. 지난 몇 달 아들에게 품어오던 의구와 불안은 봄눈 녹듯 사라지고 새로운 기대가 용솟음쳤다. 정 처사는 남모를 번민에서 벗어나 활짝 갠 얼굴로 말했다.

"장하다. 과연 왕자(王者)의 기상답다. 나도 네가 작은 패배로 맥없이 주저앉을 만큼 용렬한 위인은 아니라고 생각은 해왔다만 막상 네 뜻을 알고 보니 그동안 턱없이 걱정한 자신이 부끄럽구나. 누가 네 장한 길을 막겠느냐? 가거라. 가서 많이 보고 많이 배워 오너라. 다만 낯설고 먼 길을 보내는 아비의 정으로 누군가 너를 보좌할 사람을 딸려 보내고 싶은데 너는 누가 좋겠느냐?"

"그것도 필요 없습니다. 물론 소백(小白)은 포숙아(鮑叔牙)가 보좌했고, 중이(重耳)도 진목공(秦穆公)의 후원으로 환국(還國)했으나 둘 다 유랑 중의 인연입니다. 행여 이 출행이 하늘의 뜻에 어긋나지 않는다면 나 또한 포숙아나 진목공을 만나지 말란 법도 없지 않겠습니까?"

그리하여 결국 황제는 홀로 거친 세상을 향해 출발하게 되었다. 한동안 음울한 침묵에 빠져 있던 흰돌머리는 이 새로운 일로 술렁거렸다. 꾸준한 정 처사의 노력으로 서서히 되살아나는 황제의 신화와 함께 과장된 그 출발의 목적은 순박한 그곳 사람들로 하여금 다시 황제를 기대에 찬 눈길로 보게 만들었다. 황제에게 냉소와 경멸을 보였던 지난날의 배반자들도 차츰 그 이상한 열기에 감염되어 혹시 자기들이 무얼 잘못 생각한 것은 아닐까 하는 의심에 젖을 정도였다.

황제가 흰돌머리를 떠난 것은 이듬해, 즉 임자년 이월 얼음이 풀리고 새싹이 돋을 무렵이었다. 준비는 여러 가지로 모자람이 없었다. 황제의 괴나리봇짐은 새로 지은 몇 벌의 명주옷과 미숫가루, 육포 같은 마른 양식부터 양치할 소금에 이르기까지 긴 여행에 필요한 물건으로 가득했고 전대에는 아껴만 쓰면 일 년은 끄떡없을 노자가 채워졌다. 위급할 때를 위해서는 황제의 손가락에 두툼한 황금 쌍가락지가 끼워진 것 외에도 속곳 괴춤 어름에는 황 진사가 내놓은 지금(地金) 한 토막이 누벼져 있었다.

황제의 차림도 그에 못지않았다. 질 좋은 통영 갓에 명주 도포, 당목 버선에 육날미투리로 나서는 황제의 모습은 누가 보아도 비범한 가문의 공자(公子)임을 짐작하게 했다. 그런 황제가 다시 돌아오는 날 그의 가슴은 왜적을 깨뜨릴 지모와 계책으로 가득 차 있으며 그래서 다시 한 번 왕사(王師)를 일으키는 날 왜적들은 쇠몽둥이에 부스러지는 질그릇처럼 깨어질 것이요, 마침내 황제는 이 땅의 지존(至尊)으로 우뚝 일어설 것이었다. 적어도 그날 황제를 동구 밖까지 전송한 흰돌머리 대부분의 사람들은 그렇게 믿었다. 친정아버지인 황 진사의 단언과는 달리, 자신이 결국은 계룡산 골짜기의 건달에 지나지 않는 정(鄭) 아무개의 아낙으로 늙어 죽게 되는 것이나 아닌가 하는 의구심에 빠져 있던 황씨 부인마저도 그날만은 그런 남편을 눈부시게 바라보며 꽤 오래일 것임에 분명한 이별의 슬픔조차 잊어버릴 지경이었다.

그런데 나는 이제 드디어 이 이야기의 가장 곤혹스러운 부분 가운데 하나에 이르게 되었다. 황제의 그 여정에 대해 실록에는 구체적인 기록이 없을 뿐만 아니라 우발산 노인도 별로 언급하지 않아, 나는 황제의 적대자들이라고 불러도 좋을 몇몇 사람의 구전에만 전적으로 의지해야 되는 까닭이다. 바꾸어 말하면 나는 본의 아니게 황제의 위엄에 상당한 손상을 가져올 몇 편의 짤막한 얘기들을 전하지 않을 수 없게 되었다. 하지만 어쩔 수 없다. 공자께서는 『춘추(春秋)』를 찬(纂)하심에 있어 비록 호칭과 표현에 차이를 두었으나 자신의 군주인 노후(魯侯)의 비행(非行)조차도 빠뜨리지 않으셨다. 이 비록 연의(演義)의 형식이지만 나 또한 그 필법을 따르고자 한다.

그 출행(出行)에서 맨 먼저 얘깃거리로 삼을 만한 것은 그 시절
로 봐서는 서양의 기계 문명을 상징한다고도 할 수 있는 기차와 우
리 황제의 첫 대면이다. 황제가 하루 낮을 바삐 걸어 한밭[大田] 거
리에 도착한 것은 임자년 이월 초순, 그러니까 양력으로는 1912년
3월 말께였다. 그 무렵의 한밭 거리는 지금으로 치면 작은 읍에
도 못 미칠 크기였으나, 깊은 산골 흰돌머리를 몇십 리 이상 벗어
나 본 일이 없는 황제에게는 눈이 휘둥그레질 만큼 큰 도시였다.
　머지않은 호남선 준공을 앞두고 신흥의 기세를 타고 있는 거리
와 별로 낯익지 않은 여러 가지 자동차들의 왕래, 기와집이라고는
처가인 황 진사 댁밖에 모르는 황제에게는 그저 아득하게만 느껴
지는 일인(日人)들의 이삼 층 양옥집들과 또한 유리를 칠보(七寶)
의 하나로만 여겨온 황제에게는 휘황스럽기만 한 점포의 유리창
틀, 그곳에 쌓인 온갖 상품들. 그러나 무엇보다도 황제의 호기심
을 자극하는 것은 첫날 밤 우연히 잠자리를 정한 역 앞 객잔에서
듣게 된 이상한 경적과 쇠붙이 소리였다. 처음 하늘이라도 무너져
내리는 듯한 경적과 우릉우릉 집이 울리는 쇠바퀴 소리를 들었
을 때 황제는 큰 지진이라도 난 줄 알았다. 그런데도 다른 사람들
은 아무도 놀라거나 이상히 여기는 기색이 없었다. 궁금해진 황제
는 주인을 불러 방금 지나간 요란한 소리의 정체를 물어보았다.
　"기차도 모르슈? 기차 지니기는 소리유."
　"기차?"
　"아따 그 양반 되우 산골짝에서 나온 모양이구먼. 철도 생긴 지

126

가 하마 언젠디."

그리고 선심 쓰듯 해준 설명에 따르면 기차란 것은 바로 석탄을 먹고 달린다는 철마(鐵馬)였다. 말이나 수레 대신 서양인들이 만들어낸 것인데 한꺼번에 수백 명을 태우고도 하루 천 리를 갈 수 있는 대단한 물건이었다. 옛적에 적토마가 하루 천 리를 달렸다는 얘기는 들었지만 한꺼번에 수백 명씩이나 태울 수 있다니 그저 놀라울 뿐이었다. 흰돌머리에 한때 무슨 전설처럼 어렴풋이 떠돈 적이 있는 화룡차(火龍車)에 대한 풍문은 사실이었던 셈이다.

그렇지만 아무래도 그런 말을 그대로 믿을 수 없었던 황제는 이튿날 아침 눈을 뜨자마자 철로 변으로 나갔다. 직접 보고 정말인지 아닌지를 확인할 작정이었다. 그때만 해도 교통량이 그리 많지 않을 때라 기차는 한동안 기다린 후에야 왔다. 그새 귀에 익은 기적 소리와 함께 산굽이를 돌아오는 그 기차는 처음 보는 황제의 눈에는 한낱 사람의 손에 조종되는 거대한 쇠붙이가 아니라 그대로 살아 있는 한 마리의 무시무시한 괴수로 비쳤다.

시커멓고 긴 몸체를 꿈틀거리며 자기를 향해 달려오는 기차를 본 순간부터 황제는 무어라 형언할 수 없는 두려움이 일었다. 그저 얼굴이 핼쑥해지고 두 다리가 떨리는 정도로 자신을 지탱할 수 있었던 것은 순전히 지켜야 할 왕자(王者)의 위엄 덕분이었다. 옛적 황제(黃帝)는 손 여섯과 눈 넷에 뿔이 돋은 치우(蚩尤)를 퇴치하여 천하를 평정했고, 한(漢) 고조 유방은 아름드리 백사(白蛇)를 한칼에 베어 사백 년 왕업의 첫발을 내디디지 않았던가.

그러나 기차가 점점 가까이 다가올수록 황제의 두려움도 커졌다. 혹시 저것은 하늘의 뜻을 방해하기 위해 상제(上帝) 몰래 내려온 살성(殺星)의 변신이거나, 백제(白帝)인 그 다음에 오기로 되어 있는 흑제(黑帝)가 성급하게 배암의 모습으로 달려오고 있는 것이나 아닐까. 그리하여 한입에 나를 삼키고자 저토록 맹렬하게 덮쳐오는 것이 아닐까. 어쨌든 오오, 한칼로 베기에는 너무 크고 굵은 배암이구나. 더구나 지금 내 손은 텅 비었으니, 한(漢)고조의 석자[三尺] 장검은커녕 세 치 송곳도 가지지 못했으니…… 그러자 황제는 더 이상 지탱할 수 없는 공포와 전율에 휩싸였다.

뒷날에 다시 도모하자, 임박한 화(禍)나 피하고 보자, 군자의 복수는 백 년이 걸려도 늦지 않다. 순간적으로 그렇게 판단을 내린 황제는 뒤돌아서자마자 길이고 뭐고 살필 틈도 없이 냅다 뛰기 시작했다. 어찌나 다급했던지 갓끈이 떨어져 질 좋은 통영 갓이 철둑 가에 뒹구는 것도, 육날미투리가 무논 바닥에 박혀 벗겨져 나가는 것도 느끼지 못할 정도였다. 그러다가 논두렁에 발이 걸려 물고인 웅덩이에 처박힌 후에야 정신을 차렸다.

기차는 이미 황제가 서 있던 철둑 가를 지나간 후였다. 대전역을 그대로 지나쳐 가는 화물 열차인 듯 느릿느릿 사라지고 있는 강철의 객량은 황제에게는 여전히 흉측스러운 괴물의 꿈틀거리는 몸뚱이로만 여겨졌다. 절기로는 비록 중춘(仲春)이라 하나 아직은 차갑기 짝이 없는 물웅덩이에서 빠져나오며 황제는 길게 탄식했다.

"아아, 왕자(王者)의 길은 어이 이리도 험하단 말인가? 이르는 곳마다 시련이 그치지를 않는구나……."

그런데 내게 이 이야기를 지금보다 몇 배나 더 우스꽝스럽게 들려준 그 전달자의 의도는 황제의 낭패를 과장하고 희화적으로 만듦으로써 황제를 형편없는 겁쟁이로 몰 작정이었던 것 같다. 별로 소용 없는 악의이다. 황제의 기계 문명에 대한 무지가 민망스럽지 않은 것은 아니나, 누군들 죽음 앞에서 초연할 수 있단 말인가. 에도[江戶] 막부를 세워 근세 일본을 통치한 도쿠가와[德川]도 다케다[竹田]와의 한판 싸움에 몰리자 말안장에 생똥을 싸 붙였고, 일세의 효웅 조조도 마초에게 쫓길 때는 투구를 벗어 던지고 수염을 자르지 않았던가. 목숨이란 살아 있어 조금이라도 소용에 닿을 것인 한, 그걸 아끼기 위한 어떠한 볼썽사나움도 흉볼 수 없다. 하물며 장차 이 나라 수천만 생령을 어르고 보살피실 황제에 이르러서야.

하지만 그 기묘한 첫 대면으로 황제가 기차에 단단히 혼이 난 것은 사실이었다. 나중에 기차가 무엇인지를 제대로 알게 된 후에도 황제가 서울까지 육백 리나 되는 길을 기차는커녕 자동차조차 타지 않고 고집스레 걸어간 것은 아마도 그 흉측한 모습과 끔찍한 괴성에 정나미가 떨어진 탓이었다.

두 번째 이야기는 황제의 가을 하늘같이 어진 마음[旲天之心]이 빚어낸 한 가닥 아리따운 정담(情談)이다.

사실 저 춘추 시대 불우한 공자(公子)들의 방랑과 편력에도 그 혹독한 고난 못지않게 화려하고 감미로운 로맨스가 있었다. 비록 한낱 초라한 망명객에 지나지 않았으나 그들의 혈통이나 가계가 지닌 왕위 상속의 가능성 때문이었다. 특별히 본국의 압력이 있는 경우를 제외하면 그들은 대개 가는 곳마다 환영과 우대를 받았으며, 간혹 그들의 앞날에 기대를 건 공실(公室)이나 세가(世家)는 꽃다운 공녀(公女)와 영양(令孃)을 내놓기도 했다. 난세를 불우하게 떠돌던 수많은 공자들이 자신의 외로움과 쓰라림을 달래기 위해 지어내고 과장한 감이 없지 않지만, 살벌한 춘추 시대를 훈훈하게 불어간 몇 줄기의 아름다운 연풍(戀風)이 있었던 것만은 틀림이 없다.

그런데 우리의 황제에게도 그와 같은 연풍은 어김없이 불어왔다. 집을 나선 지 엿새째 되던 날 무턱대고 북으로만 향해 올라가던 황제는 오후 늦게 어느 이름 모를 재[嶺]를 넘게 되었다. 그리 높은 재는 아니었으나 따가운 봄볕 아래 하루 종일 걸어온 후라 재 막바지에 이르렀을 때는 몹시 목이 말랐다. 찬물이라도 한 바가지 얻어 목을 축일 양으로 주위를 두리번거리던 황제는 머지않은 길모퉁이에서 주막으로 보이는 초가집 한 채를 찾아냈다.

경기도로 접어드는 길목이어서 한때는 오가는 나그네들로 붐볐을 법도 한 주막이었으나 교통 기관의 발달로 걸어서 여행하는 사람이 거의 없어지다시피 된 탓인지 황제가 그 마당에 들어섰을 때는 집 안이 텅 빈 것처럼 조용했다. 한참을 기웃거린 후에야 황제는 아무도 없는 술청 구석에서 춘곤을 못 이겨 졸고 있는 늙은 주모를 찾아냈다. 황제는 우선 그녀를 깨워 찬물 한 그릇부터 청했다. 우선 목을 축이고 요기라도 하고 갈 생각이었다.

"주막집에 와서 찬물을 청하다니······."

단잠에서 끌려 나온 주모는 흘긋 황제를 바라본 후 퉁명스레 말했다.

"목마른 나그네가 물 한 그릇 청했기로 무에 그리 괴이할 게 있소?"

"돈이 없다면 없다 하슈. 지금 부엌에는 다 익은 막걸리가 독째 괴고 있소."

그제서야 황제는 주모의 말이 퉁명스러운 이유를 깨달았다. 실은 황제도 술을 전혀 못 마시는 것은 아니었다. 어엿이 성례(成禮)한 관자(冠者)인 데다가 아버지 정 처사의 호주(豪酒)를 어느 정도 이어받았다고 할 수 있었으나, 그간 익혀온 제왕(帝王)의 학(學)에서 술은 여색과 더불어 가장 큰 금기였다. 예닐곱에 『소학』을 배울 때부터 황제가 자경문(自警文) 삼아 외워온 글귀 중에는 이런 것이 있었다.

戒爾勿嗜酒　　너에게 경계하노니 술을 즐기지 말라
狂藥非佳味　　미치게 하는 약이요 맛조차 없느니라
能移謹厚性　　근후한 성품을 능히 움직여
化爲凶險類　　흉험한 부류로 화하게 하나니

古今傾敗者   고금에 거기 기울어져 패망한 이를
歷歷皆可記   역력히 모두 기록할 수가 있느니라

하지만 주모가 돈을 앞세워 핍박하자 불끈하지 않을 수 없었다. 황제는 괴춤에 찬 전대를 추스르며 위엄 있게 말했다.

"내 비록 가진 것은 없으나 춘료(春醪) 한 독 살 돈은 있소이다."

"오라, 그럼 갓은 덩그러니 받치어 써도 어른이 덜된 게로군. 아직 술을 마실 줄 모르는 모양이구려."

황제가 돈냥이 있다는 것을 알아차린 주모는 이번에는 다른 방향으로 오기를 돋우었다.

"그도 틀렸소이다. 옛적에 황충(黃忠)은 나이 칠십이 넘어서도 능히 한 말 술을 마시고 열 근 고기를 먹었거늘 내 어찌 말술을 두려워하겠소? 다만 제왕은……."

분김에 그렇게 말하던 황제는 황황히 입을 다물었다. 이왕에 본색을 숨기고 천하를 두루 살피려고 나선 마당에 그 무슨 섣부른 언동이란 말인가, 생각이 거기에 미치자 황제는 얼결에 말하고 말았다.

"좋소이다. 그럼 우선 술부터 내오시오. 늦었지만 점심 요기도 부탁드리겠소."

그 말을 듣고서야 주모는 낯빛을 풀고 부엌으로 들어갔다. 잠시 후 주모는 전과는 전혀 다른 표정으로 막걸리 한 되에 산채 몇 가지를 곁들여 나왔다.

"우선 목이나 축이시우. 곧 밥을 지으리다."

막상 술상을 대하자 다시금 망설임이 일었으나 황제는 곧 술잔을 기울이기 시작했다. 속이 빈 탓인지 술은 쉽게 취해 왔다. 범노공(范魯公, 소학에 술을 경계한 글을 남긴 후당의 범질)이 경계한 바와는 달리 그 맛도 썩 나무랄 만한 것은 아니었다. 오히려 한 잔 한 잔 비워갈 때마다 새로운 맛이 솟는 듯했다.

그리하여 주모가 서둘러 지은 밥을 내왔을 때는 이미 한 되 술을 다 비워 약간 거나해진 후였다. 황제는 시늉만으로 밥상을 물리고 새로 술을 청했다. 어느덧 해는 서산으로 기울고 있었다.

"술잔깨나 하는 양반이 공연히 딴청을 부렸구려."

두 번째 술을 내온 주모가 만족스러운 얼굴로 황제 곁에 자리를 잡으며 말했다. 아직 자신을 잊어버릴 정도로 취하지는 않은 황제가 문득 목소리를 가다듬었다.

"내 비록 주모의 권유로 술잔을 들고는 있으나 큰 뜻을 품은 장부로서는 경계해 마땅한 것 또한 술이오. 옛날 상(商=殷)이 망한 것은 위로 군주에서 아래로 상민에 이르기까지 술 마시기를 낙으로 삼았기 때문이오. 장판교에서 조조의 백만 대군을 쫓은 장비가 범강, 장달 따위에게 횡사한 것이나 천하장사 여포가 생금(生擒)의 치욕을 입은 데에도 술이 있었소이다. 술로 몸을 망친 자를 하나 하나 대자면 하룻밤을 새워도 오히려 부족할 것이오."

"아따, 그만하고 술이나 드슈. 주중불언(酒中不言)이 진군자(眞君子)란 말도 있거든 먹물깨나 든 양반이 웬 사설은."

그런데 주모의 말 속에 낀 대단찮은 문자가 술기운이 오른 황제의 흥미를 엉뚱한 방향으로 이끌었다.

　"주모는 그런 문자를 어디서 들었소. 여느 주막집 주모는 아닌 성싶구려."

　"귀동냥이야 더 있지요. 시여주혜 금일락(詩與酒兮今日樂＝시와 술은 오늘을 즐기자는 것이니)이요, 불관문전 시여비(不關門前是與非＝문 앞의 시비는 관여하지 마시라)라든가."

　"좋구려. 작주여군 군자관(酌酒與君君自寬＝술잔 들어 권하노니 너무 사리지 마시게)하라. 인정번복 사파란(人情飜覆似波瀾＝변덕 많은 사람의 정 물결 같은 것)을."

　"이태백은 술 한 말에 시가 백 편이었다[李白一斗詩百篇]더구먼."

　"두보는 길에서 누룩 실은 달구지만 봐도 입에 군침이 돌았다[道逢麴車口波涎] 했소."

　"꽃 앞에서 몇 번이나 취할 수 있을까. 가난하다고 술 살 돈 아끼지 말라[能向花前幾回醉 十千沽酒莫辭貧]."

　"술 사는 것쯤 걱정하지 마시오[莫謾愁沽酒]. 주머니에는 언제나 돈이 있소이다[襄中自有錢]."

　이렇게 한동안 흥겹게 주고받는데 갑자기 주모가 야릇하게 눈을 흘기며 화제를 바꾸었다.

　"풍류도 이만저만한 풍류가 아닌 양반이 의뭉스럽기는……."

　비록 늙었지만 그런 그녀의 교태는 오랜 세월 몸에 밴 것이었다. 그러나 그녀가 주워댄 당음(唐音) 몇 구절에 감탄한 황제에게는 어김없이 몰락한 사대부가의 부녀로 단정되어, 그 노골적인 교태조차 요조한 숙녀의 행신(行身)으로만 보였다.

"내 비록 취했으나 눈만은 아직 멀쩡하오이다. 노부인은 사대부 집 부녀임이 분명한데, 무슨 연유로 이런 궁벽한 곳에서 뜨내기 손을 상대로 천한 장사를 하시오?"

황제가 정색을 하고 그렇게 물었을 때 주모의 얼굴에는 잠깐 당황과 혼란이 일었다. 비록 그곳이 심양강 나루[潯陽江頭]가 아니고 그녀 역시 비파로 예상(霓裳) 육요(六幺)를 탄 적은 없으나, 황제가 저 강주사마(江州司馬 =백낙천)처럼 물어주었더라면 그녀에게도 황제의 푸른 소매를 적시게[靑衫濕] 할 만한 과거가 있었다.

교방(敎坊) 제일부(第一部)에 속한 것은 아니었으되 기생이었던 그녀에게도 역시 장안의 한량들이 다투어 선물을 바친 시절이 있었으며, 또 이제는 저녁이 가고 아침이 와 아름답던 용모는 시들고 [暮去朝來顏色故] 문전은 쓸쓸해져 찾아오는 손님은 드물어졌기[門前冷落鞍馬稀] 때문이다. 그런데 황제가 난데없이 사대부집의 부녀로 보고 나서니 자연 당황하지 않을 수 없었다.

잠시 마음속으로 셈을 대던 그녀는 이내 몰락한 양반집 부녀로 변했다. 그러면서 깊이 내쉬는 한숨마저 정말 대가집 노부인의 한이 서린 듯했다.

"이 몸이 영락한 구구한 사정이야 말해 무엇하겠습니까? 어지러운 세상을 만나 하루아침에 결딴난 반가(班家)가 한둘이 아닐 터인즉, 오히려 젊으신 분이 홀로 구름처럼 떠도는 연유나 들어봅시다."

그리고 쓰라린 일은 되뇌기조차 싫다는 표정으로 이제 막 서
산으로 넘어가는 해를 바라보았다. 곁눈으로 황제의 반응을 살피
고는 있었지만 여지없이 황제의 추측에 어울리는 애련한 자태였
다. 그런 그녀를 보며 황제는 돌연 형언할 수 없는 연민과 함께 한
줄기 호기를 느꼈다. 주인을 잃은 이 백성이 고통받고 있구나. 이
제 다음 시대를 지고 갈 새로운 인물이 왔음을 알려줘야겠다. 어
둠 속을 방황하는 무리에게 내일에 떠오를 밝은 해를 일러줘야지.
— 거기서 황제는 지금까지 애써 감추어온 자신의 내력을 남김없
이 털어놓았다.

황제가 긴 얘기를 끝냈을 때 날은 완전히 어두워진 후였다. 나
직이 한숨을 내쉬기도 하고 자세히 황제를 뜯어보기도 하던 주모
는 마침내 생각을 정한 듯 깊게 머리를 끄덕였다. 황제에게는 그런
태도가 이제야 당신을 알아보겠다는 사심 없는 복종과 믿음의 표
시로만 보였다. 더군다나 그녀가 한결 공손하고 은근해진 목소리
로 이렇게 권해 왔을 때는 기꺼운 마음까지 들었다.

"높고 귀하신 분을 몰라 뵈었습니다. 이제 날도 저물었고 하니
누추하나 제 집에서 묵어가십시오. 마침 씨암탉 한 마리가 남았
기로 제 정성 삼아 새로이 술 한상 올리겠습니다."

하지만 황제의 어진 마음이 가난한 백성의 공궤(供饋)를 그대
로 받아들일 리 없었다. 황제는 전대를 풀어 씨암탉을 열 마리라
도 살 만한 돈을 그 갸륵한 주모에게 내렸다. 그녀는 처음에 완강

히 사양했으나 마침내 황제의 권유에 못 이겨 그 돈을 거두고 황제를 방 안으로 인도했다.

술상은 미리 준비되어 있기나 한 듯 오래잖아 다시 들어왔다. 종전의 산나물 외에도 버섯이며 건어물이 더 얹힌 풍성한 것이었다.

"닭이 삶길 때까지 우선 무료를 푸십시오."

그런데 이때 누군가가 주막으로 들어오는 기색이 있었다. 여자인 듯, 주모와 한동안 수군대던 그 새로운 인물은 이내 숨어들 듯 옆방으로 들어갔다. 그들 두 사람의 수군거림은 그 뒤로도 몇 차례나 되풀이되었다.

하지만 우리의 황제에게는 흥겹기만 한 밤이었다. 아직 몸을 일으키지도 않은 때에 자기를 고대하고 있는 신민을 만나 그 정성 어린 공궤를 받게 되니 어찌 흥겹지 않겠는가. 그리하여 거리낌 없이 마시다 보니 주모가 익은 닭을 받쳐 들고 왔을 때는 몸을 가누기가 힘들 만큼 되어 있었다. 주모의 말과는 달리 손가락 굵기밖에 안 되는 병아리 다리를 뜯으면서도 황제의 흥겨움은 여전했다.

"옛적에 충신 개자추(介子推)는 허벅지의 살을 베어 주군을 봉양했고, 후한(後漢) 말기의 한 나무꾼은 아내의 고기를 삶아 소열제(昭烈帝＝유비)를 공궤(供饋)했다더니 오늘과 같이 어려운 때에 한 마리 씨암탉을 기꺼이 삶은 노부인의 정성 또한 그에 무엇이 다르랴."

황제가 그날 밤의 가연(佳緣)을 맺게 된 것은 바로 그 닭고기를 안주로 다시 천일취(千日醉, 기실은 주모가 아랫마을에서 급히 구한 맥소

주었다는 말도 있다.)를 마시던 중의 일이었다. 주모의 적절한 맞장구로 앞날의 웅대한 꿈을 펼치고 있을 때 돌연 옆방에서 여인의 울음소리가 들려왔다. 젊은 여인의 것으로 짐작되는 그 울음소리는 황제의 가슴을 에는 듯 애절했다.

"아닌 밤중에 이 어인 여인의 울음소리요?"

취한 중에도 기이하게 여긴 황제는 언제부터인가 어두운 표정으로 입을 다물고 있는 주모에게 물었다. 그러자 주모는 기다렸다는 듯 긴 한숨과 함께 머리를 조아렸다.

"제 미천한 딸자식입니다."

"원래 딸이 있었구려. 그런데 무슨 일로 저리 슬피 우시오?"

"가을 하늘처럼 맑고 어지신 마음에 행여 한 조각 어두운 구름이 될까 하여 숨겨왔습니다만 이제 물으시니 대답하겠습니다.

원래 저의 시댁은 이웃 고을의 알아주는 집안으로 시조부께서는 이조참판까지 지내셨습니다만 시부(媤父)께서 을사조약 때 분사(憤死)하시고 가군(家君)마저 멀리 만주 땅으로 망명하자 좋던 집안은 하루 만에 결딴나고 말았습니다. 정미(丁未)조약 때부터 의병을 모아 왜적과 싸우다 가산을 탕진한 가군은 망명할 노자를 마련할 길이 없어 옛날 하인이던 읍내의 모(某) 장사치에게 저희 모녀를 담보로 돈을 빌렸습니다.

그 후 저희 모녀는 행여 그 빚을 갚을 방도가 있을까 하여 몸에 익지 않은 이 장사를 시작하였으나, 보시는 바와 같이 길손은 적고 재리(財理)에도 어두워 이제는 오히려 얼마 안 남은 패물까지 팔아 생계에 보태야 할 지경에 이르고 말았습니다……."

만약 황제의 총명이 술에 가려지지만 않았더라도 그런 주모의 얘기가 비록 그럴싸하게 꾸며진 것이기는 하나 어딘지 어색한 곳이 있음을 알아챌 수 있었으리라. 그러나 그날 밤의 황제에게는 그 얘기가 구구절절 애틋한 연민을 자아낼 뿐이었다.

"이씨[李王家]들이 죄가 많다. 한 번 나라를 그르치니 대(代)를 이은 충신의 집이 어육(魚肉)이 나는구나."

"그런데 성화같이 빚 독촉을 해대던 그 하인 놈이 근일 해괴한 통보를 해왔습니다……."

"해괴한 통보라니?"

"모월 모일까지 그 빚을 갚지 않으면 딸년을 돈값으로 데려가 소실로 삼겠다는 것입니다. 바로 그 모월 모일이 내일이라 딸년이 저리 슬피 우는 것입니다."

"저런, 죽일 놈이…… 내 당장에 찾아가 물고를 내리라."

황제는 분연히 몸을 떨며 일어났다. 그러는 황제의 소매를 부여잡으며 주모가 말렸다.

"고정하십시오. 죄상으로 보아서는 열두 번 물고가 나도 오히려 마땅하나 옛말에 닭 잡는 데 소 잡는 칼을 쓰지 않는다 했습니다. 그 하잘것없는 하인 놈 때문에 귀하신 몸이 상할까 우려됩니다. 놈은 더러운 수단으로 돈을 모았을 뿐만 아니라 왜놈들에게도 선을 대어, 평소에도 놈의 집 주변에는 항시 육혈포를 품은 순사와 칼 찬 헌병들이 서넛씩이나 파수를 봐주고 있다고 합니다."

이 역시 의심스러운 말이었지만, 철석같이 주모를 믿고 있는 황제를 주춤하게 만들기에는 충분하였다. 왜졸들에게 한 번 쓰라린 경험을 맛본 황제로서는 아무리 분김이요 취중이라 하더라도 서넛이나 되는 왜놈을 처치할 자신이 서지 않았다. 그사이에도 옆방의 울음소리는 더욱 애절하게 들려왔다. 주모의 늙은 볼에도 한 줄기 처연한 눈물이 흘러내렸다. 한동안 취기를 억누르며 생각에 잠겨 있던 황제는 이윽고 의연한 목소리로 주모를 달래었다.

"노부인, 너무 상심하지 마시오. 『시(詩)』에 이르기를 하늘 아래 왕의 땅이 아닌 것이 있으랴(普天之下 莫非王土), 그 땅 어느 물가에 살든 왕의 신하 아닌 이가 있으랴(率土之濱 莫非王臣) 하였소. 내가 듣지 않았다면 또 모르려니와 이미 일의 내막을 들은 이상 어찌 그냥 지나칠 수 있겠소? 내게 한 가지 방도가 있으니 우선 빚진 돈의 액수나 알아봅시다. 그래 그게 몇 냥이나 되오?"

그 말을 들은 주모의 얼굴이 눈에 띄게 밝아지며 두 눈에는 다시 무언가를 가늠하는 듯한 기색이 떠올랐다.

"대략 쌀 스무 섬을 살 수 있는 돈입니다."

그녀는 그렇게 더듬거려 말해 놓고 다시 조심스레 덧붙였다.

"원래는 그보다 많으나 우선 그 정도면 급한 불은 끌 수 있을 것이옵니다."

황제는 가만히 자신이 가진 돈을 셈해 보았으나 전대를 전부 털어도 모자랄 것 같았다. 뿐만 아니라 그럴 경우 모처럼 떠난 편력의 길이 벽두부터 너무 어려워지는 것도 걱정이었다. 그때 문득 떠

오른 것이 속곳 깊이 누벼져 있는 지금(地金) 토막이었다.

"노부인, 이세 근심을 거두시오. 꼭 그만한 돈이 되는지는 알 수 없으나 내게 약간의 금이 있으니 어떻게 맞추어보도록 하시오."

그리고 황제는 장인인 황 진사와 부인 황씨가 죽을 지경이 아니거든 쓰지 말라던 그 금덩이를 선선히 내놓았다.

"재화란 원래 만민의 것이니, 이제 필요한 이에게 돌려드리겠소이다. 어떻소? 이만하면 되겠소?"

황제가 지금(地金) 토막을 내놓자 황제의 전대에만 기대를 걸고 있던 주모는 잠시 어리둥절한 눈치였다. 몇 번이나 들어 보고 긁어 보고 하던 주모는 마침내 그것이 줄잡아 한 냥쭝은 훨씬 넘어 뵈는 순금덩이라는 것을 확인한 듯했다. 놀란 것도 잠깐, 그녀는 엎어지듯 머리를 조아리며 감격의 눈물로 삭자리를 적셨다. 그리고 잠시 후 구르듯 나가더니 울고 있던 딸을 데려왔다.

주모에게 이끌려와 함께 머리를 조아린 딸은 조금 전까지도 서럽게 울고 있던 사람답지 않게 하얗게 분칠한 얼굴에 동백기름이 반질거리는 머리를 하고 있었다. 별로 밉게 생긴 것은 아니었으나 함부로 굴린 듯한 몸매며 목덜미의 주름으로 보아 아무리 적게 잡아도 서른은 지난 나이였다. 그러나 이미 취한 황제의 눈에는 어디까지나 꽃 같은 얼굴에 달 같은 자태를 지닌 묘령의 규수로밖에 보이지 않았다.

그날 밤 그들 모녀가 황제에게 바친 감사와 찬미는 영세불망비(永世不忘碑)를 수십 개 세우고도 남을 만한 양과 질이었다. 울음속에 때때로 참다가 터진 듯한 웃음이 끼어들었지만 그마저도 황제는 기쁨을 이기지 못한 탓으로 여겼다. 하지만 그들 모녀의 감사와 찬미는 말로써만 끝나지 않았다.

술자리를 파하고 주모가 정성껏 펴준 잠자리에 든 황제는 살며시 문을 열고 들어온 딸 때문에 놀라 취한 몸을 일으켰다. 딸은 안이 비칠 듯 얇은 속곳 바람이었다.

"낭자가 홀로 외간 남자의 방에 어인 일이시오? 남녀가 유별한데 더구나 속옷 차림으로……."

그러자 그녀는 스스럼없이 황제의 품속으로 파고들면서 속삭였다.

"미천하다 물리치지 마시고 소녀를 거두어주옵소서."

이 한 몸을 그대로 바친다는 갸륵한 정성이 그대로 우러나는 음성이었다. 하지만 황제가 한 덩이 작은 금조각으로 여염집 규수의 정조를 취할 만큼 불인(不仁)하겠는가? 아무리 스스로 왔다 하나 그녀를 턱석 받아안을 황제는 아니었다. 황제는 우선 그런 그녀에게 준엄하게 말했다.

"낭자는 잘못 생각하였소. 내가 낭자를 도운 것은 장차의 신민이 겪게 될 봉욕을 막아준 것이지, 낭자의 미색을 취하고자 함이 아니었소이다. 내 이제 낭자를 취함은 한 번 준 것을 도로 빼앗음과 같으니 차마 군자가 할 일이 아니오. 낭자는 그 몸을 깨끗이 보존했다가 뒷날 좋은 낭군을 만나 복된 삶을 누리도록 하시오."

"하오나 소녀는 오늘 밤 그 금덩이가 아니었던들 내일은 그 천한 하인 놈에게 짓밟혔을 것이옵니다. 이제 그 참혹한 욕을 면하게 해주셨으니 무엇을 바친들 아까우리까? 자그마한 보은(報恩)의 뜻으로 여기시어 이 몸을 거두어주옵소서.”

“이미 말했듯이 정녕 내게 보은하는 길은 이것이 아니라, 충성스러운 지아비를 만나고 충성스러운 자식을 길러 장차의 왕업에 한 가닥 도움이 되도록 하는 것이오. 부디 내 뜻을 더럽히지 말고 이만 돌아가시오. 굳이 고집하시면 노부인을 불러 내 뜻을 밝히겠소.”

“비록 장차에 지존(至尊)이 되실 분이나 오늘 밤 소녀가 당돌히 이곳으로 올 때에는 다만 마음속에 그리던 낭군으로 생각했을 따름이옵니다. 그런데 이제 첫날밤부터 소박을 주시니 소녀가 무슨 낯으로 살아가겠습니까? 차라리 칼을 물고 엎어져 한 조각 붉은 마음을 내보일지언정 이 방에서는 한 발도 나갈 수 없사옵니다.”

그렇게 말하는 그녀의 얼굴에는 정말로 싸늘한 결심이 떠올랐다. 일이 거기에 이르자 황제로서도 어쩔 수 없었다. 하늘은 호생지덕(好生之德)을 지녔거늘 그 하늘의 뜻을 받아 장차 만백성의 어버이가 될 황제로서 어찌 그 가련한 소녀의 죽음을 보고만 있을 수 있단 말인가. 호색(好色)은 영웅에게 허물이 되지 않거니와 그간의 언동만으로도 황제의 인의(仁義)로움은 충분히 드러난 바였다. 거기다가 황제 나이 열여덟, 이미 부부간의 운우지락(雲雨之樂)을 맛본 적이 있는 성년이고 보면 참는 데도 한계가 있었다. 설령 저승의 최 판관(崔判官)일지라도 그날 밤의 일은 음사(淫事)로 다스릴 수는 없으리라.

한 가지 그 밤의 일로 좀 잡상스러운 후문(後聞)은 한차례의 방사(房事)를 치른 황제와 그녀가 주고받았다는 대화이다.

"골이 넓고 물이 흐르니 사람 다녀간 자취 분명하다."

라고 한 황제의 말에, 그녀는

"앞 계곡의 얼음은 봄이 되면 저절로 녹아 흐르고, 뒷동산의 밤송이는 벌이 쏘지 않아도 가을이면 또한 절로 벌어진답니다."

라고 했다는 것인데, 어딘가 김삿갓의 일화에서 고의적으로 빌려온 냄새가 난다. 역시 황제의 품위를 격하시키려는 사람들의 부질없는 악의이리라. 다만 그녀와 몸을 섞게 됨으로써 황제의 손가락에 남아 있던 쌍가락지가 가외로 날아간 것은 사실이다. 이튿날 다시 길을 떠나려는 황제에게 그녀가 눈물지으며 한 부탁 때문이었다.

"혹시 아이가 태어나면 정표(情標)로 삼게 그 가락지를 남겨주옵소서. 훗날 아비가 자식을 몰라보고 자식 또한 아비를 알아볼 수 없게 될까 두렵사옵니다……."

그러나 그 주막을 나서는 황제를 보고 가까운 비탈밭을 일구고 있던 두 사람의 농군이 했다는 말은 좀 지나쳤지 않나 싶다.

"저기 또 멍청이 같은 녀석이 여우 같은 모녀에게 홀려 깝대기까지 홀랑 벗기고 가는구먼."

"보나 마나 비싼 외입에 두 눈알까지 퀭하겠지."

하고 그들은 말했다는데 황제는 깝대기는커녕 의관까지 고스란히 갖추고 있었을 뿐만 아니라, 두 눈도 여전히 정기로 빛났기 때문이다. 더군다나 전대에 이르면 초저녁 닭값을 치른 것 외에는 한 푼 축남이 없었다.

그 밖에 당시 그 재[嶺] 부근에 떠돌던 그들 모녀에 대한 고약한 소문도 우리 황제의 위엄을 상하게 하는 데는 별 효과가 없다. 즉, 재에는 젊었을 적 한량들의 재물 후려내기로 유명했던 늙은 퇴기 하나와 역시 사당패를 따라다니며 굴러먹다 돌아온 중년의 딸이 주막을 차리고 어수룩한 길손이 걸려들면 모녀가 공모하여 마지막 한 푼까지 털고야 보내주었다든가, 특히 황제가 떠난 후 몇 달 동안이나 그 모녀는 얼굴만 맞닿으면 황제를 털던 얘기로 킬킬거렸다든가 하는 따위가 그것인데, 소문은 어디까지나 소문일 뿐이다. 또 설령 그 소문이 사실일지라도 나무랄 것은 그 간악한 모녀이지 가을 하늘처럼 맑고 어진 마음을 지닌 우리의 황제는 아니다.

진실로 우리의 황제를 위하여 민망스러운 것은 바로 이 세 번째 이야기이다. 그해 삼월 초순 서울을 간당시고 갔으나 방향이 헷갈려 다시 며칠인가를 허비한 황제가 수원에 이르러 뜻밖에 치르게 된 곤욕이 그것이다.

마침 장날 그곳에 도착한 황제는 흥청거리는 장터거리를 떠돌며 낯선 풍물을 구경하고 있었다. 여기저기를 기웃거리던 황제는 우연히 일본 헌병 하나와 마주쳤다. 한 번 욕을 본 적이 있는 황제는 자신도 모르게 놀라 펄쩍 뛰듯 한 길이나 옆으로 길을 비켜섰다. 그러나 일단 그를 지나치자 황제가 갑자기 원인 모를 굴욕감에 빠졌다. 일개 섬오랑캐의 병졸에게조차 당당히 맞부딪쳐 길을 양보받지 못하고 피해 버린 자신의 비겁 탓이었다. 그리하여 그 갑작스럽고 또 약간은 엉뚱하기까지 한 굴욕감에서 비롯된 황제의 생각은 곧 더욱 엉뚱한 방향으로 비약되기 시작했다.

"내 비록 한 번 싸움에 졌으나 뜻마저 꺾이지는 않았다. 좋다. 지금은 기꺼이 네놈들의 바짓가랑이 사이로도 기어가라면 기어가겠다. 구천(句踐)은 부차(夫差)의 똥을 맛보아가며 비위를 맞추었으나 마침내 힘을 길러 오히려 부차(夫差)를 자진(自盡)케 했느니. 나도 언젠가는 너희를 꺾어 내가 맛본 이 쓰라림을 돌려주리라.

그런데…… 힘을 기르는 것 못지않게 중요한 것은 너희들에 관해 정확히 아는 일이다.『손자(孫子)』에 적을 알고 나를 알면 백 번 싸워도 위태로울 게 없다[百戰不殆] 했거니……."

그렇게 생각한 황제는 이내 그들을 정확하게 알아내는 방법으로 먼저 그들과 친해질 필요가 있다는 결론에 이르렀다. 마침 그 일본 헌병은 무엇을 조사하러 나왔는지 가까운 옹기전 부근을 기웃거리고 있었다. 잠시 자기만의 생각에 잠겨 있던 황제는 그가 멀리 가버리지 않았다는 사실만이 반가워서 무턱대고 그에게로 다가갔다.

하지만 막상 일본 헌병과 맞닥뜨리자 황제는 다시 낭패한 심경이 되었다. 자기의 대견스러운 결정을 행동으로 옮기기 위해서는 우선 무어라고 말을 붙여야겠는데 거기 필요한 일본 말을 한마디도 몰랐기 때문이었다.

황제는 그들과의 유일한 교류였다고 말할 수 있는 흰돌머리 부근 헌병대에서의 이틀을 떠올리며 단 한마디라도 일본 말을 기억해내려고 애썼다. 그때 황제의 머릿속에 무슨 재앙처럼 남아 있는 말이 '바카야로'였다. 그 헌병대에서 가장 자주 들은 말 중의 하나여서 용케 기억된 말이었지만 그 뜻은 황제 자신도 잘 모르고 있었다. 그런데도 어쨌든 자기가 일본 말을 알고 있다는 게 은근히 자랑스러워진 황제는 그 말을 이용해서 눈앞의 일본 헌병과 친해보리라 마음먹었다.

얼마 전부터 자기에게 머뭇머뭇 다가오고 있는 키 크고 멀쑥한 조선인에 대해 경계의 눈초리를 빛내고 있는 그 헌병에게 바짝 다가선 황제는 얼굴 가득히 사람 좋은 미소를 떠올리며 부드럽고 공손하게 말했다.

"바, 바카야로."

"난또(뭐라고)?"

헌병은 황제의 더듬거리는 말을 얼른 알아듣지 못한 것인지 아니면 너무 뜻밖의 일이어서 잘못 들은 것으로 여겼는지 날카로운 관찰의 눈길로 황제를 바라보며 물었다. 황제는 더듬거리지 않으려고 애쓰면서 전보다 한층 크고 뚜렷한 목소리로 말했다.

"바카야로."

황제의 얼굴 가득 찬 미소에도 불구하고 갑자기 그 일본 헌병의 눈꼬리가 사납게 치켜졌다.

"나니(뭐 어째)?"

"바카야로."

"보구오 히야카스노까(나를 놀리는가)?"

"바카야로."

"안타 기가 구룻다노가이(이게 미쳤나)?"

"바카야로."

그러자 그 일본 헌병은 여전히 웃고 있는 황제에게 따귀를 매섭게 올려붙였다. 실로 마른날의 날벼락과 진배없었다. 잠시 얼떨떨하게 서 있던 황제는 슬며시 화가 났다. 아무리 예의를 모르는 섬 오랑캐 족속이라고는 하지만 남의 호의를 어찌 이다지도 무참히 짓밟는단 말인가. 거기서 자연 황제의 미소는 사라지고 말투도 통명스러워지지 않을 수 없었다.

"빠카야로."

"소레데모 와카라나이노카(그래도 정신 못 차려)?"

화가 난 일본 헌병은 이번에는 구둣발로 황제의 정강이를 사정없이 걷어찼다. 그러자 황제는 정말로 화가 나고 말았다. 황제는 남다른 힘으로 그 헌병의 왜소한 체구를 들어 올려 길바닥에 메다꽂으며 외쳤다.

"바카야로."

말의 의미로 보아서는 그때가 가장 정확하게 쓰인 셈이지만 황제의 내심으로는 '이렇게 무례할 수 있느냐?'란 뜻이었다. 장바닥

에 처박힌 헌병은 잠시 그 뜻하지 않은 사태에 멍청해져서 일어
날 생각도 않고 황제를 올려다보았다. 앉아서 올려다보니 황제의
큰 키는 더욱 크게 보였다. 분노로 번쩍이는 눈도 살기 어린 것으
로만 보였다.

기기서 잠시 생각을 굴리던 일본 헌병은 갑자기 호루라기를 빼
내 힘차게 불었다. 군도를 차고는 있었지만 황제의 우람한 체구와
재빠른 솜씨에 질려 동료에게 구원을 요청한 것이었다. 마침 부근
에 나와 있던 몇 명의 일본 헌병이 여차하면 칼을 뺄 기세로 황제
를 에워쌌다. 이번에는 황제 쪽에서 겁이 덜컥 났다. 황제는 다급
하게 에워싼 이들을 향해 해명했다.

"바카야로, 바카야로."

다음에는 사정조로,

"바카야로, 바카야로, 바카야로……."

그날 일본 헌병대로 끌려간 황제가 조선인 통역이 헌병들에게
일의 내막을 설명해 줄 때까지 근골에 상당한 손상을 입었으리라
는 것은 미루어 생각하기에 어렵지 않다. 일본인에 대한 황제의
뿌리 깊은 적개심을 더 한층 치열하게 만들어준 춘사(椿事)였다.

갑인(甲寅) 유월(六月) 마숙아(馬叔牙)를 얻어 귀환(歸還)하시다.

『도덕경(道德經)』에 이르기를, 백성의 헛된 욕심을 돋우는 편리

한 물건이 많을수록 나라는 더욱 어지러워진다[民多利器 國家滋昏]
고 했거니와 이는 대개 사람의 지식이 늘고 문명이 발달할수록 그
고통과 죄악도 커진다는 뜻이 되겠다. 임자년 늦은 봄 황제가 한
달 가까이나 걸려서야 도착하게 된 서울이 그 본보기였으니, 문안
에 들어선 지 하루도 안 돼 한 협잡꾼을 만난 황제는 가진 것을
몽땅 털리게 되었기 때문이다.

　자기의 성을 마(馬)가로 밝히며 협객을 자처한 그 협잡꾼은 처
음 보는 황제를 십년지기 대하듯 했다. 그는 자청하여 서울 거리
를 안내했는데, 그동안 황제는 그의 능숙한 언변과 활달한 기상에
반하고 말았다. 그리하여 그의 부추김에 빠진 황제가 섣불리 자
신의 신분을 털어놓고 가진 것을 모조리 내보인 것이 화근이었다.
밤늦도록 기고만장하여 떠들며 함께 여각(旅閣)에 든 것까지는 좋
았으나 아침에 일어나니 그 협잡꾼은 물론 봇짐도 전대도 없었다.

　아무리 어려움을 각오하고 떠난 길이라지만 막상 삭막한 도시
에 빈털터리로 팽개쳐진 황제가 겪은 고생은 듣지 않아도 짐작이
간다. 비록 실록에 직접 남아 있지는 않아도 그 편력의 참담함을
알 수 있는 간접적인 자료는 여럿 있다. 그 하나는 만년 황제 자신
이 어떤 칙어(勅語) 속에서 술회한 짧은 구절이다.

　'……짐은 몸을 일으킴에 포의(布衣)에서 일어나 만난(萬難)을
겪었나니 (……) 특히 소시(少時)에 천하를 주유하며 겪은 고초와
간난은 차마 필설로 형용하기 끔찍하더라. 임자, 갑인, 계축, 세 해
를 풍찬노숙(風餐露宿) 어느 때는 여염의 굴뚝에 의지해 추위를 피

하고 어느 때는 외양에서 마소와 짚 검불을 다투었도다. 걸개(乞丐)에게 오히려 소사(疏食)를 빌었고, 견돈(犬豚)과 더불어 찬물(饌物)을 나누었으니 사해(四海)의 어떤 궁민(窮民)이 그보다 더하였으리오……'

그 밖에 다른 증거는 황제가 그 편력을 끝내고 흰돌머리로 돌아올 때의 모습이다. 여섯 자 큰 키에 우람하던 풍신은 멀쑥한 키만 남아 마치 벗긴 삼대(麻莖) 같았고, 부르트고 짓무른 손발은 풍병 들린 사람의 손발이나 다름 없었다고 한다.

그런데도 역시 황제가 여느 사람들과 다른 점은 그런 고난에 굴하지 않고 한 번 뜻한 바를 끝내 이루고 만 매운 얼이다. 그 고난의 삼 년 동안에도 황제는 이 나라의 여러 도시를 떠돌며 서양 오랑캐들이 전해 온 문명과 백성들의 쓰라린 삶을 속속들이 살펴보고 있었다. 물론 거기에 대해서도 흰돌머리로 돌아갈 길을 몰라보다 일찍 돌아가지 못했을 뿐이었다는 그야말로 황제를 모욕하는 설명이 없는 것은 아니나 한낱 근거 없는 망발일 뿐이다. 그보다는 오히려 장부 한 번 향관(鄕關)을 나서서 뜻을 이루지 못하면 백골조차 고향으로 향하지 않으리라던 선인(先人)의 굳센 의지로 보는 쪽이 온당하리라.

황제가 다시 흰돌머리로 돌아갈 마음을 먹게 된 것은 북으로 신의주에서 남으로 부산진까지 떠돌다가 다시 서울로 돌아온 갑인년 유월 상순이었다. 그날 오랜 편력의 피로와 조식(粗食)에 지친 황제는 따로이 방값을 물지 않아도 되는 서울역 대합실에서 낮

잠을 즐기고 있었다.

꿈에서 흰돌머리를 보고 심란한 마음으로 눈을 떴을 때 곁에 웬 낯익은 사내가 하나 앉아 있었다. 파리한 얼굴에 머리를 박박 깎고는 있었지만 분명 삼 년 전의 그 협잡꾼 마가(馬哥)였다. 지난 삼 년을 그토록 고생스러운 길로 내몬 장본인을 만났으니, 아무리 너그러운 황제인들 어찌 분노가 없으리오마는 여기서도 황제의 왕자(王者)다운 국량(局量)은 어김없이 드러났다. 상대가 전혀 알아채지 못하는 사이에 혈색을 가라앉힌 황제는 온화한 목소리로 그를 불렀다.

"마공(馬公), 그간 별래무양하시었소?"

"……?"

상대는 황제의 변화가 너무 엄청난 탓인지 뻔히 마주 보면서도 전혀 알아보지 못했다.

"그새 이 정모(鄭某)를 잊으셨소? 나에게는 아직도 천하를 근심하고 왜적의 발호(跋扈)에 비분강개하시던 공(公)의 목소리가 귓가에 쟁쟁하오만……."

"통 무슨 소린지 모르겠네."

상대는 여전히 황제를 못 알아본 채 귀찮다는 투로 중얼거렸다.

"완연히 잊으셨구려. 재작년 삼월 남대문 곁의 여각에서 밤새워 고담준론을 나누다가 함께 잠자리에 들지 않았소? 아침에 눈을 뜨니 안 계시길래 어찌나 섭섭하던지……."

"아, 그럼……."

그제서야 상대도 황제를 알아본 것 같았다. 한순간 당혹과 경계의 표정이 그의 파리한 얼굴에 떠올랐다. 그러나 다시 한 번 찬찬히 황제를 살핀 그의 눈길에는 이내 교활하고 사악한 웃음기가 어렸다.

"난 또 누구시라고? 바로 정 도령, 아니 계룡산 정 진인(鄭眞人)이셨군."

마가(馬哥)는 뻔뻔스럽게 웃으며 그렇게 눙쳤다. 그러나 그 순간 황제의 마음 한구석에 남아 있던 분노는 눈 녹듯 사라졌다. 그가 자기를 아직도 정 진인(鄭眞人)으로 보아주는 데 감격한 탓이었다.

"한 번 헤어진 후 다시 뵙고자 사방으로 행적을 찾았으나 만날 길이 없었소이다. 그래 그간 어디에 계셨더랬소? 행색으로 보아서는 어디서 입산 수도라도 하신 것 같소만."

"헹, 입산 수도라고? 하기야 형무소에서 지낸 것도 수도(修道)라면 수도지만……."

"형무사(寺)라구요? 그건 또 어디 있는 대찰(大刹)이오?"

"형무사가 아니라 형무소지, 절이 아니고 왜놈들이 새로 만든 감옥이라오."

"감옥이라니, 어인 일로 왜놈에게 그런 고초를 당하셨소이까? 그 무슨 협행(俠行)으로 짐승 같은 왜놈들의 감정을 거슬렀소?"

그 말을 듣자 마가(馬哥)의 얼굴에는 다시 엷은 웃음과 함께 재빠른 계산의 표정이 스쳤다. 그리고 이내 엄숙한 얼굴이 되며 낮은 소리로 말했다.

"왜놈 순사를 몇 놈 결딴냈소이다."

마가가 왜놈 순사를 결딴낸 것은 사실이었다. 그러나 몇 놈이 아니라 단 한 명이었고, 그것도 무슨 의협심이나 애국 충정에서 우러난 행동은 아니었다. 돈이 궁한 나머지 행인의 보따리를 낚아채 달아나다가 그 순사가 가로막자 얼결에 한 발길 올려 찬 것이 급소에 맞았을 뿐이었다. 하지만 다시 깨어난 바로 그 순사에게 붙들려 이 년이나 징역을 살고 나오는 길에 황제를 만나게 된 참이었다.

"예부터 위정가(爲政家)는 유협(遊俠)을 싫어하여 영명한 한무제(漢武帝)조차도 관동의 대협(大俠) 곽해(郭解)를 죄없이 주살(誅殺)하였다 하오. 원래가 포악무도한 왜적들인 데다, 하물며 그 졸개들까지 상하게 하셨다 하니, 고초가 몹시 심하셨겠소이다."

"나야, 뭐……."

일의 속내도 모르고 왜놈을 결딴냈다는 사실에만 감격하여 위로를 늘어놓은 황제에게 마가는 겸연쩍은 듯 얼버무렸다. 그리고 다시 무엇인가 탐색하는 눈초리로 황제를 살피더니 화제를 바꾸었다.

"그런데 정 형(鄭兄)은 그간 뜻한 바를 이루셨소?"

"대략은 살폈소이다. 양이들을 한낱 서쪽의 오랑캐로 보기에는 그 문명이 놀라운 데가 있었소. 깨달은 바가 많았소이다. 또 몇몇 친일부화(親日附化)한 무리들을 제외하고는 백성들의 삶이 참으로 고단하더구려. 내 몸소 겪어보았지만 그 살이 얼마나 괴로운지, 때가 무르익는 기운이 역력했소."

"그러고 보니 형장(兄丈)의 전대가 생각나는구려. 마침 어려움에 빠진 사람이 있어 내 잠시 빌렸소. 형장을 깨워 허락을 받고 내주는 것이 마땅한 순서였으나 곤히 주무시길래 독단으로 처리했소이다. 너그러운 인품을 들어 아는 바이나 혹 그 때문에 곤란을 겪지나 않으셨소이까?"

그 교활한 사나이도 그제서야 천연스러운 얼굴로 뻔한 일을 물었다. 그러나 황제는 그를 그대로 믿었을 뿐만 아니라 추어올려 주는 말에는 오히려 감격까지 했다.

"잘하셨소이다. 재물은 원래가 필요한 사람의 것이오. 그걸로 어려운 사람을 도왔다니 그것은 실로 나의 뜻과 같소. 내 비록 노자가 없어 다소간의 궁색은 겪었으나 그는 이미 예상했던 일, 이 한 몸 따뜻하고 배부르기를 원했다면 애초에 험난한 길을 나서지도 않았을 것이오."

"역시 진인(眞人)다운 말씀이외다. 제 결례를 이해해 주시니 고맙소이다."

"헌데 이제 마공(馬公)은 어디로 가시려는 길이오?"

"지난 이 년 왜놈들에게 이 고초 저 고초를 겪다 보니 유협 생활도 어지간히 신물이 나는구려. 이만 고향으로 내려가 산전(山田)이나 일구며 조용히 살아볼까 하고……."

"짐작은 했소만 역시 그러했구려. 세월은 가인(佳人)의 얼굴을 주름으로 덮고 용사의 더운 가슴을 식게 한다더니 바로 공(公)을 두고 이른 말 같소이다. 하지만 그만 일로 물러나서야 되겠소? 오

류선생(五柳先生)의 단표누공(簞瓢屢空)이 아름답다 하나, 남아로 태어나 공명을 이룸만은 못할 것이오. 어떻소? 나와 함께 흰돌머리로 돌아가 맹분(孟賁) 하육(夏育)과 같은 공(公)의 의기를 다시 살려보지 않겠소?"

여기서 다시 마가의 얼굴에는 재빠른 계산의 표정이 스쳐갔다. 어려서 고아가 된 후 의지 없이 떠돌다가 천대 속에 떠난 고향이었다. 먼 친척붙이뿐인 그곳에 가봐야 반겨줄 리 없었으나, 그저 서울의 밑바닥 생활에 지쳐 행여, 하며 돌아가는 길이었다. 황제의 돌연한 제안이 솔깃하지 않을 수 없었다.

"하지만 나 같은 사람이 무슨 쓸모가 있겠소?"

자못 겸손해진 마가의 반문이었다.

"백락(伯樂)이 있어야 천리마가 있다고 했으니, 이는 비록 천리마라 해도 알아보는 사람이 없으면 헛되이 마구간에서 늙어 죽는 것을 말함이오. 내 살피매 비록 세상은 알아보지 못하나 공(公)은 분명 기둥이나 대들보의 재목이오."

"그래도 그곳 사람들이 받아줄지……."

"걱정 마시오. 그 땅에서는 아무도 나를 거역할 사람이 없소. 공이 나를 위해 힘써 일하는 한 흰돌머리는 고향과 다름없는 곳이 될 거요."

대개 이렇게 하여 마가는 숙아(叔牙)란 새 이름을 받고 황제와 어깨를 나란히 한 채 흰돌머리로 들어서게 되었다. 얼핏 들으면 마가의 그런 결정은 좀 엉뚱한 데가 있어 뵈지만, 그에게는 나름대로의 계산이 있었다. 비록 황제의 말은 황당하고 행동도 상궤(常軌)를 벗어나 있으나 단순히 미치광이로 여길 수는 없었으니 그것은 우선 황제의 놀라운 학식과 어딘가 은연중에 풍기는 기품이었다.

거기다가 그가 지난날에 털었던 황제의 봇짐과 전대도 미치광이가 지니기에는 너무 훌륭했다. 봇짐 속의 명주 바지저고리를 걸치고 두둑한 전대를 괴춤에 찌른 채 기방과 투전판을 기웃거리던 그 꿈 같은 몇 달의 기억은 그에게는 그대로 강렬한 유혹이었다. 만약 황제가 말하는 흰돌머리가 그 절반만 진실이더라도 그런 어수룩한 곳이 있기만 하다면 그는 전보다 더 톡톡히 재미를 볼 자신이 있었다.

하지만 그런 마가의 속셈은 터무니없는 오산이었음이 곧 드러났다. 흰돌머리로 돌아온 첫날 밤 잔치와 다를 바 없는 상을 받고 오랜만에 포식한 마가가 초저녁 잠에 곯아떨어진 사이 황제와 정 처사는 사랑방에 무릎을 맞대고 앉아 있었다.

"고단할 듯하여 긴 얘기는 뒷날로 미루려 한다만 저 마숙아(馬叔牙)란 자가 아무래도 마음에 걸리는구나. 매부리코에 눈동자는 안정치 못하고 하관(下觀)이 지나치게 빠졌다. 거기다가 몸을 틀지 않고 얼굴을 뒤로 돌릴 수 있다는 이른바 낭고(狼顧)의 상(相)이야. 네 초라한 행색으로 보아서도 그가 정말로 포숙(鮑叔)처럼 너를 잘 보좌한 것 같지는 않구나."

정 처사의 날카로운 눈은 단번에 마가의 정체를 짐작한 것 같았다.

"사마의(司馬懿)가 비록 낭고상(狼顧相)이었으나 오히려 조조를 위해 관중(關中)을 지켜주었고, 강감찬 또한 모양이 추루했으나 고려를 거란족(契丹族)으로부터 구해 주었습니다. 비록 그 상(相)이 험하더라도 다스려 쓰는 것이 제왕의 덕일 것입니다. 다만……."

거기서 황제는 마가의 지난 비행을 자세히 말했다. 듣고 있던 정 처사는 분함을 못 이겨 치를 떨었다.

"저런 죽일 놈. 그래 놓고도 뻔뻔스럽게 여기로 기어들어 와?"

"고정하십시오. 사람을 쓴다는 것은 마소를 부리는 것과는 다른 줄 압니다. 제게도 마땅한 계책이 있으니 부디 그대로 시행해 주십시오. 그렇게 하면 아버님께서는 분을 풀고 마숙아는 감히 딴 뜻을 품지 못할 것이며 저는 또 쓸 만한 인재를 얻게 될 것입니다."

황제의 계책을 들은 정 처사는 감탄과 기쁨에 차서 거기에 따랐다. 감탄과 기쁨은 황제가 전혀 생각 없이 마가에게 속아만 온 것은 아니었다는 것을 알았기 때문이었다.

그리하여 잠시 후 갑자기 정 처사의 마당은 소란스러워졌다. 우발산을 시켜 동네 장정 몇을 동원한 정 처사는 곧 마당 가운데 횃불을 밝히고 형구(刑具)를 차리게 했다. 형구라야 준비된 게 있을 리 없으니 그저 멍석을 깔고 넓은 안반을 올려놓은 정도였다.

준비가 다 되자 정 처사는 장정들로 하여금 곤히 잠들어 있는 마가를 끌어내게 했다. 그 돌연한 소동에 선잠에서 깨어난 마가가 간신히 정신을 수습했을 때는 이미 온몸이 멍석 위의 안반에 꽁꽁 묶인 후였다. 마당 좌우에는 횃불이 대낮처럼 환한데 몇몇 험상궂은 청년이 손에 칼과 몽둥이를 들고 서 있는 것이 보였다.

"이놈, 마가야 이제 정신이 드느냐?"

갑작스러운 호령 소리에 놀란 마가가 간신히 고개를 들어보니 대청 한가운데에 정 처사가 높직이 앉아 있었다. 자못 위엄 어린 자태였다. 어수룩한 패들을 만나 한밑천 크게 잡게 되었다고 은근히 기뻐하면서 잠이 들었던 마가는 가슴이 철렁했으나 우선 맞고함부터 질렀다. 생강은 오래될수록 맵다더니, 과연 도회의 밑바닥을 구르며 산전수전 다 겪은 협잡꾼다운 기세였다.

"이게 무슨 짓이오? 얼른 나를 풀어놓지 못하겠소? 당장 나를 풀어놓지 않으면 주재소에 고발하여 모두 잡아가도록 만들겠소."

마가의 기세는 좋았으나 완전히 잘못된 판단이었다. 정 처사는 그 말에 더욱 노한 목소리로 호령했다.

"저놈이 아직 정신을 못 차렸구나. 왕부(王府)가 바로 여긴데 어디다 고발하고 누구를 잡아간단 말이냐? 여봐라, 저놈을 매우 쳐라."

그러자 몽둥이를 들고 있던 장정들이 우르르 몰려와 마가의 엉덩이를 사정없이 내려쳤다. 엉덩이에 모닥불을 올려놓은 것 같았다. 마가가 다급하여 소리쳤다.

"잠깐만, 잠깐만 매를 거두시오. 도대체 내가 무슨 죄가 있다고 이러시오? 내 죄는 걸인처럼 떠돌아다니는 댁의 아드님을 차 태워주고 밥 사 먹이며 집에 데려다준 죄밖에 없소. 은혜를 원수로 갚아도 유분수지, 세상에 어찌 이럴 수가 있소?"

"이놈 그래도 네 죄를 모르는구나. 옛말에 하늘에 죄를 얻으면 빌 곳이 없다 했거늘, 한 가닥 언로(言路)를 터 빌 곳을 마련해 주었는데도 실토를 않느냐? 여봐라, 이놈의 입에서 바른말이 나오도록 더욱 쳐라."

그러자 다시 몽둥이가 보릿단 위에 도리깨 튀듯 마가의 볼기 위에 쏟아졌다. 마가의 기세는 약간 수그러들었으나 아직도 자기가 떨어진 처지가 실감나지 않는 모양이었다.

"어르신네, 소인에게 죄가 있으면 말씀으로 이르실 일이지 어인 난장질이십니까? 도대체 죄가 무엇이길래 이렇게 심하게 핍박하십니까?"

"너 기군망상(欺君罔上)의 죄가 무엇인 줄 아느냐? 그러고도 감히 변설을 농하여 시치미를 뗄 작정이냐?"

"도무지 알지 못할 소리요. 누가 군(君)이고 누가 상(上)이며, 시치미를 떼다니 그 무슨 말입니까?"

"저놈이 기어이 실토를 안 할 작정이로구나. 네 이놈 오늘 밤 매 아래 죽더라도 나를 원망하지는 마라."

다시 정 처사의 호령과 함께 매가 떨어졌다. 매 앞에 장사 없다고 당장 떨어지는 매도 못 견디겠거니와, 그보다 마가는 정말로 매 아래 죽을지도 모른다는 생각에 겁이 덜컥 났다. 일 돌아가는 꼴이 충분히 생사람 하나 때려잡고도 남을 것처럼 느껴졌다.

결국 마가는 자기의 죄상을 소상히 털어놓고 처량한 목소리로 비는 수밖에 없었다. 마가 자신도 그쯤이면 충분히 용서를 받으리란 생각이 들 만큼 처량한 목소리였다. 그러나 자백을 들은 정 처사가 내린 명령은 그야말로 날벼락 같았다.

"이놈 그러고도 감히 네 죄를 숨기려 하다니. 여봐라. 이 흉측한 놈을 끌어내 목을 벤 후 그 목을 저자에 걸어 세상 사람에게 기군 망상의 죄가 어떤 것인지 알도록 해라."

그러자 장대한 절름발이 하나가 정말로 환도를 불빛에 번득이며 다가오는 것이 아닌가. 바로 우발산으로 내막도 모르는 채 정말로 목이라도 칠 기세였다. 새는 모이를 탐하다가 목숨을 잃고 사람은 재물을 탐하다가 그 몸을 망친다더니 마가가 바로 그 꼴이었다. 한밑천 크게 잡으려다가 이제 이 미친놈들의 동네에서 쥐도 새도 모르게 죽는구나 생각하니 혼이 다 빠져나가는 듯 아랫도리가 뜨거운 오줌으로 흥건히 젖어오는 것도 모를 지경이었다.

황제가 나타난 것은 바로 그때였다. 자다가 놀라 뛰어나왔다는 표정으로 먼저 우발산을 제지한 황제는 뒤이어 정 처사 앞에 엎드리며 물었다.

"아버님께서는 어찌하여 제가 모셔온 현사(賢士)를 이렇듯 베려 하십니까?"

"저놈의 거동이 수상하기로 이제 심문하여 그 죄상을 알아냈다. 너야말로 어찌하여 저렇듯 흉악한 자를 이리로 끌어들였느냐?"

"아버님께서는 거침없이 마공(馬公)을 흉악하다고 이르시나 어찌 인성에 흉악함이 따로 있겠습니까?

일찍이 맹자께서 말씀하시기를 풍년에는 젊은이들이 거의 선량하고 흉년에는 거의 포악한데 그것은 사람의 본성이 그렇게 다른 것이 아니라 그들의 마음을 그렇게 만든 원인이 따로 있었을 것이니, 마치 같은 토지에다 같은 시기에 보리를 묻어도 그 결실이 서로 다른 것은 우로(雨露)와 사람의 손질이 같지 않아서 그런 것과 같다고 했습니다.

또 말씀하시기를 우산(牛山)의 나무들은 일찍이 아름다웠으나 큰 도읍에 가까이 있어 함부로 베어내고 말았으니 어찌 아름다울 수 있으랴, 밤낮 자라고 비와 이슬에 싹이 돋았으나 또 소와 양을 몰고 가 마구 먹였으니 저렇게 벌거숭이가 되고 말았노라, 사람들이 그 벌거숭이 산을 보고 저기에는 원래 나무가 없었다고 하니 그것이 어찌 산의 본성이겠는가, 이와 마찬가지로 사람의 본성엔들 어찌 양심이 없겠는가, 사람이 양심을 잃어버리는 일도 도끼로 나무를 날마다 베어냄과 같으니라, 했습니다.

진실로 그러하니, 대개 마공(馬公)의 허물도 그와 같습니다. 비록 일시 궁하여 나를 속였으나 그것이 어찌 마공의 본성이겠습니까? 어리석은 소견으로는 지난 허물을 탓하여 능력 있는 선비의 시체를 날짐승의 밥으로 버리는 것보다는 살려 그 빼어난 재주를 이롭게 쓰는 것이 나을까 합니다."

"너그러움이 제왕의 덕이기는 하나, 상벌을 분명히 하는 것 또한 제왕이 마땅히 지녀야 할 규구(規矩)다. 만약 오늘 저 자를 목 베어 그 죄를 천하에 밝히지 않으면 뒷날 저와 같은 사특한 무리가 줄을 이을 것이다."

"그러나 다른 예도 있습니다. 관중(管仲)은 공자 규(糾)를 도와 제환공(齊桓公)에게 적대하였으나, 환공은 오히려 그를 등용하여 동방제후의 영수(領首)가 되었고, 위징은 처음 태자 건성(建成)에게 계책을 주어 당태종을 궁지로 몰아넣었으나 태종은 오히려 그를 써서 정관(貞觀)의 치(治)를 열었던 것입니다.

이제 제가 살피건대 저 마공은 비록 관중과 위징은 아닐지라도 한 종사(宗社)의 대들보나 기둥으로 쓰기에는 부족함이 없는 인물입니다. 그의 언변은 귀곡(鬼谷) 문하를 거친 듯하고, 임기응변의 재략은 위조(魏祖=조조)의 『신서[孟德新書]』라도 얻은 것 같습니다. 의협심은 맹분(孟賁) 하육(夏育)을 뛰어넘고, 하루가 백 년처럼 달라지는 세상물정에 밝기는 상고(上古)의 패관(稗官)에 앞섭니다. 실로 흰돌머리가 필요로 하는 인재에 틀림없사오니 잠시 진노를 거두시고 소자의 청을 허락해 주십시오."

그제서야 정 처사는 짐짓 노기를 풀고 마가를 향해 말하였다.

"내 마땅히 너를 참(斬)하여 세인(世人)의 본보기로 삼을 것이로되 저 아이의 뜻이 저토록 간곡하므로 특별히 용서하니 부디 기대에 어긋남이 없도록 하라."

그 말을 들은 황제는 한달음에 뛰쳐나가 손수 마가의 밧줄을 풀며 위로했다.

"내가 미련한 잠에 빠져 마공이 이 고초를 겪게 했소. 가친이 다소 엄혹하나 이는 다스리는 자의 법도이니, 부디 괘념 마시고 함께 힘을 합쳐 앞날을 도모해 봅시다.”

그렇게 되고 보니 마가도 우선 감격하지 않을 수 없었다. 어쨌거나 속절없이 죽게 된 그의 목숨을 구해 준 것은 바로 자기가 등쳐먹은 황제였기 때문이다.

“고맙습니다. 작게라도 도움이 될 수 있다면 기꺼이 이 한 몸을 던져 힘을 다하겠습니다.”

마가는 거의 진심으로 황제에게 머리를 조아렸다. 그리고 그런 마가의 감정은 오래잖아 다시 새로운 이유로 지속되었다. 정 처사와 흰돌머리가 마련해 준, 철든 후로는 거의 처음 맛보는 평안하고 풍족한 삶이 그 새로운 이유였다. 천대와 멸시와 굶주림 그리고 항시 쫓기는 자의 불안과 초조, 그것이 그때까지 도시 밑바닥을 구르던 그의 삶이었다.

그리하여 거짓 없이 마숙아(馬叔牙)로 다시 태어나기를 원하게 된 그가 흰돌머리로서는 꼭 필요한 사람이었다는 것은 그 뒤 여러 가지로 증명되었다. 십여 년 후 먼 이국땅에서 병들어 죽을 때까지, 그는 흰돌머리 사람들의 비현실적인 의식과 숨 가쁘게 변화하는 바깥세상을 이어주는 다리로서의 역할을 다했다. 그의 사람됨에 대한 황제의 여러 평(評) 중에서 적어도 세상물정에 대한 것만은 자못 정확했던 셈이다.

그것은 또한 앞날의 필요에 대한 황제의 놀랄 만큼 정확한 안목이기도 했다.

을묘(乙卯) 황제 실사구시(實事求是)하시고 궁구이치(窮究理致)하시다.

삼 년에 걸친 그 편력은 황제의 몸을 수고롭게 하였으나 마음에
는 새롭고 유익한 변화와 성장을 가져왔다. 그 가장 뚜렷한 것이
그때까지 공리공론(空理空論)에 다를 바 없는 성리학이나 이미 시
효가 다한 제가(諸家)의 학술에만 얽매여 있던 황제의 학문이 그
편력을 계기로 사실에 토대를 두고 진리를 구하려는 기풍을 갖게
된 점이었다. 흰돌머리로 돌아온 지 열흘 만인가 어느 정도 심신
을 회복, 황제는 가족과 이웃들을 불러놓고 이렇게 말했다고 한다.

"인의(仁義)는 사람이 마땅히 걸어야 할 길이요, 공맹(孔孟)의
가르침은 만고에 변치 않을 진리이나, 사람이 실제로 매일매일 살
아가는 데에는 소홀한 폐단이 없지 않았다. 먹을 것이든 입을 옷
이든 살 집이든 이미 만들어진 것을 공평하게 나누고 적절하게 쓸
줄은 알아도 어떻게 하면 더 많고 따뜻하고 편리하게 만들까 하
는 궁리는 상민이나 천인에게 맡겨 오랜 세월이 지나도 더 나아
감이 없었다.

오늘 농군들이 논과 밭을 가는 데에 사용하는 따비도 아득한
옛날 역산(歷山)을 갈던 순(舜) 임금의 그 따비요, 홍수를 막는 둑
이나 물을 끌어오는 봇도랑도 의연(依然)히 우(禹) 임금의 치수(治
水)하던 법을 넘지 못했다. 물건을 나르는 것도 삼황(三皇)의 그 마
소와 수레요, 거처 또한 오제(五帝) 때와 다름없는 흙담에 띳집이다.

비록 이씨(李氏)의 원·건릉(元·健陵＝英正祖) 간에 이르러 한 무

리의 몰락한 선비들이 실학(實學)이다, 북학(北學)이다, 하여 실사구시(實事求是)의 신선한 바람을 일으켰으나 다시 살펴보건대 그 또한 공맹(孔孟)에 바탕한 한 갈래의 공리공론에 지나지 않았다. 반계(磻溪 유형원), 성호(星湖 이익), 다산(茶山 정약용)은 방대한 저술로 현실의 개혁을 부르짖고 순암(順菴 안정복), 연려실(燃藜室 이긍익), 옥유당(玉蕤堂 한치윤), 영재(泠齋 유득공) 등은 지난 역사를 새롭게 해석하려 했으며 초정(楚亭 박제가), 담헌(湛軒 홍대용), 형암(炯庵 이덕무), 연암(燕岩 박지원) 등은 우수한 청나라의 문물을 받아들일 것을 역설했지만, 심란한 것은 그들의 논고(論考)일 뿐 끝내는 아무것도 이루지 못했다. 세상이 그들 편에 서지 않았을 뿐만 아니라 그들 자신마저도 실제적인 경륜과 과감한 개혁 의지가 부족했던 까닭이다.

그런데 이제 내가 세상을 둘러보매, 서양인들의 문명과 지식은 실로 놀라운 바 있었다. 그들은 한꺼번에 수백 명을 싣고 하루에 천 리를 달리는 수레를 만들었고 쇠로 만든 배로 큰 바다를 작은 내 건너듯 하였으며, 날틀[飛行機]을 만들어 사람을 태우고 새처럼 하늘을 난다.

듣기에 그와 같이 놀라운 발명은 하루아침에 이루어진 것이 아니라 오랜 세월 사소한 것에서 조금씩 쌓아올린 것이라 한다. 저들은 못 하나 수레바퀴 한 짝도 같은 모양으로 만들지 아니하고, 궁리를 거듭하여 편리와 능률을 도모하며, 말로만 휘황한 경학(經學)이나 사장(詞章)에 앞서 수리(數理)와 경험을 위주로 삼았다. 대저 저들을 한낱 서양 오랑캐라 부르고 저들의 기계 문명을 천한 공장(工匠)의 하찮은 재수로 보는 것은 중화의 우매와 자존망대(自尊妄大)요, 저들을 본보기로 그 제도와 기술을 받아들여 스스로의 힘을 기른 것은 왜인들의 슬기로움과 약삭빠름이다.

이로 돌이켜보건대 저 파왜관 전투의 참패는 하늘의 때나 땅의 이로움이나 사람의 화합이 부족함이 아니라 오직 저들 왜인이 힘써 배운 서양의 학술과 애써 익힌 그 문물에 원인이 있었다. 사람은 구리로 거울을 만들어 의관을 바로 하고 지난 일을 되새겨 앞날의 길잡이로 삼는다 했거니와 내 이제 먼저 서양의 유용한 문물과 학술을 받아들여 힘을 기른 후에 마땅히 왜인들과 천하를 다투리라."

이와 같은 말은 비록 실록에 기록되어 있다 하나 진실로 황제에게 그만한 식견이 있었는지는 의심스러운 바 있다. 전혀 다른 사람의 위작(僞作)은 아닐지라도 박식한 사관이 보태고 깎은 구절은 있을 것으로 짐작된다. 하지만 적어도 황제가 을묘년 그 한 해를 온전히 서양 문물의 이치를 깨닫는 데 바친 것만은 사실이었다.

황제가 맨 먼저 손을 댄 것은 기차의 원리를 살피는 일이었다. 황제는 막연히 기차가 석탄을 먹고 달린다는 것만 알았으나 마숙아는 그 석탄을 때서 만든 증기의 힘으로 달린다는 것까지 알고 있었다. 그런 마숙아의 조언을 참고로 황제는 먼저 증기의 힘을 검증해 보기로 했다. 물을 넣은 놋그릇을 두 개 단단히 맞붙인 후 대장간의 노(爐) 속에 집어넣고 풀무질을 해대는 방법이었다.

과연 대단한 증기의 힘이었다. 한나절도 안 돼 폭음과 함께 맞붙인 놋그릇이 쪼개지며 대장간 지붕이 내려앉았다. 뒤이어 김과 연기와 재와 먼지의 구름이 서너 길이나 치솟는 광경도 볼 만했다. 풀무질을 구경하던 황제가 풀무처럼 박살이 나지 않았던 것은 분명 그가 하늘이 낸 사람인 덕분이었으리라.

하지만 기차에 관한 실험은 그나마 그뿐이었다. 어떤 사람들은 그 이유를 첫 번째 실험에서 단단히 혼이 난 탓이라고 하지만 사실 그 나머지 단계 — 실린더와 피스톤과 기타의 대소 기관에 이르면 아무리 황제지만 더 이상 어찌해 볼 도리가 없었다고 보는 게 옳다.

"한 마리의 좋은 말을 얻으면 한 사람이 하루에 천 리를 갈 수가 있고, 몇백 마리를 얻으면 또한 몇백 사람이 갈 수 있다. 좋은 말 몇백 마리면 될 일을 귀한 쇠를 허비하고 밝은 머리를 썩여가며 복잡한 기계를 만든다. 뿐인가, 살기에 바쁜 백성을 동원하여 천 리에 둑길을 쌓아 철로를 깔고 다시 더 많은 장정이 어두운 굴 속에서 밤낮으로 석탄을 캐야만이 저 기차가 움직일 수 있으니 아무래도 서양인들의 교묘함은 지나친 데가 있다. 비록 만리장성이 오랑캐를 막는 데 이롭지 않은 것은 아니었으나 만세(萬世)를 이으려던 진시황의 꿈은 바로 그 만리장성으로 인해 이세(二世)에 그쳤고, 대운하가 또한 강남의 풍부한 물자를 화북(華北)으로 옮기는 데 편리하지 않은 것은 아니었으나 수(隋)는 끝내 그 대운하로 망하였다. 서양인들이 일찍 그와 같은 것을 경계하지 않으면 앞날에 반드시 그 일로 낭패를 당할 것이다.

거기다가 좋은 말은 동서남북 높고 낮은 곳을 가리지 않고 달릴 수 있으나 기차는 오직 정한 철궤 위로만 가야 하니 이 또한 얼마나 불편한가, 차라리 제왕의 위엄은 한 덩이의 거친 쇠붙이보다 갈기를 휘날리며 벌판을 닫는 수천 수만 마리의 양마(良馬)를 기르는 쪽에 있으리라."

그렇게 말하면서 기차를 단념한 황제가 그다음에 손을 댄 것은 철선(鐵船)이었다. 이 땅이 삼면 바다로 둘러싸인 만큼 강력한 수군(水軍)이 천험의 요새보다 더 나으리란 생각에서였다.

하지만 그 일은 기차의 경우보다 더 힘들었다. 배 한 척을 모을 만한 철판도 구하기 힘들거니와 설령 구한다 해도 사방 산으로 막힌 흰돌머리에 그것으로 배를 모을 만한 설비나 기술이 있을 리 없었다.

"쇠는 비록 단단하고 질기나 무거워서 그 움직임이 느리고 한 번 물이 새면 구해 낼 길이 없다. 일찍이 조선의 이순신이 철갑 거북선을 만들었지만 뒷사람이 그 법을 계승하지 않은 것은 실로 그러한 불리가 있었기 때문이다.

듣기에 만물에는 반드시 상극(相剋)의 원리가 있어 서로를 제어할 수 있다 한다. 내 이제 그 원리를 좇아 가볍고 재빠름으로 저 서양인들의 철선에 대적하고자 한다."

거기서 황제는 우죽선(羽竹船)을 고안하게 되었다. 오리나 고니가 물 위에서 가볍고 재빠른 것을 본떠 대나무 능골에 날짐승의 깃털로 덮은 배였다. 겨우 두 사람이 탈 수 있을 정도의 시험용 배를 만드는 데도 꼬박 두 달이 걸렸다. 날짐승의 깃털을 구하기가 그리 쉽지 않았기 때문이었다.

그러나 간신히 만든 우죽선으로 마을의 조그만 못에서 시험 항해를 하던 황제는 하마터면 그 뜻을 이루기도 전에 물속의 외로운 넋이 될 뻔하였다. 처음에는 생각대로 가볍고 빨랐으나 차츰 나무가 젖고 물이 깃털에 배어들자 그만 못 가운데서 배가 가라앉아 버린 탓이었다. 못물 한 말은 좋이 마시고 간신히 기슭으로 헤엄쳐온 황제는 이렇게 말했다고 한다.

"크고 크구나, 성인의 도(道)여. 지나쳐도 안 되고 모자라도 안 되니 중용(中庸)의 도가 그래서 나왔도다. 옛 사람이 오직 나무로만 배를 만든 이치를 이제 깨달았노라."

마지막으로 황제가 마음을 쏟은 것은 비행기였다. 듣기에 이상할 테지만 비행기에 관한 한 황제는 기차나 철선보다 자신이 있었다. 편력 중 어느 날인가, 서울 근교에 임시로 닦은 비행장에서 일제가 여러 날 자랑스레 전시한 복엽기(複葉機)를 아주 가까운 거리에서 몇 시간이나 자세히 살핀 적이 있었던 까닭이다.

이미 여러 곳에서 보여준 비상한 기억력으로 황제는 비행기를 만들기 시작했다. 이번에도 재료가 성가시고 말썽스러웠으나 석 달쯤이 지나자 겉모양은 거의 비슷하게 갖출 수 있었다. 두랄루민 대신에 참나무 뼈대에 광목을 바른 일종의 글라이더였다.

그런데 문제는 추진 기관이 없는 점이었다. 고심하던 황제는 박

쥐가 나는 데서 암시를 받아 그 비행기를 마을 가까운 산비탈 벼랑 가로 옮기게 했다. 그리고 비행사의 헬멧 비슷하게 헝겊으로 머리를 동인 황제가 자리를 잡자 장정들이 우악스레 그 비행기를 벼랑 아래로 밀어붙였다. 균형조차 제대로 못 갖춘 그 기묘한 비행기는 때마침의 강풍에 한 번 불쑥 솟았다가 똑바로 스무 길 가까운 벼랑 아래 처박혔다.

거기에 탄 황제가 보통 사람이었다면 영락없이 죽었을 목숨이었다. 그러나 하늘은 마침 불어온 마파람에 여남은 길은 좋게 불쑥 치솟은 그 비행기를 무성한 찔레 넝쿨에 처박음으로써 황제는 몇 달 자리보전을 할 정도의 부상에 그쳤다. 거기서 입은 타박상 때문에 변소에 찔러 넣은 대나무 마디에 스며든 인분을 마신 것만도 다섯 되는 되리라는 후문은 있었으나 어쨌든 황제는 석 달도 안 돼 완전히 회복되었다.

"옛적 선인(仙人)들은 땅을 줄여 하루에 천 리를 가고, 혹은 구름과 학을 타고 하늘을 날았으며, 신승(神僧) 달마(達磨)는 한 닢 갈대에 의지해 강을 건넜다. 내 구차히 기계를 만들어 머리를 번거롭게 하고 살과 뼈를 상하게 하느니 차라리 선불(仙佛)의 도를 배움만 같지 못하리라."

그것이 자리에서 일어난 황제의 말이었으나 세상에 기연(奇緣)을 얻는 일이 그리 쉬울 것이랴. 축지등운(縮地登雲)이나 일위도강(一葦渡江)의 비법을 어디서 배울 것이며 또 백 마리의 학인들 스무 관이 넘는 황제의 체중을 어떻게 감당할 것이랴. 다만 애꿎은 날짐승들만이 수없이 시달리다 죽어갈 뿐이었다.

그런데 그 무렵의 일로 한 가지 우려되는 것은 몸을 가볍게 한다거나 마음을 맑게 한다는 이유로 황제가 먹은 이름 모를 단약(丹藥)들이다. 당(唐)나라의 황제들에게서 자주 보이는 정신분열적인 증세는 그들이 불로장수를 위해 함부로 먹는 단약 때문이란 설이 있기 때문이다. 하지만 근심할 필요가 없는 것은 소동과도 비슷한 그 일련의 실험과 구도(求道) 끝에 황제가 얻게 된 깨달음으로 보아 명백하다.

"아아, 이 무슨 미망(迷妄)이란 말인가. 제왕은 천하를 담는 그릇이거든, 이렇듯 일장(一匠) 일정(一丁)의 재주를 흠모하고 혹은 좌도(左道)에 현혹되니 이 무슨 용렬함인가. 공수(工垂)는 나무를 다듬는 데 따를 이가 없었고 구야자(句冶子)는 칼을 만드는 데 그와 같았으나 제왕 앞에서는 한낱 미천한 신민(臣民)이었고, 예(羿)는 활에 뛰어나고 오(奡)는 배를 움직일 만한 힘이 있었으나 한 번 제왕을 거역함에 역신(逆臣)으로 비참하게 죽었다. 내 장차 구오의 자리[九五之位]에 오르는 날 어떤 명장(名匠)인들 불러 마다할 이 있으랴. 조서 한 장이면 개나 말처럼 부릴 수 있는 신민들의 재주를 스스로 익히려다가 헛되이 심신만 소모하였구나."

그 밖에 딴 실험으로는 방탄포(防彈布)에 관한 것이 있으나 이는 실록에 전혀 기록되지 않았으므로 생략한다. 광목 열두 겹을 젖은 회(灰)로 겹쳐 말리니 총알도 뚫지 못하더란 것이 그 실험의 결과인데 구한말 대원군의 실험이 와전된 것이 아닌가 한다. 어쨌

172

든 그 모든 실험이 끝났을 때는 어느새 을묘년은 다 가고 병진년
도 반나마 지나간 후였다.

정사(丁巳) 비육(髀肉)을 탄(嘆)하시니 오호라, 백석리(白石里)의 일주도(一酒
徒)로다.

  병진년의 나머지 반과 정사년의 초반 몇 달은 후일 국모(國母)
로서 힘들고 바쁜 생애를 보내게 될 황씨 부인에게는 드물게 평
온하고 만족한 시기 중의 하나였다. 이것저것 모든 실험이 허망한
결과로 끝나자 황제는 잠시 가정으로 돌아갔다. 황제 나이 어언
스물넷, 부부의 정도 알 만한 때였거니와 그사이 태어난 장자 융
(隆)의 재롱도 황제의 자정(慈情)을 불러일으키기에 충분했다. 지
난날의 영웅들이 한 시대를 경영하느라 가사를 돌아볼 틈이 없
었던 것을 생각하면 황씨 부인은 짧지만 그 한 해 남다른 행복을
누린 셈이었다.
  실록이 전하는 황제의 당시 모습은, 저 큰 하늘의 부르심과 영
웅의 기상을 깨끗이 잊어버린 듯한 평범한 가장의 그것이었다. 집
안에서는 애정 어린 남편과 자애로운 아버지인 동시에 효성스러
운 아들이었고, 들에 나가면 우발산과 더불어 밭을 갈고 논을 매
는 농군이었다. 근심한 측근이 어쩌다 황제가 받은 천명을 깨우쳐
줄 때가 있어도 황제는 담담히 대꾸할 뿐이었다.

"몸을 닦고 가정을 돌본 연후에야 나라를 다스리고 천하를 평정한다 했소. 내 아직 한 몸의 덕도 닦지 못한 터에 가사조차 돌보지 않는다면 장차 어떻게 천하를 도모할 수 있겠소?"

그 말에는 아직 약간의 호기가 남아 있었으나 분명 그 무렵의 황제는 가정적인 기쁨과 만족에 빠져들었던 것 같다. 그리고 그런 심리적인 변화는 육체에도 곧 나타났다. 큰일에 따르기 마련인 여러 가지 성가신 일들을 잊고 오직 몸만 기르다 보니, 자신도 모르는 사이에 단련된 근육은 풀어지고 허리에는 나이에 어울리지 않게 군살이 올랐다.

그러던 어느 날이었다. 우발산과 함께 들일을 마치고 집으로 돌아오던 황제는 징검다리를 건너다가 우연히 물에 비친 자신의 모습을 보고 깜짝 놀랐다. 잔잔한 물에 비친 것은 한 천박하고 살찐 촌부(村夫)의 모습이었다. 황제는 그대로 징검다리에 주저앉아 이번에는 자신의 얼굴을 세밀히 살펴보았다. 역시 약간 그을고 건장한 촌부의 얼굴이 있을 뿐이었다. 지난날의 광채와 위엄은 찾으려야 찾아볼 길이 없었다.

"아아, 나의 삶은 결국 이렇게 끝나도록 정해져 있단 말인가? 이것이 정녕 나의 참모습이란 말인가?……."

황제는 홀연히 탄식했다. 그리고 그 길로 가정과 전답을 떠난 황제는 뜻을 이루었다 싶은 어느 때까지는 자족하며 살던 가장으로는 종내 돌아오지 않았다.

"보검에 녹이 슬면 날선 우도(牛刀)보다 못하고, 명마(名馬)에 살이 붙으면 나귀나 노새에 뒤진다 하더니 내 하마터면 그런 꼴에 이를 뻔하였다."

황제는 그렇게 말하며 분연히 장부의 뜻을 해치는 생육(生育)의 잡사를 떨쳐버렸다. 잠시나마 잊고 지냈던 저 위대한 소명(召命)으로의 복귀였다.

그러나 천하의 형편은 그 어느 때보다도 암담하였다. 그사이 혁명으로 청나라는 망하고 만국 간의 전쟁에서 승리한 일본은 더욱 창성해졌다. 그리하여 그 광포한 식민지 통치에 무력한 백성들은 점차 순응하기 시작했으며 잘났다고 하는 자들, 배워서 앎이 있다고 하는 자들 중에는 한술 더 떠 친일부화(親日附和)에 앞장서는 무리까지 있었다. 대개 그런 모든 지식은 세상물정에 밝은 마숙아를 통하여 얻어졌는데 적어도 거기에 따르면 뜻있는 선비는 한 사람도 세상에 남아 있지 않은 듯하였다.

황제는 한동안 일제에 의해 거의 마무리 단계에 있던 토지 조사 사업에 기대를 걸어보았다. 그 난데없는 시행령으로 종래의 역전(驛田), 둔전(屯田), 목전(牧田) 등의 이른바 공전(公田)은 물론 이조 말의 가혹한 세금과 약탈을 피해 궁원전(宮院田) 또는 공해전(公解田)의 이름을 빌렸던 사전(私田)은 하룻밤 사이 총독부의 소유로 변하고 말았다. 뿐만 아니라 종중(宗中)이나 부락의 공유 토지며 그밖에 전근대적 소유 관계로 임자가 확실치 않은 토지 역시 총독부의 소유로 넘어갔으며 심지어는 농민의 소유여야 할 민전(民田)까지 빼앗겨버리는 일조차 있었다. 일제에 대한 반감이나 무지로 신고를 하지 않은 탓이었다.

황제가 기대를 건 것은 그런 토지 조사의 강행에 따라 쌓이고 쌓이는 농민의 불만이었다. 일제는 그 탐욕 때문에 스스로의 묘혈을 파고 있었다. 황제는 쌓이는 농민들의 불만이 거대한 폭음과 함께 터질 날을 두근거리는 가슴으로 기다렸다. 그때 자기가 천명의 후광을 받으며 나서기만 하면 그들은 길 잃은 가축들이 홀연히 나타난 목자의 지팡이를 따르듯 자기를 따르리라 확신했다. 결국은 허망하게 깨어져 버릴 꿈이었다.

이렇다 할 소요 한 번 없이 정사년이 저물고 토지 조사 사업이 일단락되자 황제에게 남는 것은 상심과 허탈뿐이었다. 세습적인 경작권을 빼앗기고 비참한 영세 소작농으로 전락해 가면서도 혹은 이고 지고 낯선 이국땅으로 쫓겨 가면서도 농민들은 적극적인 저항에는 나서지 않았다. 비록 흰돌머리 사람들 대부분은 아직도 변함없는 믿음과 충성을 유지하고 있었으나 한 번 세상의 실정을 속속들이 살피고 돌아온 황제는 그들만으로는 얼마나 무력한가를 잘 알고 있었다. 황제가 흰돌머리[白石里]의 한 술꾼[一酒徒]으로 다시 일 년여를 보내게 된 것은 바로 그 견딜 수 없는 무력감 때문이었다.

그러나 황제가 술 자체에만 탐닉하지는 않았음은 고금의 영웅호걸들이 가끔씩 보여주는 예로 미루어 알 수 있다. 뒷날 위(魏) 무제가 된 조조도 부조(父祖)의 덕으로 효렴(孝廉)에 오를 때까지는 장안의 무뢰배에 지나지 않았고, 역(酈)선생 이기(食其) 역시 한

(漢)고조를 만나기 전에는 고양(高陽)의 한 술꾼[一酒徒]이었다. 황제가 어찌 그들만 못하겠는가. 비록 한때의 울적함을 달래기 위해 술잔을 들었지만 취한 중에도 오히려 그 장한 뜻을 기르고 스스로 힘써 쉬지 않았으니, 그 뚜렷한 증거가 실록의 무오년(戊午年)조에 보이는 두 가지 기록이다.

무오(戊午) 삼월(三月) 척사멸양(斥邪滅洋)하시다. 시월(十月) 문창후(文昌侯) 신기죽(申沂竹)을 얻다.

기독교 전도반이 흰돌머리를 찾아든 것은 무오년 늦은 봄이었다. 그날도 낮부터 술이 취해 흥얼거리며 마을을 거닐던 황제는 동구 밖 빨래터에서 두 사람의 낯선 양복쟁이들이 떠들며 서 있는 것을 보았다. 비록 양복 차림이었으나 그들이 양인(洋人)이 아닌 것은 먼 빛으로도 알 만했다. 부녀자들이 내외를 않는 것으로 왜인들인가 여기며 가까이 다가간 황제는 곧 그들이 유창한 조선 말로 이렇게 말하는 것을 들었다.

"주 예수를 믿으시오. 여호와의 독생자(獨生子)이신 그분은 가난하고 약한 자의 편에 서 계시외다. 학대받고 신음하는 자를 위로하시고 쓰러지는 자를 따뜻이 일으키시는 분이시오. 오늘날 우리 민족이 겪고 있는 시련에서 벗어나는 길은 오직 주 예수께 의지하는 길밖에 없소이다."

틀림없는 조선인들이었다. 먼저 그들이 조선인이라는 사실이 왠지 황제의 울적한 심정을 건드렸다. 그러나 그보다 더 황제를 자극한 것은 주 예수란 인물이었다.

지난 편력 때문에 황제도 야소교(耶蘇敎) 또는 야소에 관해 들은 적은 있었다. 하지만 그때 도시에서 본 웅장한 교회당이나 키 큰 서양인 선교사들에게서 받은 인상은, 야소란 인물이 아수라(阿修羅)나 대자재천(大自在天)처럼 여러 개의 팔과 눈을 가진 무시무시하고 힘센 신이라는 것이었다. 그런데 이제 그 양복쟁이들의 얘기를 듣고 보니 자칫 자기의 강력한 경쟁자가 될 만한 인물이 아닌가, 거기서 황제는 전에 없이 강한 호기심이 생겼다.

"거 예수가 야소씨(耶蘇氏)인 것은 알겠지만 여호와는 또 뭐요?"

무턱대고 남의 이름을 그대로 부를 수가 없어 황제는 씨(氏) 자를 붙였다.

"전지전능하신 하느님이오. 천지만물을 창조하신 분이외다."

"내 듣기에 아득한 옛날에 천지를 처음 연 것은 반고(盤古)라 하였소. 뒤를 이어 삼황오제(三皇五帝)가……."

"그건 허황된 중국의 신화외다. 세계를 창조하신 것은 분명 여호와 하느님이시오."

"당신이 보았소? 내가 보았소? 정히 그러시다면 증거를 대시오."

"믿는 자는 알 수 있소이다."

"허허, 공연한 소리 마시오. 아무리 믿은들 콩이 팥이 되고 흰
게 검어지셨소? 어쨌든 야소씨가 그분의 아들이라면 야소씨의 자
당(慈堂)은 뉘시오?"

"동정녀 마리아십니다. 요셉과 정혼하고 동거하시기 전에 성령
으로 잉태하시어……."

"참 괴이한 일이로다. 그럼 도대체 야소씨는 사람이오? 귀신이
오?"

"예수님은 사람인 동시에 신이외다."

"야소씨가 성인이라더니 생판 거짓말이었군."

"그 무슨 말씀이오?"

"성현은 괴력난신(怪力亂神)을 말하지 않는다 했소이다. 그런데
이제 야소씨는 그 태어남이 괴이하고 어지러우며 사람의 몸에 귀
신의 성질을 띠었으니 어찌 성인이라 하겠소?"

"성부(聖父)와 성신(聖神)과 더불어 일체를 이루신 그분을 어찌
한낱 인간의 성인과 비기겠소이까? 의심하는 죄가 가장 크니 귀
하가 끝내 회개하지 않으면 마침내 죽어서도 편안함을 얻지 못할
것이오."

"당신네들은 점점 성인의 법도와 멀어지는구려. 계로(季路)가
귀신 섬김을 물었을 때, 공자께서는 산 사람도 능히 섬기지 못하
면서 어찌 귀신을 섬기리오, 라고 말씀하셨소이다. 또 죽음을 물
었을 때, 아직 삶도 모르면서 어찌 죽음을 말하리오, 라고 대답하
셨소이다. 그런데 당신들은 이제 귀신 섬기는 것과 죽음을 먼저 말

하니 어찌 그 가르침이 옳다 할 수 있겠소?"

황제의 이로(理路) 정연한 반문에 둘러싼 부녀자 쪽이 먼저 조금씩 술렁이기 시작했다. 처음 들어보는 전도자들의 신기한 얘기에 귀가 솔깃해 듣고 있던 그녀들은 차츰 황제에게 동조하기 시작한 것이었다. 당황한 두 양복쟁이는 예사 아닌 반격으로 황제의 말문을 막지 않을 수 없었다. 그때 그들에게 다시 없는 약점으로 여겨진 것이 황제의 술이었다. 그들은 섣불리 지금까지 황제가 한 말을 단순한 술주정으로 몰았다.

"당신은 마귀에 홀리셨소. 술은 마귀의 음식이오. 당신이 한 말은 모두 마귀의 말이오."

"하늘이 만약 술을 사랑하지 않았다면 어찌 하늘에 주성(酒星)이 있으며, 땅이 술을 사랑하지 않았다면 또한 어찌 주천(酒泉)이 땅에 있을 것이오? 하늘과 땅이 이미 술을 사랑하거든 내 술을 사랑함도 하늘에 부끄러움이 없소이다. 듣기에 맑은 술은 성인(聖人)에 비하고 탁한 술조차 현자(賢者)와 같다 하였소. 내 이미 성현을 마셨거늘 하필이면 신선(神仙)을 따로 구하겠소? 석 잔 술로는 대도(大道)에 통하고 말 술로는 자연에 합한다 했거니……."

이백(李白)의 시구를 인용한 황제의 풍류 어린 응수였다. 아무리 선교를 목적으로 왔지만 그런 식의 응수에 상대도 약간은 상기하지 않을 수 없었다. 하물며 웃음을 감추려고 고개를 숙이는 아낙까지 있음에랴.

"그게 바로 동양이 빠져 있던 사특한 도(道)요. 그 때문에 여호와의 진노를 받아 대중화(大中華), 소중화가 함께 이 지경이 된 것이외다."

"그렇다면 신농우하(神農虞夏)의 밝은 세상이나 상주(商周)의 문물이나 한당송(漢唐宋)의 융성은 어찌된 거요? 그것은 그분의 은덕이었소?"

"물론이오. 다만 어서 빨리 깨어나 그분의 품에 돌아오기를 기다리셨을 따름이었소."

"이왕에 좀 더 기다리지 않고, 하필 이 중요한 때에 진노를 내리다니."

"하지만 그분이 내리신 독생자에 의지하면 당장이라도 구원이 임할 것이오."

"바로 야소씨(耶蘇氏)를 말하는구려. 『논어』에 이르기를 자기 조상의 귀신이 아닌 것을 제사하는 것은 아첨이라 하였으나(非其鬼而祭之諂也), 한번 들어보기나 합시다. 대체 야소씨의 가르침이 어떤 것이길래 그처럼 대단하오."

"한마디로 남을 사랑하는 것이외다."

"그야 대단할 것도 없지 않소? 불문(佛門)의 자비나 유가(儒家)의 인(仁)인들 남을 미워하라고야 했겠소이까?"

"그러나 예수님의 사랑은 그보다 몇 배나 깊고 크오. 그분은 이웃을 제 몸처럼 여기고 남이 내게 해주기를 원하는 대로 내가 먼저 남에게 베풀라 하셨소. 원수조차 사랑하라 하셨으며 오른뺨을 때리면 왼뺨을 내밀라 하셨소."

"그 정도라면 하나도 새로울 게 없지 않소? 내가 원하지 않는 바를 남에게 베풀지 말라[己所不欲 勿施於人]든가, 남이 나를 해롭게 함을 원치 않듯이 나 또한 남에게 해를 가함이 없고자 한다[我不欲人之加諸我 吾亦欲無加諸人]란 『논어』의 말을 뒤집으면 바로 앞의 가르침이 될 것이요, 노자(老子)의 덕으로써 원한을 갚는다[報怨以德]란 말이나 공자가 한마디로 평생을 행할 만한 일이라고 추천한 서(恕)란 말 또한 뒤의 가르침에 무에 크게 다르겠소?"

그쯤 되자 상대방은 이치로 황제의 입을 막기는 글렀다는 것을 깨달았다. 그러나 초장부터 술취한 견유(犬儒)를 만난 자기들의 불운을 한탄하고만 있을 수는 없는 것이, 그때부터 부녀자들은 완연히 그들의 말에 흥미를 잃고 하나둘 자리를 뜰 채비를 했기 때문이다. 그리하여 다시 한동안의 논란 후에 다급과 짜증이 겹친 그들은 뜻하지 않은 이 훼방꾼을 을러대기 시작했다.

"이 양반이 마귀가 들어도 단단히 들었군. 썩 물러나시오. 하느님이 진노의 철장(鐵杖)을 내려 당신의 머리를 질그릇처럼 부수어 놓을까 두렵소."

그들은 계속해 봤자 이익 없는 논쟁을 절약할 심산으로 그렇게 한 것이지만 하늘의 선택을 굳건히 믿고 있는 황제가 어찌 그따위 위협에 굴복할 것인가. 오히려 이상한 호승심(好勝心)에 사로잡힌 황제는 갑자기 그들을 덮쳐 연약한 그들을 하나씩 빨래터 앞 개울물 속으로 내동댕이쳤다.

"하늘이 내게 시켰소이다. 당신네 하느님이 당신들을 구해 주는

지 않는지를 알아보라는 뜻이오."

늦은 봄이라고는 하지만 멱을 감기엔 아직 이른 철이었다. 두 사람은 한동안 찬물 속에서 어리둥절해 있다가 결국은 스스로의 힘으로 물 밖에 나오지 않을 수 없었다. 아무리 사랑의 사도라 하나 어찌 그런 변을 당하고서야 좋은 낯빛일 수 있겠는가? 그러나 황제는 일그러진 그들의 얼굴을 천연스레 마주 보며 이죽거렸다.

"방금 원수를 사랑하라고 가르쳐 놓고 이만 일로 어찌 안색이 변하시오?"

그야말로 진퇴양난이었다. 때아닌 구경거리에 다시 몰려든 부녀자들이 자기들을 흥미롭게 바라보고 있음을 의식한 그들은 어쩔 줄 모르며 허둥거렸다. 그 틈을 타 재빨리 다가간 황제는 다시 그들을 하나씩 개울물 속에 던져 놓고 말았다.

한 번 더 찬물 속에 처박힌 후에야 정신을 차린 그들은 개울 속에서 낮은 목소리로 의견을 나누었다.

"예수께서도 성전에서 비둘기 파는 자와 환전상(換錢商)을 채찍으로 내쫓으신 적이 있소. 신앙의 적에게는 강경하라는 가르침으로 보아 틀림없을 거외다. 우선 저자부터 쫓지 않으면 전도고 뭐고 다 틀린 일이니 우리 힘을 합쳐 저자부터 쫓고 봅시다."

드디어 그들도 화가 난 듯했다. 그렇게 의견을 맞춘 그들은 물 밖으로 나오자마자 공격적인 자세로 들어갔다. 하지만 그때는 이미 모든 것이 늦은 뒤였다. 부녀자들은 물에 빠진 새앙쥐 같은 그들의 몰골을 마음 놓고 깔깔거리고 있었고, 황제의 좌우에는 험상궂은 얼굴을 한 두 사내가 몇 명의 동네 젊은이를 데리고 호위하듯 서 있었다. 그사이 전갈을 받고 달려온 우발산과 마숙아였다. 별수없이 공격 자세를 푼 그들이 엉거주춤해 있을 때 또다시 다가온 황제는 세 번째로 그들을 물속에 처넣고 말았다.

"내 일찍이 양이(洋夷)가 동방을 침노함에 앞서 요망한 사교(邪敎)의 무리를 보내 민심을 현혹시킨다는 것을 들어 알고 있었다. 일찍이 이씨(李氏)의 조선이 신해년(辛亥年)과 신유년(辛酉年) 두 차례에 걸쳐 끔찍한 사옥(邪獄)을 일으킨 바 있거니와 이제 너희를 대하고 보니 그것이 지나치지 않았음을 알겠다.

저 무한하고 형체 없는 하늘에 너희는 멋대로 여호와란 이름과 사람의 형상을 덮어씌우고, 오묘하고 심원한 뜻을 몇 권의 경전 속에 담았다고 주장하니 그 어찌 혹세무민(惑世巫民)이 아니랴. 하늘이 무엇을 말하더냐? 계절이 운행하고 만물이 생성하나, 하늘이 무엇을 말하더냐?[天何言哉 四時行焉 百物生焉 天何言哉] 기껏해야 옛 성현의 말씀 몇 구절을 뒤집어 바르고 의로움을 꾸미나, 하늘의 그물이 넓고 넓어도 성기어서 죄를 새나가게 하는 법이 없느니라[天網恢恢 疎而不漏].

너희 죄를 논하려면 이날이 짧을 것이나, 이제 세 가지만 간략히 말하니 귀를 씻고 공손히 들으라. 그 첫째는 부모가 끼친 머리칼을 자르고 열성(列聖)이 정하신 법복(法服)을 폐한 것이라. 이는 다 양이(洋夷)가 이 백성에게 저들의 습속을 강권한 것이니, 여조(麗朝)에 몽고의 무리가 이 나라를 핍박할 때도 그에 더하지는 않왔다. 그 둘째는 종묘와 조상의 제사를 폐한 것이니, 세상에 뿌리 없는 가지가 어디 있으며, 샘 없는 개울이 어디 있겠느냐? 비록 그들의 귀신이 강대하고 그 말이 아름다우나, 어찌 조상의 거룩한 영혼보다 우리를 더 따뜻이 보살필 수 있단 말이냐? 그 셋째는 터무니없는 사랑의 가르침이니, 원수를 사랑으로 대하면 네게 덕을 베푼 자에게는 무엇으로 대하랴? 이미 포악하여 네 오른뺨을 때렸을진대 왼뺨을 내놓은들 때리지 못하랴. 그 가르침은 오직 연약한 이 백성을 더욱 연약하게 만들어 저들의 침략에 저항하지 못하게 하는 계책일 따름이라.

그런데도 이제 너희는 이 백성으로서 저들의 앞잡이가 되어 저들의 궤변을 늘어놓았다. 내 마땅히 너희들을 끌어내어 베어야 할 것이로되, 한 가닥 불쌍히 여기는 마음이 있어 살려 보내니, 일후에는 두 번 다시 나타나 민심을 현혹시키는 일이 없도록 하라. 또 내가 왜적을 파하고, 양이(洋夷)와 대적하는 날에 그들 진중(陣中)에서 너희가 나와 만나게 되면 반드시 그 목이 어깨 위에 남아 있지 않으리라.”

찬물 속에서 서릿발 같은 황제의 호령을 들은 그들 둘은 감히 이편 둑으로 기어 나올 엄두를 못내고 건너편 둑으로 기어가 이내 자취 없이 사라졌다. 그리고 그들끼리야 황제를 미친놈으로 욕했건 흰돌머리를 마귀의 소굴로 단정했건 그 후 두 번 다시는 부근에 얼씬하지 않았다.

무오년 시월, 황제가 일대의 문형(文衡) 신기죽(申沂竹)을 만난

것도 역시 한 술꾼으로서였다. 그 무렵 황제는 부근의 장터거리를
돌며 술판을 벌이고 있었다. 한 번 객지 바람을 쏘인 데다가 마숙
아까지 동반하게 되어 행동 범위가 넓어진 탓도 있지만 그보다는
가을걷이에 바쁜 흰돌머리 사람들에게 나쁜 인상을 주게 될 것을
우려한 정 처사의 배려 때문이었다.

그곳의 한량들과 어울려 거듭 취하고 깨기를 며칠, 마침내 지
친 황제는 어느 날 오후 늦게 한 조그만 객줏집으로 찾아들었다.
마숙아를 돌려보내 홀몸이었으나 마침 다음 날이 장날이어서 방
이 모자란 주모는 별채에 있는 살림집 사랑방으로 황제를 인도했
다. 그 방 안에는 봉두난발의 중년 남자 하나가 몹시 취한 채 건들
거리고 앉아 있었다.

"쯧쯧, 허구한 날 저 모양이니……."

주모의 말투로 미뤄 함께 살고는 있으나 결발부부(結髮夫婦)는
아닌 듯했다.

"임자, 또 왜 그러나?"

사내가 게슴츠레한 눈으로 주모를 보며 실없이 히물거렸다.

"왜 그러나고 뭐고 빨리 세수나 하고 정신차려요. 갖바치네 사
주단자 보낼 날이 내일이고, 장씨네 며느리 근친(覲親)가는 것도
내일이니까."

"그 일이라면 세수고 자시고 할 것 없네. 종이나 가져오게. 괜히
낯선 손님 앞에 면박 주지 말고……."

그러더니 사내는 황제를 보고 스스럼없이 말을 건넸다.

"방이 다 찬 모양인데 들어오시오. 사랑방을 차지하고는 있어도 나 또한 마찬가지로 나그네요."

"초면에 결례하겠습니다."

황제는 왠지 그에게서 말할 수 없는 위엄 같은 걸 느끼며 방으로 들어갔다.

잠시 후 주모가 술상과 함께 종이를 가져왔다. 황제가 계속된 술로 뒤집힌 속을 장국밥과 해장술로 달래는 동안 사내는 벽장에서 벼루와 붓을 꺼냈다. 벼루에는 먹이 갈려 있는 듯 사내는 종이를 펴자마자 붓을 적셔 쓰기 시작했다.

주모와의 수작으로 미루어 사주단자(四柱單子)와 사돈지를 쓰는 것 같았다. 무심코 건너본 황제는 깜짝 놀랐다. 몸을 가눌 수 없을 정도로 취한 것 같은 사내가 써 놓은 사주단자의 서법은 힘찬 안진경(顔眞卿)의 해자(楷字)요, 사돈지는 멋진 황산곡(黃山谷)의 행서(行書)였다. 사내도 자신의 글씨가 마음에 드는 듯 꼬부라진 혀로 자평했다.

"갖바치의 사주단자나 장사꾼의 사돈지로는 너무 과하구나."

그리고 황제를 건너보며 다시 스스럼없이 말했다.

"이제 술값은 했으니 내 술이 들어오면 갚으리다. 젊은 양반, 술한 잔 주슈."

벌써부터 가슴을 두근거리던 황제는 그의 청에 술 한 잔을 기꺼이 건넸다. 장수가 용마를 반가워하듯 제왕에게는 인재를 만나는 것이 기쁨이기 때문이었다. 그러나 상대는 여전히 황제에게는 관심 없다는 표정으로 술만 벌컥벌컥 들이켰다.

"삼공(三公)의 장계(狀啓)로도 부족이 없는 필체요."

하고 황제가 말을 걸었을 때도 그는 한 번 공허하게 웃을 뿐 대꾸도 없이 술잔을 내밀었다. 그러고는 쓰러지듯 방바닥에 누우며 무엇인가를 웅얼웅얼거리기 시작했다.

"봉(鳳)이여 봉이여,

덕(德)이 쇠(衰)함을 어찌할꼬.

지난 일은 나무라지 않거니와,

앞날은 가히 바로잡을 수 있으니,

그만두라 물러가라.

벼슬길은 위태하니라."

가만히 들으니 저 초(楚)의 광인 접여(接與)의 노래였다. 그러나 잠시 이상한 감동에 빠졌던 황제가 다시 무어라고 말을 걸려고 했을 때 그는 벌써 코를 드르릉거리고 있었다.

이미 말했듯이 황제의 술이 단순히 취함을 목적으로 한 것이 아니었음은 그날 밤 황제가 그 기이한 술꾼에게 바친 정성으로 보아 잘 알 수 있다. 황제는 그가 다시 깨어날 때까지 그의 곁을 떠나지 않고 자신의 쓰린 위와 고단한 몸도 잊은 채 온갖 시중을 다 들었던 것인데, 그것은 그의 비범한 문재(文才)를 흠모한 탓이었다. 황제 주위에도 사람은 몇 있었으나 문재(文材)가 적어 항시 적적함은 물론 문사(文事)에 곤란을 받아오던 터였다.

그 술꾼이 다시 깨어난 것은 그 밤 자정이 가까울 무렵이었다.

"젊은 양반, 여러 가지로 고마웠소이다."

그도 그동안 황제가 베푼 정성은 알고 있는 듯 눈을 뜨자마자 그렇게 인사치레부터 했다.

"제가 무얼 했기에…… 다만 약간의 해장술을 준비했으니 사양 마시고 속이나 푸십시오."

황제는 짐짓 겸손하게 준비해 둔 술상을 펼쳤다. 그제서야 그에게도 약간의 감격한 기색이 비쳤다.

"젊은 양반이 무슨 연유로 한낱 시정의 잡배에게 후의를 베푸는지 알 수 없으나 지나치니 오히려 감당하기 어렵구려."

"다만 선생의 놀라운 학문을 흠모하여 작은 정성을 바친 것이오니 부담 없이 받아주시기 바랍니다."

그러나 황제가 정좌하고 올리는 술잔을 받으면서도 그는 완강히 본색을 숨겼다.

"그렇다면 아무래도 잘못 보신 것 같소이다. 소싯적 대원군이 아주 서원을 철폐하기 전에 잠시 서원에서 불목하니같이 보낸 적이 있어 몇 자 뒷글을 배운 것은 있으되, 학문이라니 당치 않은 말씀이오."

"제가 비록 배운 것은 없으나 낮에 선생의 필법을 보니 해서(楷書)는 안(顔)씨의 근례비(勤禮碑)에서 체를 받았으나 오히려 힘차고, 행서(行書)는 황산곡(黃山谷)의 송풍각시권(松風閣詩卷)의 풍이 있으나 오히려 더 기이하였소이다."

"높게 보아주시는 것은 고맙지만 본인은 그러한 대가들의 이름조차 모르니 실로 난감하외다."

그런데 여기서 한 가지 말해 둘 것은 황제 역시도 안진경이나 황정견의 글씨를 글로 읽었거나 말로 들었을 뿐 본 적은 없다는 점이다. 막상 상대의 말을 듣고 보니 뜨끔하지 않은 것은 아니었으나 황제는 태연히 말머리를 바꾸었다.

"내 들으니 배우지 않고 도에 이르는 것이 가장 낫다고 했소. 거기다 선생께서 잠들기 전에 부른 노래는 저 초인(楚人) 접여(接輿)가 공자를 비방한 것임이 분명했소. 깊은 한이 서린 듯했소이다."

"그 또한 뜻도 모르고 귀동냥한 것에 지나지 않소이다. 한낱 시정의 잡배에게 무슨 한이 있겠소?"

그는 끝내 자신의 본색을 숨기려고 하였으나 결국은 황제의 청을 물리치지 못했다. 몇 순배 돈 해장술로 다시 술기운이 오르자 문득 처량한 얼굴로 실토하기 시작했다.

"부족한 저를 어디다 쓰기 위함인지는 알 수 없으되 청이 간곡하오니 바른 대로 말하겠소이다.

나는 원래 반가(班家)의 자제로 일찍이 초시(初試)에 오른 적이 있는 신기죽(申沂竹)이오. 비록 하찮은 재주지만 충효만은 제대로 갖추었다 자부하며 장차 크게 쓰일 것을 기다렸으나 끝내는 망국의 유민(流民)이 되고 말았소이다. 이미 나랏일이 글러진 것을 알면서도 비간(比干)처럼 직간(直諫)으로 죽지 못하고, 기자(箕子)처럼 멀리 떠나지도 못한 채 버러지 같은 목숨을 이어가고 있으니 어찌 한이 없겠소? 그 한을 술로 달래다보니 처자는 떠나가고 마침내 저잣거리의 객줏집 주모에게 빌붙어 사는 신세가 됐소이다.
이제 학문은 쇠하고 몸은 늙어 장차 늙어 죽기만을 기다리는 터
에 젊은 분이 무슨 일로 그러는지 궁금하외다."

거기서 황제도 자신의 내력과 앞날의 포부를 밝혔다.

뒷사람의 공론처럼 정말 신기죽이 알코올 중독자였기 때문인
지는 몰라도 여느 사람이면 어느 정도는 이상하게 여길 황제의 얘
기를 그는 전혀 의심 없이 받아들였다. 그리고 황제의 긴 얘기가
끝나자 탄식과 함께 말하였다.

"내 비록 귀하에게 내린 천명을 의심하지는 않습니다만, 이 몸
은 이미 이씨(李氏)를 임군으로 정하고 섬기기 여러 해였습니다. 열
녀는 두 지아비를 받지 않고 충신은 두 임군을 섬기지 않는다 하
였으니 비록 귀하의 지우(知遇)가 두텁다 한들 차마 어찌하겠습니
까? 두 임군을 섬겨 선비의 지조를 잃느니보다는 차라리 이씨의
이름 없는 귀신이 되고자 합니다."

"옥이 흙 속에 묻혀 있고자 하나 사람들이 가만두지 않고, 뾰
족한 송곳은 주머니 속에 넣어 두어도 마침내는 그 날카로운 끝
이 비어져 나오는 법입니다. 공자께서도 선비가 학문을 닦는 것은
상인이 귀한 옥을 감춰 두고 비싼 값으로 살 사람을 기다리는 것
과 같다고 했습니다.

선생께서는 절의를 숭상하시어 이씨에 대한 충성을 고집하고
계시나 이씨의 녹을 받기도 전에 먼저 그 천명이 다했습니다. 이
제 선생께서 군이 제 청을 마다하시는 것은 마치 비싼 값을 주겠

다는데도 가진 옥을 궤 속에서 썩히는 어리석은 장사꾼과 같습니다. 깊이 헤아려주십시오."

"옛적에 맹강녀(孟姜女)는 한 번 손목을 보인 것만으로도 끝내 지아비에 대한 절개를 지켰습니다. 선비도 실로 그와 같으니, 이씨의 왕토(王土)에 태어난 것만으로도 나는 그 신하임에 틀림없습니다."

"설령 일이 그러하다 한들 선생께서는 저 현명한 어부의 노래를 잊으셨습니까? 창랑(滄浪)이 맑으면 내 갓끈을 빨 것이오, 창랑이 흐리면 내 발을 씻을 것이라 했습니다."

"하지만 굴원(屈原)은 또 노래했습니다. 방금 머리를 씻은 사람은 그 갓의 먼지를 털어 쓰고, 방금 몸을 씻은 자는 옷의 먼지를 턴 다음에 입는다고. 그가 상수(湘水)에 몸을 던져 스스로를 물고기 배 속에 장사 지낸 것은 바로 맑고 깨끗한 몸이 더러워짐을 피하고자 함이었습니다."

그때 신기죽의 목소리는 자못 처량하게 떨렸다고 한다. 그러나 황제인들 언변이 모자라 입을 다물랴.

"성인(聖人)은 굳어 융통성이 없어지는 법이 없고, 세상과 함께 추이(推移)한다고 했습니다. 공자께서도 비(費) 땅의 반란자 공산불요(公山弗擾)가 초빙할 때 응하려 하셨고 필힐(佛肸)이 중모(中牟) 땅에서 모반을 하고 불렀을 때도 마찬가지였습니다. 성인께서도 도(道)를 펴기 위해서는 불의한 무리마저 마다하지 않으셨는데 어찌하여 선생께서는 천명을 받은 나를 마다하십니까?"

그리하여 한밤의 논란 끝에 신기죽은 황제를 따라 흰돌머리로 들게 되고 말았다. 황제의 설득력도 놀랄 만한 것이었지만 더욱 놀라운 것은 정 처사의 혜안(慧眼)이었다. 잠깐 동안의 대면 후에 돌연 신기죽을 골방에 가두게 한 그는 그 뒤 두 달 동안이나 물과 밥만 넣어주었다. 동네 사람들에게는 못된 귀신을 쫓기 위해서라고 했지만, 아마도 신기죽에게서 어떤 알코올 중독적 증상을 보고 그것을 치료한 것이리라.

황제가 신기죽을 얻은 것은 어릴 때 '큰선생'을 스승으로 모셨던 것 이상으로 큰 행운이었다. 후일 문창후(文昌侯)로 봉해질 만큼 그의 학문은 뛰어난 데가 있었다. 모르긴 하지만 내가 인용하는 실록도 대부분 그의 손에 의해 기록된 것으로 봐도 크게 틀림이 없다. 그러나 그보다도 더 감탄할 만한 것은 실리에 영악한 현대인에게는 어리석음으로밖에는 여겨지지 않을 그의 신의였다. 두 달 후 맑은 정신으로 골방을 나온 그는 흰돌머리와 황제의 실정을 속속들이 알게 되자 잠시 어두운 얼굴이었으나, 이내 결연한 목소리로 이렇게 말했다고 한다.

"범증(范曾)은 이미 항우(項羽)에게 천운(天運)이 없는 것을 알았으나, 한 번 승낙한 후에는 마침내 항우가 버릴 때까지 그를 도왔다. 비록 취중의 일이라 하되, 한 번 그의 예우를 받아들인 바니 그와 함께 끝을 보는 것이 군자의 신의리라."

기미(己未) 이월(二月) 황제 신력(神力)으로 왜(倭)를 참(斬)하시다. 유월(六月) 대씨(大氏)의 꿈을 좇아 북천(北遷)하시다.

이미 말한 대로 신기죽(申沂竹)은 술로 반평생을 보낸 사람이 었으나 저 방량이나 우발산 또는 마숙아의 무리와는 유(類)가 달 랐다. 정 처사의 배려 덕분이긴 하지만 한 번 술을 끊은 후에는 두 번 다시 입에 대지 않았으며, 대신 황제의 서가에 쌓인 서책 에만 몰두했다. 진실로 한 종사(宗社)의 문형(文衡)으로 부끄럽지 않을 자신을 만들 열의에 차, 벌써 불혹(不惑)을 넘긴 나이도 잊 은 듯했다.

그러나 황제의 생활은 여전히 변함이 없었다. 끊임없이 장인 황 진사의 재산을 축내가며 술에 잠겨 살다시피 했다. 그와 같은 생 활이 이 년을 넘기고 보니, 마을 사람들은 물론 황 진사나 정 처 사까지도 차츰 근심이 되지 않을 수 없었다. 그때 나선 것이 신기 죽이었다.

"이곳 흰돌머리에 한 마리 큰 새가 머물면서 이태가 넘도록 울 지도 않고 날지도 않는다 합니다. 그 새가 무슨 새인지 알겠습니 까?"

어느 날 또 대낮같이 취해 돌아온 황제에게 신기죽이 엄한 얼 굴로 물은 말이었다.

"내 비록 제(齊)의 위왕(威王)은 아니라 하지만, 그 새는 알 수 있소. 그 새는 날지 않는다면 몰라도 한 번 날면 구만리를 솟을 것이요, 또 울지 않는다면 몰라도 한 번 울면 천하를 놀라게 할 것이외다."

황제의 호쾌한 대답이었다. 그리고 아직도 수심에 찬 신기죽을 바라보며 천연스레 덧붙였다.

"만사(萬事)는 나누어 정해져 있으니[分已定] 부생(浮生)이 헛되이 분주해 본들 무슨 소용이 있겠소?"

그런데 황제의 그 말이 무슨 예언이나 되듯 오래잖아 놀라운 일이 터졌다. 바로 기미년의 벽두를 열풍처럼 휩쓸고 간 삼일운동이었다. 처음 서울에서 그 횃불이 오른 것은 기미년 정월 그믐께였지만 그 불길이 방방곡곡을 돌아 흰돌머리 부근에 이른 것은 이월 중순에 가까운 어느 날이었다.

장날인 그날도 황제는 아침부터 이웃 장터거리 주막에서 술잔을 기울이고 있었다. 이미 몸에 밴 술이 되어 장이 서기도 전에 황제는 몽롱할 정도로 취해 있었다. 데리고 나온 우발산과 공술 얻어먹는 재미로 황제를 치켜세우는 건달들 사이에서 호기를 부리고 있던 황제는 갑자기 하늘과 땅이 무너져내리는 듯한 함성 소리를 듣고 놀라 나가 보았다.

바야흐로 만세 열풍이 그 조그만 시골 장터거리까지 불어온 것이었다. 어디서 났는지 남녀노소 가릴 것 없이 태극기를 하나씩 들고 목청이 터져라 만세를 부르고 있었다.

몽롱하게 취해 있는 황제에게는 마치 그 모든 사람들이 열렬히 자기에게 손짓하고 있는 것처럼 느껴졌다. 그들의 외침도 이상하게 황제에게는 자기를 부르는 소리로 들렸다.

"조선 독립 만세."

"황제 폐하 만세."

황제는 처음 그 뜻밖의 광경이 믿어지지 않아 우발산에게 물어보았다. 몇 잔 얻어 마신 술로 얼큰해진 우발산의 눈과 귀에도 황제와 똑같이 느껴진 듯했다. 우발산은 그 어이없는 착각을 사실로 확인해 주었을 뿐만 아니라 한술 더 떠 황제를 재촉하기까지 했다.

그러자 갑자기 황제의 가슴은 세차게 뛰기 시작했다. 저들이 나를 부르는구나. 오오, 충성스러운 내 백성, 어여쁜 나의 신민들이여. 정녕 내가 옴을 알고 있었구나, 이 못난 황제를 잊지 않았구나……. 마치 오래전부터 그들을 다스려온 기분이 들었다.

"오오, 그래 내가 간다. 너희들의 황제가 간다."

황제는 감격의 눈물을 번쩍이며 군중 사이로 뛰어들었다. 마침 군중 가운데는 얼마 전 한 청년이 올라서서 무언가를 떠들어 대던 장작더미가 있었다. 황제는 무턱대고 그 위로 뛰어올랐다.

"충성스러운……."

황제는 군중을 향해 무얼 말하려고 했으나 벅찬 감동 때문에 목이 메어 계속할 수가 없었다. 황제는 먼저 그들의 갸륵한 충성과 용기를 치하하고 싶었다. 자기가 그날을 위해 겪은 지난날의 신산(辛酸)을 말해 주고 싶었다. 그리고 그들의 앞길에 놓일 영광과 행복을 일러주고 싶었다. 하지만 말은 한마디도 나오지 않고 감격의 눈물만 두 볼을 타고 줄줄이 흘러내렸다.

황제를, 조금 전에 선동 연설을 한 청년과 한패로 본 군중들은 새로 등단한 그 열혈의 청년에게 뜨거운 갈채와 환호를 보냈다. 황제의 두 볼을 타고 내리는 눈물을 억압당하는 식민지 청년의 분노와 슬픔으로 여겨 함께 분노하고 슬퍼했으며 목이 메어 중단된 말을 그 전의 청년이 내쏟은 수천 마디의 청산유수와 같던 연설보다 더 뜨거운 웅변으로 받아들였다. 그것이 또 황제를 더 깊이 감동시키고…… 무언중에 일어나는 엄청난 오해의 교감(交感)이었다.

일본 경찰이 출동한 것은 바로 그때였다. 그들이 멀리서 보기에는 황제가 영락없이 그 소요의 주동자로 보였다. 큰 키, 멀리서도 보이는 번쩍이는 눈물, 술에 익어 대춧빛으로 상기된 얼굴…… 누가 보아도 그런 그들의 오인은 정당하다고 할 수밖에 없었다.

먼저 몇 발의 공포로 군중의 얼을 뺀 일경(日警)들은 똑바로 황제를 향해 짓쳐갔다. 그러나 원래가 몇 안 되는 시골 지서의 순사들이라 군중 사이에 뛰어들자 꺼지듯 사라져버린 그들 가운데서 황제에게 도달한 것은 단 하나뿐이었다. 그 순사는 처음 호령만으로 황제를 위압하려 했으나 장대한 체구와 번쩍이는 눈빛에 오히려 압도되고 말았다.

"고라(서라)!"

간신히 힘을 내어 외친 그는 얼결에 칼을 빼어 들었다. 너무도 큰 불찰이었다. 그 순간 황제의 가슴속에 이글거리고 있던 분노의 불길을 짐작하지 못했던 까닭이었다. 이제 막 내 백성이 나를 맞으러 달려 나온 이때에, 그들과 더불어 저 거룩한 하늘의 뜻을 이루려는 이때에, 이놈, 이 간악한 오랑캐 놈, 지난날의 죄만 해도 크거늘, 또 훼방을 놓다니.

"이 무엄한 놈!"

황제는 취한 사람답지 않게 몸을 날리며 발밑에 쌓여 있던 장작개비를 들어 그 순사를 내리쳤다. 어찌나 세게 내려쳤던지 얼떨결에 막은 군도(軍刀)가 튕겨져 나가며 들고 있던 순사 자신의 목을 베고 말았다. 치명적인 동맥이라도 베인 듯 한줄기 시뻘건 피가 솟구치며 순사는 맥없이 쓰러졌다. 모든 것이 한순간의 일이었다.

그러나 그 피를 보는 순간 황제는 오싹한 한기와 함께 도취와 환상에서 동시에 깨어났다. 황제는 본능적인 공포를 느끼며 뿔뿔이 흩어지는 군중 사이로 몸을 날렸다. 격정이 사라지자 사물이 드디어 원래의 의미로 머릿속에 들어오기 시작한 것이었다. 그리하여 절룩거리며 따라오는 우발산도 팽개쳐둔 채 한달음에 사십 리도 넘는 흰돌머리로 도망쳐 오고 말았다.

우발산이 흰돌머리로 돌아온 것은 남은 술기운과 피로로 혼절하듯 쓰러졌던 황제가 다시 눈을 떴을 때였다. 황제의 심상찮은 거동에 놀라 정 처사네 마당에 모여 있던 동네 사람들에게 우발산이 전한 사건의 전말은 극적이었다. 우발산에게 있어서의 모든 사태는 황제가 착각하고 있을 때 그대로였기 때문이었다.

우발산은 흥분한 목소리로, 백성들이 깃발을 들고 황제를 맞으러 나왔으며, 황제 또한 눈물로 그들에게 달려갔다는 것, 그걸 막기 위해 왜적의 대부대가 출동해 왔고 황제는 맨손으로 그들과 대적했다는 것, 비록 일당백의 싸움이었으나 황제는 그들을 수없이 베어 장터거리는 그대로 피바다를 이루었다는 것 등을 정신없이 떠들어댔다. 약간 이상하게 여긴 정 처사가 몇 번이나 우발산을 다그쳤지만, 그는 맹세코 자기가 한 말이 사실 그대로라고 주장했다. 과장이라고 하기에는 너무 지나친 착각이었다.

마을은 그 놀라운 사건에 흥분으로 들끓었다. 일부 성급한 이들은 바로 그 기세를 몰아 왜적들을 이 땅에서 내쫓자고 주장했다. 맨손으로 무기를 든 백여 명을 대적하여 그 목을 모두 베었으니 이는 분명 하늘의 도움이라는 것이 그들의 확신이었다. 그러나 신중한 정 처사는 그들을 진정시킨 후 세상물정에 밝고 보는 눈도 정확한 마숙아를 가만히 문제의 장터거리로 보냈다.

그런데 얼른 이해할 수 없는 것은 이튿날 돌아온 마숙아의 보고였다. 우발산과 몇 가지 점에서는 달랐으나 황제의 새로운 신화를 부인할 만한 것은 못 되었기 때문이었다. 즉, 그날 사람들이 만세를 부른 것은 나라의 독립을 위해서였지, 황제를 맞으러 온 것은 아니었다는 것과 왜병의 수가 대부대가 아니라 불과 여남은 명에 지나지 않았다는 것이 다른 대신, 황제는 그 군중의 실질적인 지도자였으며 그의 연설은 만인의 피를 들끓게 할 정도의 사자후(獅子吼)였고, 성난 호랑이처럼 날아 왜병의 목을 다섯이나 베었다는 것은 새로 과장된 대목이었다.

마숙아의 전달은 정확했으나 이번에는 그곳 장터거리 사람들

의 기억이 과장된 것임에 틀림없었다. 당시의 기록에는 만세 사건
으로 그 부근에서 죽은 관헌이 없는 것으로 보아 황제에게 다친
그 순사가 죽지 않은 것이 분명한데도 오랫동안 숨조차 크게 쉬지
못하고 피하던 일본 순사를 단숨에 처치한 그 장한 청년에 대한
그곳 장터거리 사람들의 애정이 그 같은 과장 또는 왜곡의 원인인
듯했다. 그들은 황제에 대한 기억을 소중히 간직했을 뿐만 아니라
밤사이에 몇 배나 화려하게 윤색하고 덧붙여 마숙아에게 전했다.

어쨌든 그 일은 지난 이 년에 걸친 황제의 술타령으로 의구심
에 잠겨 있던 정 처사와 황 진사를 격려하고 조금씩 엷어져 가던
흰돌머리 사람들의 충성심을 다시 굳건하게 되돌려 놓았다. 특히
굳건한 흰돌머리 사람들의 충성을 증명하는 것은 그 뒤 몇 번인가
탐문 수사를 나온 일본 순사들을 대하는 태도였다. 그들이 어찌
나 완벽하게 황제의 부재증명을 해주었던지 일본 순사들은 끝내
작은 단서조차 얻지 못하고 물러가지 않을 수 없었다.

그 밖에 황제의 체포를 막아준 것으로는 그 장터거리의 건달
들에게 늘어놓은 황제의 허풍이었다. 그것이 얼마나 대단했던지
상당히 자주 만났던 건달들조차도 황제의 정체를 모르고 있었다.
황제가 계룡산에서 내려온 신인(神人)이라든가 이왕가(李王家)의
종실이라든가 하는 신화 같은 얘기만 떠돌 뿐 사십 리도 안 되는
부근의 산골에 사는 한낱 촌부임을 아는 사람은 아무도 없었다.

하지만 황제가 언제까지고 흰돌머리에 머물 수는 없는 일이었
다. 일본 경찰의 고위층은 뜻밖에도 이 사건을 중시하여 그곳 지

서들은 집요한 수사를 계속했고, 워낙 빤한 시골이다 보니 차츰 수사의 방향은 흰돌머리 쪽으로 옮겨지고 있었다.

그 무렵에 쓰인 것이 신기죽의 건의문이었다. 황제가 보위에 오르기 전이어서 결코 표(表)라고 할 수 없으나 실록에는 「권북천표(勸北遷表=북쪽으로 옮기기를 권하는 표문)」란 제목으로 실려 있었다. 기억나는 대로 옮겨보면 대강 다음과 같다.

'신(臣)은 원래 이씨의 왕토에 태어났으나 힘써 그 녹(祿)을 구하지 않고 한 술꾼[酒徒]으로서 저잣거리를 헤매고 있었습니다. 봉황은 대나무 열매가 아니면 먹지를 않고 오동나무가 아니면 깃들이지 않으며, 기린은 예천(醴泉)의 물이 아니면 마시지 않는다 하거니와, 신이 이씨의 녹을 피한 것은 마침내 망국에 살아남은 욕된 신하가 되지 않고자 함이었습니다.

때에 주군께서는 몸소 천한 신을 찾으시어 부르시기를 저 삼고(三顧)의 예(禮)에 지나치시니 용력은 우발산에 못 미치고 지모는 마숙아에 뒤지나 감히 따라나섰습니다. 그리하여 이곳에 머문 지 여러 달, 마음은 공연히 바빴으되 이룬 일은 없어, 공 없이 녹(祿)만 축내는 것이 매양 신자된 자의 근심이었습니다. 이제 때를 당하여 한 말씀 올리려니와, 행여 역린(逆鱗)을 건듦이 있으면 길게 늘인 늙은 목을 베소서.

듣기에 주군께서는 일찍이 천년의 고경(古鏡)을 얻으셨고, 하늘이 여러 신이한 조짐으로 그 뜻을 의탁하셨으며 또한 동정서벌(東

征西伐) 여러 혁혁한 자취를 남기셨다 하나, 말이며 문장은 항상 간사한 것입니다. 저 왕망(王莽) 같은 이는 성시(盛時)에는 살아 있는 성인으로 추앙받았으되 한 번 몰락하니 천고의 위군자(僞君子)가 되었고, 그를 향한 여러 유생들의 칭송이나 애장(哀章)의 동합(銅盒) 역시 종당에는 아첨과 위작(僞作)이 되고 말았습니다. 이는 주군께서 마땅히 거울로 삼아야 할 고사이니, 주군께서도 만일 천하를 얻지 못하시면 지난 자취조차 뒷사람의 요망한 비기(誹譏)나 치소(嗤笑)거리가 됨을 면치 못할 것입니다.

이제 주군께서는 신력(神力)으로 강성한 적도를 베시어 쫓기는 바 되셨으니 한편으로는 형세 심히 곤비(困憊)하되, 신의 마음에 한 가닥 기꺼움이 있는 것은 하늘이 이 일로 주군의 웅비(雄飛)를 재촉하는 것 같기 때문입니다. 대저 해로움을 고쳐 이로움을 삼는 것은 제왕의 덕이요, 하늘은 어려운 가운데 그 뜻을 이루는 자를 기뻐하는 까닭입니다.

주군께서는 이제 좁고 척박한 삼한에서 눈길을 돌려 저 광활한 요동벌을 바라보소서. 그 땅은 지난날 고구려가 강병 백만으로 수당(隋唐)과 자웅을 겨루던 우리의 고토(古土)요, 삼국(三國) 말 당군(唐軍)의 말굽이 이 땅을 유린할 때에도 오히려 대씨(大氏=대조영)의 발해 삼만 리 강토가 남아 있었습니다.

지금 가만히 천하의 형세를 살피니 왜적이 비록 강성하나 아직 반도를 경영함에 여념이 없고 중화 역시도 겹친 내우외환에 동북(東北)을 돌볼 틈이 없습니다. 또 듣건대 그 땅에는 오래 전부터 수

많은 이 나라 백성이 흘러 들어가 산동의 유민(流民)이나 되[胡]의 비적(匪賊)들과 내치하고 있는 바, 어디로 간들 이 나라 백성이 아니며 또한 주군의 가련한 신민이 아니겠습니까?

바라옵건대 주군께서는 한시 바삐 서두르시어 비어 있는 그 땅을 취하소서. 이는 주군의 도모함을 앞당기는 양책일 뿐 아니라, 좁은 논밭을 다루는 이 백성의 홍복(洪福)이요, 고구려 멸망 이래 수많은 제왕의 비원(悲願)이던 고토(故土) 수복이 될 것입니다. 신 등은 이 땅에 남아 안으로 게으르지 않고 밖으로 몸을 아끼지 않아 주군의 기업(基業)을 보존하겠습니다.'

이 「권북천표(勸北遷表)」에 대해서도 황제의 적대자들의 견해는 지나친 데가 있다. 황제를 편집광으로 모는 것과 마찬가지로 신기죽 역시 알코올 중독에 기인된 과대망상증 환자로 보는 그들은 이 「권북천표」를 그 증거로 들고 있다. 합리적이란 수식의 그 왜소한 사고에 어찌 신기죽의 웅대한 포부와 기개가 이해되기를 바라겠는가.

어쨌든 황제와 정 처사는 그런 신기죽의 건의에 크게 감동되었다. 거기다가 헌병대의 기록을 참고로 한 경찰의 수사망도 점점 더 조여와 더 이상 버틸 수 없게 된 황제는 마침내 북천(北遷)을 결심하였으니 때는 기미년 유월 초엿새, 양력으로는 서기 1919년 7월 4일이었다.

셋째 권

개국(開國)

경신(庚申) 동북(東北)의 호지(胡地)에서 기화(奇貨)를 기다리시다.

　지각없고 생각이 얕은 무리는 황제의 북천(北遷)을 순전히 신기죽의 황당한 충동질 때문으로 여기나, 하늘의 부름을 받고 이 땅에 내려온 이에게 어찌 손놀림 하나 발걸음 한 번인들 하늘의 뜻에 벗어남이 있을 수 있으랴. 신명존자(信明尊者)가 지어 보원(普元)에게 전하고, 보원은 또 요공(了空=道詵) 대선사에게 전했다는 『삼한산림비기(三韓山林秘記)』에,

　'토양(土羊)에 변란이 계속되면 착한 사람의 피가 들풀에 발릴 것이다[土羊繼變 善人之血 塗於野草].'라 하였으니 토양(土羊)은, 즉 기미(己未)라 이는 기미년의 참사를 가리킨 것이요, 또 만세의 기인(奇

人) 토정(土亭)의 『가장결(家藏訣)』에,

'오랑캐 돈이 통용되는 때를 당하면 이는 곧 군자가 떠날 때라, 만약 요동 간방(艮方)으로 들어가지 않으려거든[胡錢通用之時 此是君子可去之時 若不入遼東艮方]······' 하여,

오랑캐에게 나라가 빼앗겼을 때는 요동 간방, 곧 이 땅에서 보면 동북쪽[艮方]을 가장 좋은 곳으로 든 것이라든가,

'백두산 밑에 고기와 소금이 천하고 두만강 가에 물미역이 나며, 압록강 깊은 곳 돌다리 위에 동남에서 피해 온 여러 사람의 소리가 들린다[白頭山下魚濂賤 豆滿江邊水藿生 鴨綠深波石橋上 南東避處衆入聲].'라고 한 것 등은,

모두 그 땅에 이 백성이 옮겨가 살 것을 암시한 것이다. 『정감록』「감결(鑑訣)」에도 그와 같은 구절이 있으니 나라가 환란을 당하여,

'곡식의 종자는 삼풍(三豊)에서 구하고, 사람의 종자는 양백(兩白)에서 구한다[求穀種三豊 求人種兩白].'라고 한 것이 바로 그 구절이다.

삼풍은 압록강 북안의 상풍(上豊), 중풍(中豊), 하풍(下豊)을 가리킨 것이요, 양백은 장백산(長白山)과 백두산(白頭山)을 가리킨다. 혹 양백을 태백산과 소백산을 가리킨다고도 하나 나라가 이미 결딴난 터에 하필 협소한 태·소백 사이겠는가.

결국 황제의 북천(北遷)은 이와 같은 비기(秘記)와 이서(異書)를 따른 것이었고, 신기죽의 건의는 다만 한 작은 계기에 지나지 않

왔다. 따라서 황제 일행이 처음 목적지로 삼은 것은 「감결(鑑訣)」에 충실하게 장백산과 백두산 사이였다. 여기서 황제 일행이라고 하는 것은 황제 외에 따라나선 신기죽과 마숙아를 포함한 말이다. 충성심에 있어서는 누구 못지않은 우발산이 그 출행(出行)에서 빠지게 된 것은 문사(文事)에는 신기죽에 못 미치고 이재(理財)와 세상 물정에 밝기에는 마숙아를 따를 수 없었기 때문이다.

그러나 비록 세상일에 밝은 마숙아와 박람강기한 신기죽이 보좌하고 있다고는 하지만, 지도 한 장 변변한 게 없는 그들 일행이 곧바로 수천 리 타국에 있는 장백산을 찾아든다는 것은 쉬운 일이 아니었다. 길을 떠난 지 며칠 안 돼 북간도로 떠나는 한 무리의 조선 유민들 틈에 끼게 된 황제 일행은 끝내 목적지를 간도로 바꾸지 않을 수 없었다. 장백산이 여전히 묘연할 뿐만 아니라 간도에는 이미 수많은 조선인들이 몰려 산다고 들었기 때문이었다.

회령(會寧) 부근에 이르러 한 번 황제의 마음이 변한 적이 있었다. 어디선가 임시 정부에 대한 이야기를 들은 황제가 부득부득 상해로 가자고 우겨댄 것인데 그 일은 다행히 마숙아의 노력으로 무마되었다.

"그들은 양이(洋夷)의 법제를 흉내 내어, 왕(王)이며 삼공(三公)을 폐하고 자기들끼리 대통령이니 국무총리니 해서 나라를 멋대로 꾸몄습니다. 이미 그렇게 딴 마음을 드러냈으니 절대로 주군(主君)을 반기지 않을 것입니다. 뒷날 나라의 기틀이 잡히면 마땅히 토멸해야 할 난세의 군웅(群雄)들이매 오히려 주군을 해할까 두

럽습니다."

그것이 마숙아의 설득에 넘어간 신기죽의 만류였다.

하지만 조선인들이 많은 간도라고 해서 모든 일이 마음먹은 대로 풀린 것도 아니었다. 흰돌머리를 떠난 지 한 달이나 걸려 묻고 찾은 끝에 간신히 용정촌(龍井村)에 이른 황제는 이내 깊은 시름에 젖어 들지 않을 수 없었다. 그때나 지금이나, 또 나라 안에서나 나라 밖에서나 백성들의 몽매함은 다를 바 없어, 이역만리 먼 곳에서 다른 민족에게 고초를 당하면서도 그들은 황제를 알아보려 들지 않았다. 특히 그런 것을 애달파 해서 설득에 나선 신기죽이 받은 조소와 야유는 시름 이상 거의 상심에 가까운 충격을 주는 내용이었다.

"정씨 팔백 년이라고라? 이거, 시방 어느 시절 얘기를 하는 거여? 사람 바쁜디 배꼽에서 힘 빠지게 하들 말고 싸게싸게 딴 데로 가보더라고."

"뭐라카노? 그라믄 저 히왕(허황)한 친구가 바로 계룡산 정 도령이란 말가? 말도 안 되는 소리 말고 어디 대강 뿌리 내려 먹고 살 궁리나 채려 보소."

하고 빈정대는가 하면,

"숭어가 뛰니 망둥이까지 뛴다더니 웃기는 소리 작작합세, 그따위 소리 허투루 하다가는 모가지 뿌러짐메."

"아직 노망할 나이는 아닌가 분디, 워쩐 말이유? 허기사 조선 독립군에 그걸 쫓는 조선놈 앞잽이, 조선 아편 장사, 조선 도둑놈

210

에 조선 갈보까지 옮겨오는 판이니 조선 미치광이라고 여기 오지
말란 법은 없시만서두……."

"야, 니거 됴카구나야. 잘하면 이 용드레촌[龍井村]에 나라 하나
서겠구나야……."

하고 노골적으로 비웃기도 했다. 오히려 황제 일행에게 호기심
과 동정을 가져주는 것은 황제나 신기죽과 필담(筆談)을 나눈 몇
몇 중국인들이었다. 어떤 이는 그런 현상을 문자를 숭배하는 중
국인들에게 황제와 신기죽의 달필이 먹혀든 탓이라고도 하고, 또
어떤 이는 외국인들끼리는 서로 상대편의 정신적인 이상을 알아
보기 힘들기 때문에 그렇게 된 것이라고 설명하기도 한다. 하지만
그보다는 중국인들의 사람을 알아보는 높은 식견과 상대의 장처
를 흔연히 인정해 주는 대인적(大人的)인 풍도 덕분이라는 편이 옳
을 수도 있다.

거기서 황제와 신기죽은 차츰 중국사람들을 좋아하고 그들과
의 필담을 즐기게 되었다. 토착 만주인들은 대개가 무식하여 필담
이 가능할 만큼 문자를 깨친 자는 드물었지만, 무슨 일로 관내(關
內)에서 흘러들어 온 한인(漢人)들의 경우에는 대개 어느 정도 의
사소통이 가능했다.

그러다 보니 자연 조선인들을 경원하게 된 황제 일행은 점점
조선인들이 드문 북쪽으로 가게 되어, 기미년이 저물 무렵에는 어
느새 영고탑(寧古塔)에 이르러 있었다. 그런데 그곳의 여관에 든
지 사흘째 되던 날 어딘가를 쏘다니다 온 마숙아가 갑자기 진지

한 얼굴로 황제를 찾았다. 그때까지는 돈을 낭비하지 않는 한 황제나 신기죽의 행동에는 무관심한 채 무엇인가를 살피기만 하던 마숙아였다.

"떠날 때 어르신(정 처사)께서 제게 거듭 당부하신 것은 우리 세 사람이 쓸 재물을 돌보는 일이었습니다. 비록 지니고 온 금품이 적지 않고 그동안 절약해 왔으나, 벌써 다섯 달째 버는 것 없이 쓰기만 하니 실로 언제까지 지탱할지 두렵습니다."

"걱정할 것 없소이다. 길인(吉人)은 하늘이 돕는다 했거니와, 그래도 부족하면 흰돌머리로 사람을 보내면 될 것 아니겠소?"

"그렇지 않습니다. 길도 수천 리일 뿐 아니라, 아무리 흰돌머리라 한들 제가 화수분이 아닌 이상 끝없이 재물이 솟아날 리야 있겠습니까? 거기다가 이왕 그들의 힘겨운 성원을 입고 떠난 터수에, 어찌 아무것도 이룬 바 없이 빈손으로 되돌아가 다시 도움을 빌겠습니까."

마숙아의 목소리는 담담했으나 끝말은 확실히 황제의 아픈 곳을 건드리는 것이었다.

"그도 그렇구려. 그래 지금 살림 형편은 어떠하오?"

"벌써 절반 가까이 축나 있습니다."

"마공(馬公)께서 달리 궁리해 보신 일은 없소?"

"실은 그 때문에 찾아왔습니다. 장사를 한번 해볼까 합니다. 중국 관민(官民)의 조선인에 대한 태도가 예와 달라 땅을 사들이기 힘들 뿐만 아니라, 설령 남은 돈으로 약간의 땅을 장만한다 한들,

우리 세 사람 모두 농사에는 익지 않은 터에 기후 풍토까지 맞지 않으니 자칫 호구(糊口)조차 힘들까 걱정입니다."

"장사를?……"

거기서 황제는 잠시 생각에 잠기더니 이내 시원스레 대답했다.

"거 좋은 생각이오. 진(秦)의 문신후(文信候=여불위)는 원래 한낱 장사치였으나 기화(奇貨)를 잘 사서 진나라의 상국(相國)에까지 올랐고, 월(越)의 범여(范蠡)는 구천(句踐)을 도와 회계산의 치욕을 씻어주었으나, 높은 벼슬을 마다하고 상인이 되어 도주공(陶朱公)으로 오히려 이름을 높였소이다. 이재(理財)는 용병(用兵)과 함께 나라를 다스리는 근본이 되니 마땅히 천시해서는 안 될 것이오. 그래, 마공(馬公)께서는 무슨 장사를 하실 작정이오?"

"처음에는 토착 호인(胡人)들을 상대로 소금이나 기름을 팔아 볼까 했지만 이곳 지리가 낯설고 풍속이 사나워 선뜻 시작하지 못했습니다. 그런데 어제 거리에 나갔다가 우연히 이모(李某)라는 조선인 하나를 만났던 바, 그가 마땅한 자리를 하나 소개해 주었습니다."

"그게 무엇이오?"

"요릿집입니다. 청인이 경영하다 내놓은 것입니다."

"청국 사람에게 조선 사람이 청요리를 판다?"

"청국인 숙수(熟手)는 그대로 남을 것이며 장사는 이(李)와 동업이 되므로, 저는 그저 뒤만 돌보아주면 될 것입니다."

여불위나 도주공처럼 수백의 종자(從者)와 수십 필 말과 수레

를 이끈 호상(豪商)을 생각하던 황제에게는 적이 실망이 되는 말
이었다.

"조금 전에 제가 가보니 요릿집은 크지 않았지만 우리 세 사
람 잠시 몸을 의지하기에는 넉넉할 듯싶었습니다. 어떻게 하시겠
습니까?"

그런 마숙아의 말은 물음이라기보다는 차라리 권유였다. 아무
리 황제인들 달리 좋은 방도가 없는 바에야 턱없이 반대만 하고
있을 수야 있겠는가. 그리하여 마숙아가 여러 날 부산하게 쏘다닌
끝에 황제는 마침내 조그만 청요릿집 반 동가리 주인이 되었다. 반
드시 쓰라린 영락이라고는 할 수 없지만, 한 가닥 황제의 마음에
쓸쓸함이 있었음은 그 요릿집 방으로 거처를 옮기던 날 밤 홀로
웅얼거린 말로 알 수 있다.

"왕자(王者)의 성취란 그 영광된 끝에 있는 것이지 어둡고 험
난한 역정에 있는 것은 아니다. 원말(元末)의 효웅 장사성(張士誠)
과 방국진(方國珍)은 출발이 천한 소금 장수였고, 뒤에 명(明)의
태조가 된 주원장도 원래는 합비(合肥)의 떠돌이 걸승(乞僧)이었
다……"

뜻은 장했으나 그 목소리는 마치 탄식처럼 들렸다고 한다. 어느
새 해는 바뀌어 경신년 정월의 일이었다.

동업자인 동시에 황제 일행의 기둥이기도 했던 이모(李某)는 황
제를 알아볼 안목이 없었던 죄로 실록에는 이름조차 전하지 않

214

지만 적어도 경위만은 바른 사람 같았다. 요릿집은 작고 목도 별로 좋지 못했으나 이모가 배당하는 이익은 황제 일행의 의식을 해결하기에는 모자람이 없었다. 따라서 이모를 거들어 요릿집 일을 돌보는 마숙아를 빼면 황제와 신기죽에게는 나날이 모두 휴일과도 같았다.

문화란 여가의 산물이란 말이 있듯이, 황제가 또 한 번의 정신적인 도약을 할 수 있었던 것은 바로 그런 시간 여유 덕분이었다. 파왜관(破倭關)의 싸움 이후 거의 십 년간이나 등한히 했던 서책에 다시 몰입하게 된 일이 그랬다. 신기죽의 열성적인 권유 외에도 황제 원래의 남다른 지식욕이 발동한 까닭이었다.

책을 읽는 환경도 흰돌머리 때와는 비교할 수 없었다. 가끔씩 향수에 시달릴 때도 있지만 그 때문에 빼앗기는 시간이랬자 다른 이들이 가정과 세상의 잡사에 시달려야 하는 시간에 비하면 거의 없는 것과 마찬가지였다. 거기다가 흰돌머리 같은 산골에서는 제목만 들을 수 있을 뿐이던 책들도 그곳에서는 대부분 쉽게 구할 수 있었다. 발달된 인쇄술의 보급으로 몇 푼 안 되는 돈이면 원하는 책을 사거나 빌릴 수 있었다.

그리하여 고금의 위대한 정신들과 말 없는 교유를 나누는 가운데 경신년의 나머지 날들은 흘러갔다. 황제가 한 그해의 일로 책을 읽은 것 외에 덧붙일 게 있다면 김좌진 장군을 두고 했던 말 정도일까.

"과연 일세의 장재(將材)로다. 내 일찍 그를 얻었던들 저 파왜관의 수모는 당하지 않았을 것을."

　요릿집에 들른 어떤 조선 청년으로부터 뒤늦게 청산리(靑山里) 첩보(捷報)를 들은 황제는 그렇게 감탄하더니 곁에 있던 신기죽에게 명했다고 한다.

　"이 사람을 반드시 기억해 두시오. 후일 그를 얻으면 삼군(三軍)의 영수로 삼고 무후(武候)에 봉할 것이외다."

임술(壬戌) 홀연히 녹림(綠林)에 드시어 뭇 호걸(豪傑)을 수하(手下)에 거두시다.

　경신년에 불붙기 시작한 황제의 독서열은 신유년을 거쳐 임술년에 이르러도 꺼질 줄 몰랐다. 그 삼 년간 읽은 책은 그야말로 소등에 실으면 소가 땀을 흘리고, 창고에 넣으면 창고가 가득할 양이었다. 뿐만 아니라 황제는 읽은 것을 그대로 기억하는 데서 그치지 않고, 신기죽과의 끊임없는 담론을 통하여 비판하고 정리하였다. 그 담론이 얼마나 치열했던지, 한 번은 『문심조룡(文心雕龍)』을 놓고 신사(神思)와 지기(志氣)를 논하다가 성난 신기죽이 황제의 옷고름을 잡아 뜯었고, 또 한 번은 진학(陣鶴)의 『명기(明紀)』를 놓고 영락제(永樂帝)와 방효유(方孝孺)를 논하다가 황제가 분김에 신기죽의 상투를 거머쥔 적도 있었다. 어쨌든 그 무렵 황제의 학문에 대한 열의는 놀라워서 그대로 가면 자칫 한낱 궁한 서생(書生)

으로 끝나버리지 않을까 하는 우려마저 들 정도였다.

하지만 하늘은 이느새 황세를 위하여 새로운 변화를 준비하고 있었으니 그 발단은 토비(土匪)의 돌연한 내습이었다. 영고탑에 자리 잡은 지 삼 년에 접어드는 그해 초가을 밤, 황제는 신기죽과 더불어 가까운 목단강(牧丹江)변을 거닐며 「적벽부(赤壁賦)」를 읊조리고 있었다. 그곳이 적벽도 아니고 황제도 비록 소자(蘇子=소동파)가 아니었으되, 때는 마침 임술년 가을[壬戌之秋]이었고, 초승달일망정 달 또한 서편 하늘에 걸려 자못 흥취를 돋우었기 때문이었다.

그때 갑자기 도시 서쪽에서 요란한 총소리가 나며 아우성 소리와 함께 불길이 여기저기 솟았다. 일본인들이 말하는 이른바 마적의 기습이었다. 중국 관리와 군대는 물론, 철도 수비대 명목의 일본군도 어디로 가버렸는지 황제와 신기죽이 요릿집으로 돌아왔을 무렵에는 시가지의 여기저기서 약탈의 수라장이 벌어지고 있었다.

비적들은 대여섯 혹은 두셋씩 조를 짜서 눈에 띄는 상점이나 좀 반듯한 민가를 뒤져 무엇이든 돈 될 것이면 남김없이 털었다. 황제의 요릿집도 예외는 아니었다. 오래잖아 청룡도를 꼬나든 비적 하나와 장총을 앞세운 비적 둘이 거칠게 문을 걷어차며 뛰어들었다.

이미 여러 번 겪은 듯 마숙아를 지휘하여 술과 고기를 푸짐하게 준비하고 비적들을 기다리던 이모(李某)도 일순 얼굴이 핼쑥해졌다. 술과 고기를 권하는 목소리도 미리 준비해 둔 돈을 내미는 손도 심하게 떨리고 있었다. 차려 둔 음식물은 거들떠보지도 않은 채 그들은 돈을 더 내라고 으르렁거리고 때로는 위협적으로 청룡도를 추켜올리기는 했지만 별로 살의는 없어 보였다. 황제와 신기죽은 마숙아와 이 아무개가 시키는 대로 골방에서 가만히 엎드려만 있어도 일은 무사히 지나갈 것 같은 형세였다.

그런데 여기서도 갑자기 솟은 황제의 의기가 일을 이상하게 만들고 말았다. 마숙아와 이 아무개가 돈 될 것이면 무엇이든 이것저것 긁어모아 그들의 환심을 사고 있을 때 숨어 있어야 할 황제가 불쑥 나타났다. 마숙아가 죽을지 모르는 마당에 홀로 숨어 있는 것은 주군(主君)의 도리가 아니라는 생각에서인 듯 그런 황제의 손에는 먹물도 채 마르지 않은 종이 한 장이 들려 있었다.

'사냥꾼도 궁한 새는 쏘지 않는 법이다. 나는 장차 조선의 왕이 될 사람으로 왜적의 핍박을 받아 잠시 너희 나라에 몸을 의탁하러 왔다.

그대들은 비록 녹림(綠林)에 몸을 담고 있으나 와룡복호(臥龍伏虎)의 기상으로 때를 기다리는 호걸이라고 들었다. 망명도생(亡命圖生)해 온 몸이라도 그대들에게는 귀한 이웃 나라의 손님이다. 바라건대 만리 이역의 객(客)으로 하여금 대국(大國)의 응대(應對)하는 법도를 배울 수 있게 하라.'

마숙아와는 달리, 오랑캐의 말을 배울 수 없다 하여 여전히 필담(筆談)으로만 중국인들과 대화를 나누는 황제가 비적에게 내민

종이에 쓰인 글의 내용은 대강 그러했다. 하지만 글을 받은 비적들은 둘 다 무식한 졸개들이었다. 잠시 어리둥절한 눈으로 황제를 바라보던 둘 중에서 하나가 동료에게 무어라고 말하더니 종이를 들고 밖으로 뛰어나갔다.

밖으로 나갔던 비적은 오래잖아 새로운 비적 하나를 데려왔다. 굽실거리는 품으로 보아 그보다 윗자리인 듯했는데 비적답지 않게 옷차림도 말쑥하고 단정했다. 그자는 잠시 황제를 세밀하게 살펴보더니 이어 무어라고 짤막하게 명령했다. 그러자 두 명의 졸개가 황제를 덮쳐 묶고는 밖으로 끌어냈다. 어느새 달려온 신기죽이 자기 몸을 던져 막고자 했으나 비적이 휘두른 총대에 맞아 정신을 잃었고, 마숙아 역시 꿇어앉아 두 손을 비비며 애원했으나 나중에 온 비적은 쌀쌀한 목소리로 반복할 뿐이었다.

"죽이지는 않겠다. 칠 일 후 계수구(契樹溝)에서 일화(日貨) 이천 원과 바꿔 가라."

만주 말로 그런 내용이었다. 결국 황제는 그들의 빵뾰[綁票=돈을 받기 위한 인질]가 된 셈이었다. 필담 때문에 황제를 조선의 왕자쯤으로 여겨 그 수하(手下)로 보이는 마숙아에게 거액을 요구한 듯했다.

그 말을 들은 마숙아나 다시 깨어나 전해 들은 신기죽 모두 그 엄청난 요구에 정신이 아득하였으나, 뉘 알랴, 하늘이 정하시는 길흉화복을. 진실로 인생의 온갖 일이 한가지로 저 새옹의 말[塞翁之馬] 같으니 그날 황제가 빠지게 된 경우가 바로 그러하다.

처음 하룻밤 하룻낮을 황제는 몇 명의 다른 인질들과 함께 고생스러운 행군을 했다. 밤에는 두 손이 묶인 채 말 등에 실려 날이 새도록 달렸고, 낮에는 두 눈까지 가려진 채 짙은 수풀 사이로 끌려다녔다. 그러나 이튿날 저녁 무렵 마적의 산채가 있는 적도산(滴道山) 부근에 이르면서부터 모든 것은 조금씩 풀려가기 시작했다.

그 첫 실마리가 그들의 군사(軍師)격인 동(董)과의 필담이었다. 동은 바로 황제를 인질로 잡도록 명령한 단정한 얼굴의 비적으로, 그들 사이에서는 백선(白扇)으로 불리었다. 이제는 더 이상 두려워할 게 없다는 투로 떠들썩하게 휴식을 취하고 있는 졸개들 사이에서 모닥불을 쬐고 있던 그는 갑자기 무슨 생각이 났는지 황제에게 다가왔다. 그리고 품 안에서 황제가 쓴 종이를 꺼내더니 그 빈자리에 숯덩이로 썼다.

"이것은 그대가 쓴 것인가?"

황제는 고개를 끄덕였다.

"여기에 쓴 것이 사실인가?"

황제가 다시 고개를 끄덕였다. 동은 새삼 황제를 찬찬히 살피더니 또 썼다.

"묶인 것이 몹시 불편한가?"

황제는 짐짓 얼굴을 찌푸리며 고개를 끄덕였다. 사실 만 하루를 꼬박 묶여 있다 보니 거의 몸이 뒤틀릴 지경이었다.

"그대의 수하들이 내게 한 약속이 있는데 그 약속을 그대의 약속으로 믿어도 되는가?"

황제가 잠깐 생각에 잠겼다가 이내 고개를 끄덕였다. 그러자 동(董)은 졸개 하나를 부르더니 황제의 두 손을 풀어주게 한 후 다시 썼다.

"그대의 수하들은 칠 일 뒤에 몸값을 치르고 그대를 찾아가기로 약속했다. 그리고 그대는 방금 그 약속을 자신의 것으로 인정했다."

여기서부터 황제와 동은 필담을 주고받게 되었다.

"군신(君臣)은 한몸이다. 비록 부당하나 내 수하들이 이미 약속한 것이라면 나도 지키겠다."

"믿는다. 그대에게는 분명 귀인(貴人)의 상이 있다. 약속을 어기고 도망치다가 생명을 잃을 만큼 어리석지는 않으리라 생각한다."

"알았다. 그런데 내 몸값이 얼마냐?"

"일본 돈으로 이천 원이다."

"너무 적다. 나의 값을 그 정도로밖에 치지 않으니 군자의 안목이 아니다. 설령 몸값을 못 치러 죽는 한이 있더라도 내 몸값을 만 배로 올려라."

거기서 동의 얼굴에는 약간의 감탄의 기색이 떠올랐다.

"일본 돈 이천 원도 적은 돈은 아니다."

"제왕의 자리는 그 만의 만 배라도 살 수 있는 게 아니다."

그러자 동은 슬쩍 말머리를 돌렸다.

"그런데 그대는 왜 이 땅으로 왔는가?"

"군사를 일으켜 왜적과 싸웠으나 힘이 미치지 못했다. 한고조나

삼국시대의 소열제(昭烈帝＝유비)처럼 이 땅을 잠시 나의 파촉(巴蜀)으로 삼고자 한다."

그때 비적들이 다시 행군을 시작했으므로 그들의 대화는 거기서 끊겼다.

어둑어둑할 무렵에야 도착한 그들의 산채는 거친 계곡 깊숙한 곳에 자리 잡은 험한 산 중턱의 동굴이었다. 자연 동굴을 개조한 모양으로, 만주의 일반적인 마적들과는 달리 주위에는 부락도 농경지도 없었다. 여자들이 몇 눈에 띄었으나 역시 전투원 차림이었고 가정을 이루고 살지는 않는 것 같았다. 생활은 순수하게 약탈에만 의존하고 있었지만 여러 가지로 미루어 단순한 토비 집단으로 보이지는 않았다.

황제의 그런 짐작이 온당한 것이었음은 곧 밝혀졌다. 이튿날 밤, 먼저 잡혀 온 이들을 합쳐 모두 일곱 명이나 되는 인질들이 빽빽이 들어찬 토굴에서 거북한 잠을 청하고 있던 황제는 다시 동(董)의 부름을 받았다. 이번에는 그들이 대야(大爺)라고 부르는 두령과 함께였다. 곁에는 필기도구가 갖추어져 있었다.

"그대가 조선의 왕자인가?"

두령이 먼저 물었다. 사십대 초반의 건장한 사내였다. 동이 필담으로 바꾸었다.

"왕자라고는 하지 않았다. 그러나 장차 왕이 된다."

"그대는 이(李)씨인가?"

"아니다. 정(鄭)이다. 이(李)씨의 왕기(王氣)는 이미 쇠했다. 나는 이제 천명(天命)을 받아 그들을 대신하려 한다."

그러자 동과 두령의 얼굴에 의혹의 표정이 서렸다.

"천명이라면?"

"여기서 다 말할 수는 없으나 세 가지는 보여줄 수 있다. 이 옛 거울과 비기(秘記)와 내 이마다."

그리고 황제는 흰돌머리를 떠날 때부터 무슨 부적처럼 지니고 온 구리거울과 휴대하기 편리하게 묶은 「감결(鑑訣)」의 필사본을 꺼냈다.

"거울은 당나라 건녕 이 년에 한 이인(異人)이 만들어 명산(名山)에 감춘 것이고, 이 책은 해동(海東)의 천년 비기(秘記)다. 또 이마의 글자는 산왕대신(山王大神)이 호랑이를 보내 새긴 것이다."

동(董)과 두령은 반신반의하며 황제의 얼굴과 거울과 「감결」을 번갈아 보았다. 하지만 아무리 안목이 낮은 비적들일지라도 황제의 이마에 뚜렷이 새겨진 '王' 자나 고경(古鏡)의 기괴함을 어찌 모르겠는가? 하물며 '감(鑑)은 사마휘 제갈량보다 낫다[鑑愈於司馬徽諸葛亮].'라는 구절로 시작하는 신비한 「감결(鑑訣)」에 이르러서야.

마침내 그들 둘은 한동안 무어라고 주고받으며 고개를 끄덕이더니 다시 물었다.

"따르는 무리는 많은가?"

"많지는 않으나 천승(千乘)의 전거(戰車)는 움직일 만하다. 장차는 이천만 조선인이 모두 나의 신민(臣民)이 될 것이다."

전거 천승이라면 마부와 전사 외에 따르는 보졸(步卒)을 합쳐 거의 이삼만에 가까운 병력이다. 따라서 황제의 말은 거짓이 되지 만 허장성세(虛張聲勢) 또한 병법의 하나가 아니겠는가.

"백선(白扇)을 통해 그대가 왜인들과 싸웠다는 말을 들었다. 사 실인가?"

"사실이다."

"몇 번 싸웠는가?"

"두 번이다."

"결과는?"

"한 번은 지고 한 번은 이겼다."

그리고 황제는 파왜관의 싸움을 진세(陳勢)까지 그려가며 설명 했다. 대부분은 사실대로였지만, 병력만은 백 배로 늘려 말했다.

"조선에 여러 갈래의 의병이 일어나 왜인들에게 항거했다는 말 은 들었지만 그렇게 큰 싸움이 있은 줄은 몰랐다. 두 번째는 어떻 게 되었는가?"

황제는 다시 기미년의 쾌거를 한껏 윤색했다. 그날 만세를 부 른 장꾼들은 모두 황제의 백성으로, 그리고 일본 순사의 수는 백 배로 늘려.

"기미년에 있었다는 조선의 만세 사건이 바로 그대의 백성이 한 일이었던가. 그럼, 이기고도 왜 이곳으로 피했는가?"

"비록 그 싸움에서는 이겼으나 불행히도 후에 닥칠 왜적의 대 부대를 당할 힘이 없었기 때문이다. 강한 적을 정면으로 맞아 마 침내 제 몸을 상하는 것은 필부의 어리석은 용기다. 거기다가 그 땅에서 무리한 전단(戰端)을 열면 내 백성이 상한다. 군사를 일으켜 싸우는 일[兵者]은 백성에게는 그대로 재앙이다."

거기서 두령의 얼굴에는 약간의 감동받은 기색이 떠올랐다. 그러나 이내 표정을 바꾸고 물었다.

"데리고 온 수하들은 그대의 몸값을 낼 만한 돈이 있는가?"

"만 리 길을 망명해 온 우리에게 어찌 천금(千金)이 있기를 바라느냐?"

"그래도 그대는 백선(白扇)에게 몸값이 너무 적다고 불평하지 않았는가?"

"한 나라의 값이기 때문이다. 어찌 섬오랑캐의 돈 몇 푼으로 셈하겠느냐? 하지만 내 재화는 모두 조선에 있다. 그대들은 억만 금이라도 받아낼 수 있으나 그날은 내가 나라를 되찾은 후일 것이다."

동(董)에게서 그 말을 전해 들은 두령은 잠시 멍한 눈으로 황제를 보았다. 황제는 계속 썼다.

"황금은 거름더미 속에서도 썩지 않고 군자는 그 몸 둔 곳이 험해도 도(道)를 잊지 않는다 하였다. 내 이제 그대를 만나니 비록 녹림에 몸을 숨기고 있어도 떳떳한 군자요, 당대의 영웅임을 알겠다. 실로 오랜만에 반가운 벗을 만난 듯하다.

옛말에 소나무가 무성하면 잣나무가 기뻐하고, 혜초(蕙草)가 불에 타면 난초가 슬퍼해 준다[松茂柏悅 蕙焚蘭悲]고 했거니와, 중화(中華)와 조선이 바로 그와 같았다. 또 입술이 없어지면 이가 시리다[脣

亡齒寒]고 했는데 그 또한 중화와 조선의 관계를 말한 것이라 보아도 크게 틀리지 않는다. 그런데 이제 그 조선이 왜적에게 침탈당함을 대국(大國)으로서 가만히 보고 있는 것만으로도 섭섭하거늘, 하물며 이 땅을 의지해 온 나까지 힘으로 핍박하니 이 어찌 영웅의 할 바이겠는가?"

이쯤 되니 아무리 비적의 두령인들 이익만 다투고 있을 수는 없었다.

"나도 그대가 범상치 않은 인물임을 알겠다. 그러나 구리거울 조각이나 황당한 참서(讖書)를 제하면 그대를 증명하는 것은 그대의 말밖에 없다. 내 그대를 이대로 놓아준다면 뒷날 무슨 말로 수하(手下)들의 의혹을 풀어주겠는가?"

"소인은 재물을 주고받고 군자는 아름다운 말[言]을 주고받는다고 했다. 의심과 불신은 소인배나 할 짓이다. 만약 그대가 나를 믿고 도와주면 나 또한 그 열 배로 보답하겠다. 그대가 내 나라로 찾아오면 삼일소연(三日小宴)에 오일대연(五日大宴)으로 그대를 환대할 것이요, 그대가 내 땅에 머물러 살기를 청하면 땅은 비록 좁고 메마르나 천 리를 베어 그대의 봉지(封地)로 주겠다."

"어려움에 처해서도 오히려 하늘을 찌를 듯한 그 호기가 놀랍다. 내 마땅히 그대를 위해 수하들과 상의해 보겠다."

그러나 그런 그들 두 영웅의 호기로운 대화도 그 밤이 마지막이었다. 이튿날 산채에 있던 사람들은 모두 망보기의 위급을 알리는 신호와 뒤이어 들려온 요란한 총소리에 잠을 깼다. 다른 인질들과 함께 토굴 속에서 새우잠을 자던 황제는 처음 영문을 몰랐다. 그러나 비적들의 다급한 발자국 소리와 콩 볶듯 하는 총소리를 듣고서야 토벌대가 그 계곡을 포위했음을 알았다.

바로 일본군 토벌대로서, 그 돌연한 출동이 당시 동만(東滿) 일대에서 벌이고 있던 비적 소탕의 일환인지, 아니면 처음부터 그곳만을 목표로 추적해 왔는지는 잘 알 길이 없다. 그러나 치밀하게 계획된 것인 듯 비적들의 몇 배가 되는 병력에다 야포까지 동원하고 있었다. 비적들은 험한 지세에 의지해서 용감하게 대항하고는 있었으나, 어찌나 다급했던지 토굴 속의 보초까지 방어에 동원할 정도였다.

비적들이 모두 나가고 동굴이 텅 비자 이번에는 인질들이 움직이기 시작했다. 토굴을 빠져나가려는 시도였다. 인질들은 갖은 꾀와 힘을 짜내 서로의 포승을 풀고 마침내는 토굴의 굵은 참나무 창살마저 부수는 데 성공했다.

"빨리 달아납시다."

손짓발짓으로 말하던 인질 중의 하나가 그래도 움직이지 않는 황제의 무릎 앞 흙바닥에 그렇게 썼다.

"올 때는 끌려왔으나 갈 때는 당당하게 떠나고 싶다. 더군다나 나는 아직도 그들과 풀지 못한 약속이 있다."

황제가 그렇게 쓰기 시작하자 잠시 아연한 눈으로 황제를 바라보던 그 인질은 황제가 문장을 채 맺기도 전에 황급히 다른 인질들을 따라 토굴 밖으로 달려 나갔다.

그러나 멀리는 못 갈 그들이었다. 그들이 나간 지 불과 몇 분도 안 돼 동굴 입구 부근에서 몇 발의 총소리가 요란하게 들리더니 이어 동(董)이 아직도 화약 냄새가 나는 장총을 겨눈 비적 하나와 함께 토굴 속으로 뛰어들었다. 그리고 결박이 풀린 채 태연히 앉아 있는 황제를 보더니 놀란 눈으로 다가왔다.

"어찌된 일인가?"

비록 말을 알아듣지는 못했지만 그렇게 묻는 것임에 분명했다. 황제는 말없이 무릎 앞 흙바닥을 가리켰다. 그걸 바라보는 동의 얼굴에 눈에 띄게 감동의 빛이 떠올랐다.

동은 말없이 황제를 끌고 동굴 밖으로 나가더니 이리저리 뛰어다니며 전투를 지휘하고 있는 두령 앞으로 데려갔다. 그리고 둘이서 무어라고 한동안 떠들자, 갑자기 두령이 죽어 넘어진 졸개 자리에서 장총 한 자루를 뽑아 황제에게 내밀었다. 말은 없었지만 그 뜻은 넉넉히 알 만했다. 그러지 않아도 일본에 대한 적개심이 거의 광적이던 황제는 총을 받자마자 빈자리로 뛰어들어 일본군을 향해 방아쇠를 당기기 시작했다.

전투는 그 뒤로도 한 시간쯤 더 계속됐다. 그러나 아무리 유리한 지세에 자리 잡고 있어도 병력의 차이가 너무 컸다. 거기다가 야포의 조준까지 점점 정확해져서 비적들의 피해는 늘기만 했다.

드디어 두령도 산채를 포기할 결심을 한 듯 포위망이 비어 있는 벼랑 쪽으로 퇴각을 명령했다. 얼핏 보기에는 도저히 사람이 오를 수 없는 벼랑처럼 보였으나, 비적들이 만약의 경우에 대비해 마련해 둔 여러 가지 설비 덕분으로 간신히 기어오를 수는 있었다. 하지만 기어오르는 속도가 느려 접근한 일본군들의 좋은 조준 사격 목표가 될 수밖에 없었다. 그러지 않아도 절반 이하로 줄어든 비적들은 그 벼랑을 기어오르면서 다시 절반으로 줄었다. 거기다가 능선 위에서 만난 또 한차례의 복병으로 타격을 받은 비적들이 간신히 포위망을 빠져나왔을 때는 이백여 명 가깝던 인원이 겨우 여남은 명으로 줄어 있었다. 그나마 무사한 것은 황제와 동(董)을 비롯한 몇몇뿐 대부분은 부상을 입은 채였고, 특히 두령인 척 대야(戚大爺)는 어깨와 가슴에 총을 맞아 중태였다.

"이제 어떻게 하시겠소? 수하들의 약속에는 구애받지 않아도 좋소."

동이 황제에게 물었다. 그때까지는 거의 정신없이 따라왔지만, 막상 그 말을 듣고 보니 막연했다. 산 설고 물 설은 이국땅, 그것도 어디가 어딘지 모르게 끌려오기를 이틀이나 했으니 돌아갈 길을 알 수가 없었다. 황제는 솔직하게 대답했다.

"막막하오. 설령 돌려보내 준다 해도 방향조차 가늠하지 못하겠소."

"그럼 당분간 우리와 같이 가는 게 어떻겠소? 뒷날 기회를 보아 있던 곳으로 데려다 드리리다."

"그대들은 어디로 가시려오?"

"척가장(戚家莊)에 의지하려 하오."

"척가장이 어디요?"

"여기서 하룻길이 안 되는 곳이오. 척 대야와 연고가 있는 곳이오. 잠시 그곳에 의지했다가 때를 보아 돌아가도록 하시오."

그 말을 들으니 그 밖에 딴 도리가 없었다. 실록에 황제가 '녹림 호걸들을 수하에 거두시다.'라고 한 것은 바로 이와 같이 되어 비적의 잔당들과 함께 척가장에 몸을 의지하게 된 것을 말한 듯하다. 약간의 과장이 없는 것은 아니나, 그 뒤의 일로 미루어 보아 전혀 터무니없는 말이라고는 할 수가 없다.

계해(癸亥) 척 소구(戚小舅)의 지우(知遇)를 입어 동장주(東莊主)가 되다.

척가장(戚家莊)은 발리(勃利) 서남 오십여 리에 있는 꽤 큰 띠팡[地方＝여기서는 농장]의 이름인 동시에 그 마을 이름이기도 했다. 마을의 호수(戶數)는 백여 호 남짓했지만 겉보기에는 마치 작은 요새와 같았다. 두터운 흙담이, 밀집해 있는 민가를 빙 둘러싸 있고 동서남북 네 곳에만 굵고 단단한 통나무로 얽은 나무 문이 달려 있었다. 그 밖에 흙담을 따라 일렬로 뚫려 있는 총안(銃眼)은 물론, 네 문(門) 부근에 걸려 있는 구식 기관총이 한층 요새 같은 느낌을 더했다.

장주(莊主) 척 대인은 바로 두령인 척 대야(戚大爺)의 숙부로 벌써 육순이 넘은 늙은이였다. 척 대인은 몰락한 조카와 그 수하들을 당연한 듯 받아들였다. 그리고 무슨 인연에 끌렸든지 처음부터 황제를 각별하게 대했다. 황제가 그를 단순히 땅마지기나 지닌 호족(胡族)의 지주로만 보지 않았던 것처럼, 그 또한 황제의 비범함을 첫눈에 알아보았음이 틀림없다.

"그대가 조선의 가왕(假王)이오?"

이튿날 낮부터 동(董)에게 황제에 대해 이것저것 물어보던 척 대인은 밤이 되자마자 황제를 청해 필담을 시작했다.

"비록 나라는 잃었으나, 어찌 가왕이겠소? 다만 때가 이르지 않았을 뿐이오."

"그러나 아직도 조선의 왕통(王統)은 이씨에게 있지 않소?"

"이미 그들의 운은 다했소. 이제 곧 나의 때가 이를 거요."

그리고 황제는 또 예의 구리거울과 「감결(鑑訣)」을 꺼내 들고 자기가 받은 천명에 대해 설명했다. 산채에서의 동(董)이나 두령보다 훨씬 큰 관심과 호기심으로 황제의 말을 듣던 척 대인은 문득 황제의 얼굴을 이모저모로 뜯어보기 시작했다. 그리고 손금을 읽고 발바닥을 살피더니 골격까지 매만져 보았다.

"확실히 그대는 제왕의 상을 가지고 있소. 조선 사람들의 복이오."

잠시 후 척 대인은 그렇게 말했는데 왠지 그 얼굴에는 어두운 그늘이 있었다.

"제왕이 없는 나라가 어디 있겠소? 중화에도 곧 성천자(聖天子)가 이르실 것이오."

"만청(滿淸)의 제(帝) 선통(宣統)이 퇴위한 지도 벌써 십 년이 되었소만 한인(漢人) 군벌들은 아직껏 서로 다투고만 있소. 듣기에 그들은 양이(洋夷)의 문물제도를 좇아, 천자를 폐하고 백성이 뽑은 대표자로 나라를 다스릴 궁리를 한다고 하니, 가까운 장래에 바른 일월(日月)을 보기는 그른 것 같소."

"청천(靑天)이 굽어보시는데 천하의 일을 우매한 백성의 손에 부칠 리야 있겠소? 반드시 천명을 받은 이가 있을 것이오."

그런데 이 척 대인에 대해서만큼 사람들의 의견이 구구각색인 경우도 드물다. 차차 얘기하겠지만, 이 부분에 있어서 척 대인에 대한 설명으로 가장 악의에 찬 것은 그가 대륙식의 미신에 깊이 빠져든 일종의 광인이라는 단언이다. 주로 황제의 적대자들이 퍼뜨린 말이지만, 그렇다면 그 뒤에 척 대인이 보여준 행동은 어떻게 설명할 것인가? 거기다가 황제가 가까이 하는 사람마다 사기꾼 아니면 반편, 몽상가, 알코올 중독자 또는 미치광이라니 우연치고는 너무 지나친 우연이 아닌가?

어쨌든 그렇게 시작된 황제와 척 대인의 독특한 관계는 며칠 후 신기죽이 나타남으로써 더 한층 밀접해졌다. 황제가 척가장에 온 지 나흘째가 되는 날이 마숙아와 비적들이 계수구(契樹溝)에서 만나기로 한 날이었으므로, 원래 황제는 거기서 마숙아를 만나 함께 영고탑(寧古塔)으로 돌아갈 작정이었다. 그런데 척가장에 온 사흘째 날부터 황제는 심한 몸살을 앓게 되었다. 단련된 비적들과는 달리 황제에게는 며칠에 걸친 심신의 소모가 무리였던 듯했다. 따라서 동은 별수 없이 졸개를 보내 마숙아를 척가장으로 데려오게 한 것인데, 황제 앞에 나타난 것은 뜻밖에도 신기죽이었다.

신기죽은 처음 장원으로 들어설 때부터 척가장 사람들에게 기괴하게 비쳤을 것이다. 굴건제복에 대나무 지팡이를 짚고 퉁퉁 부은 눈으로 척가장에 들어선 신기죽은 황제가 누워 있는 방으로 들어서자마자 바닥에 엎드려서 엉머구리처럼 울었다.

"문창후(文昌候), 고정하시오, 대체 무슨 일이오?"

그사이 어느 정도 차도를 본 황제가 몸을 일으키며 물었다.

"예부터 부모와 주군(主君)의 죽음을 천붕(天崩)이라 한다더니, 한 번 주군께서 끌려가시매 정말 하늘이 무너진 듯 아득하였습니다. 사방으로 뛰어다녔으나 석방금을 마련할 방도가 묘연한 터에 또 저 마(馬)가는 주군께서 이미 해를 입으셨으리라 하니 만맥이 다 풀어지는 것 같았습니다.

허나 세상에 주인 없는 종이 어디 있고, 임금 없는 신하가 어디 있겠습니까? 살아 계시다면 주군과 나란히 비적들의 칼을 받고, 불행히 해를 당하셨다면 주군의 시신 곁에 이 늙은 몸을 누이고자 이렇게 달려왔습니다.

이제 주군께서 이렇듯 무사하신 것을 보니 천한 몸은 이 자리에서 당장 죽어도 여한이 없겠습니다."

옛적 한(漢)의 가의(賈誼)는 양왕(梁王) 읍(揖)의 태부(太傅)가 되었다가 읍이 말에서 떨어져 죽자 스스로 책임을 느껴 서른셋의 나이로 요절했다더니, 신기죽의 장한 결심 또한 그에 못지않았다. 말을 듣고 있는 황제의 눈에도 어느새 흥건히 눈물이 고였다.

"아아, 공(公)은 나의 밀우유유(密友紐由, 고구려 동천왕 때의 장수들)로다. 공 같은 이가 둘만 있어도 내 무슨 근심이 있겠소? 내 공의 충성을 죽백(竹帛)에 남겨 길이 후세에 전하리다. 공과 공의 후손은 대역죄를 범하지 않는 한 추관(秋官) 앞에 서는 일은 없을 것이오."

그렇게 말하고 나니 문득 마숙아의 일이 궁금했다.

"그런데 지금 마숙아는 무얼 하고 있소?"

"만리 타국에 와서 동렬(同列)을 탄핵하기는 차마 어려우나, 주군을 위하는 것이 충성일진대 숨김없이 말하겠습니다.

저 마가는 백석리를 떠날 때부터 뱃속 가득히 반심을 품은 자에 분명합니다. 북천(北遷) 중에도 여러 번 주군을 돌아서서 비기(誹譏)했고, 평소에도 이모(李某)와 매양 주군을 비양거리는 기색이 있었을 뿐만 아니라 때로는 드러내 놓고 주군을 식객(食客)에 비유하기도 하였습니다.

이번 일을 당하여서도, 요릿집을 처분하면 석방금의 몇 분의 일이라도 마련할 수 있었건만 이런저런 핑계로 마다하였으며, 제가 이 길을 떠나는 아침에도 돈을 셈하고 주판알을 퉁기는 일에만 바빴습니다. 설혹 이재(理財)에 남다른 수완이 있고 세상물정에 밝다 해도, 나쁜 싹은 마땅히 뿌리가 깊기 전에 뽑아버려야 할 것입니다."

그 말을 들은 황제의 가슴에는 분노가 열화처럼 솟아올랐다. 그러나 천하를 경영하려는 황제의 그릇은 신기죽 같은 유생의 그

롯과는 역시 달랐다. 한동안 속으로만 분김을 삭인 황제는 조용한 목소리로 이렇게 말했다.

"알았소. 어차피 나라의 기틀이 잡히면 먼저 손을 대는 것이 제후(諸侯)의 억멸(抑滅)이오. 한고조는 천하를 통일하자 초왕(楚王) 한신을 계교로 사로잡아 회음후(淮陰侯)로 낮추고, 한왕(韓王) 신(信)을 흉노로 쫓았으며, 조왕(趙王) 장이(張耳)의 아들 오(敖)를 폐위하고, 양왕(梁王) 팽월(彭越)의 고기를 삶았으며, 회남왕(淮南王) 영포(英布)를 잡아 죽이고, 연(燕)과 장사(長沙)를 폐국(廢國)시켰소이다.

또 명 태조(明太祖)도 호유용(胡惟庸)의 옥사(獄事)에 관련하여 열후(列侯) 공신(功臣) 이십여 명을 주살하였고, 남옥(藍玉)의 옥사(獄事)에 이르러서는 개국(開國)의 원훈숙장(元勳宿將) 중에 살아 남은 이가 드물었을 정도였다고 들었소.

비록 본받을 만한 일은 아니라 하되 저 마가(馬哥)가 이미 반심을 보였으니 어떻게 그를 용서할 수 있겠소? 다만 지금은 때가 아니니 공(公)만 마음속에 깊이 넣어두고 행여 발설하지 마시오."

그런 둘의 대화는 척가장 사람들에게는 상당히 인상적이었을 것이다. 말은 알아들을 수 없었지만 황제의 왕자(王者)다운 의젓함과 신기죽의 열렬한 충성이 어우러져 만든 어떤 엄숙하고 신성한 분위기 덕분이었다. 시종 그 광경을 지켜보고 있던 척 대인의 가슴속에서 남아 있던 한 가닥 황제에 대한 의혹이 봄눈 녹듯 사라진 것은 오히려 당연했다.

황제의 일생에서 한 빛나는 부분인 척가장 시절은 그래서 열리게 되었다. 며칠 후 병석에서 일어난 황제가 작별을 고하려고 척 대인을 찾았을 때 척 대인은 문득 좌우를 물리치고 물었다.

"이제 돌아가서는 무얼 하실 작정이오?"

"서책으로 시름을 끄며 때를 기다릴 뿐이외다. 때가 오면 천하가 모두 도와주지만[時來天下皆同力] 운이 가면 영웅도 어쩔 수 없다[運去英雄不自謀]는 말이 있지 않습니까?"

"영웅에게 때라는 것은 천하가 어지럽고, 내가 일어날 힘이 있음을 말하는 것이오. 지금 대소중화(大小中華)를 막론하고 천하가 난마(亂麻)같이 헝클어진 지는 이미 오래되었으니 오직 필요한 것은 힘일 뿐이오. 그런데 마침 내게 귀하가 힘을 기를 수 있는 한 방도가 있으니 들어보시겠소?"

"대인(大人)의 말이라면 귀를 씻고 공경하여 듣겠습니다."

"그전에 한 가지 물을 게 있소. 귀하는 조선에 따르는 무리가 많다 했는데 이곳으로 불러올 수 있소?"

"봉서(封書) 한 장이면 오래잖아 이 척가장이 비좁을 것이오."

"그럼 됐소이다. 실은 여기서 동쪽으로 삼십 리쯤 가면 수백 리에 걸쳐 놓고 있는 땅이 있소. 이미 오래전에 지권(地券)은 얻어두었지만 내 수하의 사람들로서는 이 척가장을 경영하기에도 부족해서 여지껏 손대지 못하고 있소이다. 그 땅을 일구어 귀하의 근거로 삼아보지 않겠소? 좁다 해도 일여(一旅)의 군대를 기르기에 충분한 땅이오. 산채에서 내려온 사람들도 필요하면 수하에 거두어 쓸 수 있을 것이오."

어기서 다시 황제의 적대자들은 척 대인의 그와 같은 호의를 의심하고 있다. 즉 남부에서 조선 유민들이 벼 재배[稻作]에 성공했다는 소문을 들은 척 대인이 황제를 이용하여 버려진 것과 다름없는 땅을 벼 논으로 만들어보려고 했다는 주장이다. 그 지방은 인구가 희소하여 값싼 노동력이 필요했기 때문이라는 근거에 서였다. 그 밖에 또 척 대인은 차츰 본색을 드러내는 비적들을 척가장 밖으로 몰아낼 구실을 만들기 위해서 선심을 가장했으리라는 추측도 있다. 언제는 척 대인을 미치광이로 몰다가 이번에는 다시 아주 노회(老獪)한 수단꾼으로 만든 셈이다. 하지만 척 대인의 그다음 얘기를 들어보면 그와 같은 의심이 얼마나 어이없는 짓인가는 금세 알 수 있다.

"오 년간은 지대(地代)를 물지 않아도 좋소. 그 뒤에는 수확을 넷으로 나누어 둘은 경작자가 가지고 둘은 귀하와 내가 나누는 것이오."

그런 조건은 황제의 몫을 빼고 생각할 때 당시 만주에서 일반적으로 인정되던 소작료에 비하면 이만저만 후한 것이 아니었다. 거기다가 오 년이나 지대를 없이 해준 것은 척 대인의 호의 이상 아무것도 의심할 바 없었다.

황제가 그 돌연한 제안에 어리둥절해 있을 때 척 대인이 다시 썼다.

"행여 마음속에 한 가닥 의심하는 마음이 있을까 하여 밝히겠소. 내가 귀하를 도우려 하는 것은, 귀하에게서 내 젊은 날의 모습을 보는 기쁨과 아울러, 나라와 인종은 다를지언정 우리는 서로 뜻이 통할 수 있는 처지이기 때문이오."

"……?"

"귀하는 염자(捻子) 또는 염비(捻匪)에 대해 들어본 적이 있으시오?"

"과문(寡聞)하여 들은 적이 없소이다."

"염자(捻子)란 말은 원래 회북(淮北)에서 용희(龍戱)를 할 때 기름에 불을 붙이는 염지(捻紙)에서 나온 말이오. 후에 무리가 늘어 점차 세력을 형성하매 스스로를 염자라 칭하고 만청(滿淸)은 이를 염비(捻匪)라 불렀소.

도광(道光) 삼십 년 천왕(天王) 홍수전(洪秀全)의 태평군(太平軍)이 계평현(桂平縣)에서 거병하자, 염중(捻衆)도 대한왕(大漢王) 장낙행(張洛行)의 지휘 아래 안휘(安徽) 북쪽에서 호응하게 되었소이다.

동치(同治) 이 년 청장(淸將) 승격임심(僧格林沁)에게 대한왕이 패사(敗死)하자 잠시 염중의 세력이 흩어졌으나 오래잖아 태평군과 연합하여 승격임심을 죽이고 산동(山東)을 장악하기에 이르렀소. 이에 놀란 만청(滿淸)은 다시 증국번(曾國藩)의 상군(湘軍)을 보내 공격하니, 염중은 동서(東西)로 분열하여 한 패는 섬서(陝西)로 들어가 서념(西捻)이 되었고, 한 패는 산동에 남아 동념(東捻)이라 불리었소.

동념은 임주(任柱) 뇌문광(賴文光) 등의 통솔로 여전히 위세를 떨쳤으나, 증국번의 뒤를 이은 이홍장(李鴻章)에게 패하여 우두머리가 차례로 피살되고 마침내는 만청의 개들에게 평정되는 바 되었소이다……"

"그 염자가 장주(莊主)와 무슨 관련이 있소?"

"내 비록 지금은 척(戚)가로 가장하고 있으나 원래의 성은 임(任)으로 동념(東捻)을 지도하던 임주(任柱)가 바로 족형(族兄)이오. 나도 소시(少時)에는 그의 막하에서 만청의 군대와 싸운 적이 있소이다.

동치(同治) 육 년 족형이 이홍장에게 살해되고 염중이 흩어지자 나는 어린 족질(族姪)들과 약간의 금은을 거두어 가만히 발해만(渤海灣)을 건넜소. 그리하여 동삼성(東三省) 각지를 전전하다가 나는 이곳에 자리를 잡고 조카 임호(任虎)는 그곳에다 산채를 열게 되었소. 그가 바로 척 대야(戚大爺)라 불리는 산채 두령이오.

지난날의 성세에 비하면 보잘것없는 힘이지만, 필요할 때 서로 호응하려던 것이 이 지경에 이르고 말았으니 이제는 늙은 가슴에 상심뿐이외다."

"그같이 깊은 내력이 있었구려. 나도 척 대야를 한낱 유구(流寇)의 괴수라고만 보지는 않았소만……"

"세상 사람들은 우리 염중(捻衆)을 일러 경륜도 대의명분도 없는 폭도로 보고 있으나, 대의 없는 곳에 어찌 무리가 따르고 경륜 없이 그 무리를 통솔할 수 있겠소? 적어도 우리가 만청(滿淸)을 몰아내고 한민족을 부흥시키려 한 것만은 부인 못할 것이오."

"한인(漢人)으로 마땅히 내세울 만한 대의명분이오. 지난날 내가 왕수초(王秀楚)의 『양주십일기(楊州十日記)』를 읽어보니 만청의 군대가 부린 행패는 정말 끔찍한 데가 있었소이다. 양주 한곳에서 장부에 오른 자만 팔십만 명이 죽었다니, 중원(中原) 전부를 합친다면 학살된 한인의 수가 그 얼마이겠소? 숭정제(崇禎帝)를 매산(煤山)에서 자결케 한 것만도 천고에 씻지 못할 한(恨)이거늘, 수천 수백만의 동족을 상케 하였으니 실로 하늘을 함께 이지 못할 원수라 불러 마땅할 것이오."

"다행히 만청은 무너졌지만 아직도 저희끼리 복벽(復辟)을 외치는 무리가 있고, 지금 천하의 병권(兵權)을 나누어 가진 것들 가운데도 또한 만청의 개들이 많소. 거기다가 비적들은 물론이요, 장작림(張作霖)의 봉천군(奉天軍)도 자파의 이익에만 혈안이 되어 만주는 가위 비어 있는 땅이 되매, 남의 왜구가 올라와 거의 실질적인 지배권을 행사하고 있소이다.

내 나이 이십 년만 젊어도 다시 한 번 몸을 일으켜 봄직하지만, 어느새 몸은 늙고 피는 식어 이제 남은 것은 허망히 깨진 옛꿈과 탄식뿐이외다……."

이쯤 되고 보면 척 대인에 대한 구구한 억측은 그야말로 바람 먹고 구름 똥 싸는 헛소리에 불과하다. 요컨대 척 대인은 처음부터 황제와는 잘 맞아떨어지는 사람이었다. 다만 그저 감탄스러운 것은 그 황막한 만주 벌판의 동북변에 그와 같은 사람을 준비하여 황제와 만나게 한 하늘의 기막힌 안배일 뿐이다.

어쨌든 황제는 그런 척 대인의 호의를 받아들여 척가장(戚家莊)에 머물기로 작성하였다. 실록에 '동장주(東莊主) 운운……' 한 것은 바야흐로 제이의 기업(基業)이 될 그 땅이 척가장의 동쪽에 있었기 때문이다.

갑자(甲子) 동장(東莊)을 일으키시고 척 부인(戚夫人)을 맞다.

비록 근거로 삼을 땅은 얻었으나 황제에게는 몇 가지 문제가 남아 있었다. 척 대인과 황제가 동장(東莊)이란 그럴듯한 이름을 붙이기는 했지만, 사실 그 땅은 늪과 잡초로 뒤덮인 황무지여서 그것을 논밭으로 일구려면 많은 노동력과 수확 때까지 그 노동력을 지탱할 자본이 필요했다. 우선 노동력으로는 황제 일행 셋과 비적 여남은 명이 있었고 자본은 마숙아가 경영하는 요릿집을 처분하면 그럭저럭 맞추어갈 수 있을 것 같았다. 하지만 냉정히 살피면 양쪽 다 황제의 뜻대로 움직여줄지는 의문이었다. 비적들이란 말을 타고 부락을 터는 데는 능하지만 한자리에 붙박여 땅을 일구는 데는 맞지 않았고, 신기죽의 말이 사실이라면 마숙아는 이미 황제를 배반한 사람이어서 그가 관리하고 있는 재산 또한 황제에게 돌아온다는 보장이 없었기 때문이다.

생각 끝에 황제는 먼저 마숙아부터 해결하기로 하고 비적 둘과 스스로 영고탑(寧古塔)을 찾았다. 만약 마숙아가 끝내 돌아오려 들지 않으면 차라리 베어버릴 심산이었다.

황제의 기우였다. 한 번 황제가 나타나자 마숙아는 버선발로 달려 나와 맞았으며, 말이 떨어지기 무섭게 이모(李某)로부터 요릿집의 지분(持分)을 빼낸 일본 돈으로 삼백오십 원과 그동안 번 몇십 원을 챙겨 들고 황제를 따라나섰다. 마숙아가 그렇게 흔연히 따라나선 것은 황제가 데리고 온 두 명의 비적이 두려웠기 때문이라거나, 또는 황제의 말에서 이미 여러 번 겪어온 특유한, 어떤 돌연한 행운의 낌새를 맡았기 때문이라는 따위의 추측이 있지만 그게 틀린 것임은 곧 밝혀진다.

먼저 마숙아의 변함없는 충성을 보여준 것은 그 무렵의 잘못을 꾸짖는 황제에게 그가 대답한 말이었다.

"이곳의 비적들은 대개 왜적과 선을 대고 있어 주군(主君)의 신분이 그들에게 알려진 이상 죽고 사는 것은 이미 돈에 달린 문제가 아니라고 생각했습니다. 물론 신기죽처럼 목숨을 던져 주군과 생사를 같이하는 것 또한 갸륵하고 아름다운 일이기는 하지만, 자칫하면 도리어 용렬하고 우직한 짓이 될 수도 있습니다. 만약 주군께서 살아 계신다면 ─ 저는 당연히 살아 계실 줄 믿었습니다만 ─ 필요 없는 생명과 재물을 낭비하게 되고, 불행히 그렇지 못할 경우에는 힘써 보필하여 주군의 뜻을 잇게 하여야 할 어린 주인(幼主)를 배반하는 것이 되기 때문입니다. 그리하여 오히려 제가 할 일은 목숨과 돈궤를 함께 잘 간수하여 주군이든 어린 주인이든 그 필요한 날에 요긴하게 쓰실 수 있도록 하는 것이라 여졌습니다."

이런 주인이란 흰돌머리에 남아 있는 원자(元子) 융(隆)을 가리키는 말로, 마숙아의 그런 어법은 지난 몇 년 황제 주위에 살면서 은연중에 익히게 된 것이었다. 황제는 대(代)를 잇는 마숙아의 충성에 다만 감격할 뿐이었다.

그다음 마숙아의 한결같은 마음을 증명하는 것은 척가장(戚家莊)에 도착한 후의 헌신적인 노력이었다. 동장(東莊)을 개척하는 데 마숙아가 첫 번째 공헌한 것은 어디서부터 손을 대야 할지 몰라 우왕좌왕하는 황제에게 일의 순서를 마련해 준 일이었다. 마숙아는 먼저 개척민들이 살 집부터 마련하게 했다. 척가장에서 겨울을 날 수 없는 것은 아니었지만, 어차피 지어야 할 바에야 매서운 북만(北滿)의 추위가 닥치기 전에 흙일이라도 마쳐 놓도록 했다. 나머지는 겨울 동안에 손을 보아 적어도 바쁜 새봄에 집 일 따위로 귀중한 일손을 빼앗기는 일이 없도록 하기 위해서였다.

두 번째 공로는 비적들의 횡포를 제거한 일이었다. 황제로 하여금 영문 모를 술자리를 벌이게 한 후 함부로 마신 비적들이 곯아떨어지자, 마숙아는 그들의 무기를 모조리 거두어들였다. 장총이 일곱 정, 청룡도가 석 자루, 장창 둘에 권총 하나와 단도 몇 자루였다. 그때껏 비적들은 걸핏하면 척가장 사람들에게 행패를 부렸는데 원인은 바로 그들이 개인적으로 지니고 있던 그 무기들 때문이었다. 그걸 알아챈 마숙아는 이미 반 이상 황제의 사람이 된 동(董)과 상의 끝에 그와 같은 계교로 무기들을 모두 거둬들여 버렸다. 그리고 그 무기들은 우선 척 대인의 창고 깊숙이 간수하게 하였는데, 차차 알게 되겠지만 뒷날 동장으로 옮겨진 그 무기들은 황제를 위해 한몫을 단단히 하게 된다.

세 번째 마숙아의 공로는 부족한 노동력의 신속한 공급이었다. 처음부터 정착에 뜻이 없어 떠나버린 자는 물론 마음잡고 일하던 비적들도 한두 달 지나자 차츰 일손이 뜨기 시작했다. 무예에 능한 자들은 북삼조자(北三條子)나 쌍성(雙城)의 협객시장(俠客市場)으로 가서 수매장사(收買壯士 =고용협객)가 되는 수도 있었고, 그렇지 못한 자도 제2차 직봉전쟁(直奉戰爭)을 앞두고 군비 증강에 안간힘을 쓰고 있는 봉천군(奉天軍)에 입대하는 길이 있었다. 총을 가지고 가면 우대를 받을 수 있어 총을 돌려달라고 애원하는 비적도 있었으나 마숙아는 돈으로 십 원씩 보상해 줄 뿐, 떠나는 자들을 말리지는 않았다.

그리하여 계해년 겨울이 끝나갈 무렵 비적 출신으로 남은 자는 황제와 완전히 의기투합한 동(董)과 지난번 싸움터에서 왼팔이 불구가 된 채(蔡)란 젊은이뿐이었다. 동장(東莊)을 일구기에는 어림도 없는 인원이었다. 그런데 그 부족한 일손을 훌륭하게 메운 것이 마숙아였다. 그 혹독한 동북의 눈보라를 무릅쓰고 그는 무려 세 차례나 연길(延吉), 용정 등을 왕래하여 조선 유민들을 모아 왔다. 하나같이 몸뚱어리뿐인 농민 출신이었는데 도중에 어떻게 교육을 받았는지 그들은 황제를 대하는 순간부터 흰돌머리 사람들 이상으로 존경과 복종을 표시했다.

이야기는 약간 빗나가지만, 여기서 잠시 그 조선 유민들의 너무도 값싼 존경과 복종을 설명할 수 있는 그 무렵의 사회 상황을 살펴보자. 당시 만주야소전문학교에 재직하던 한 외국인은 조선 유민의 참상을 이렇게 적고 있다.

"……만주에 오는 조선 유민의 고통은 심지어 그들의 불행을 직접 목격한 사람조차 완전하게 묘사할 수가 없다. 겨울날 영하 40도의 혹한 속에 흰옷을 입은 말 없는 군중이 혹 십여 명 혹 이십여 명, 혹 오십여 명씩 떼를 지어 산비탈을 기어 넘어온다. 그들은 만주의 수림(樹林) 많고 암석 많은 산기슭의 척박한 땅과 악전고투하면서 한 가닥 살길을 찾기 위해 저와 같이 몰려오는 것이다. 거기에서 그들은 꾸준한 노력으로 중국인의 전지(田地) 위에 있는 산기슭의 불모지를 괭이질과 호미질을 하여 손으로 심고 손으로 거두며, 삶을 유지하기에는 도저히 힘든 초근목피를 먹으며 살아가는 것이다. 많은 사람들이 식량 부족으로 말미암아 죽었다. 부인, 어린이뿐만 아니라 청년들까지도 얼어죽었다. 그들의 비참한 생활 위에는 또 질병의 고통이 닥쳐왔다. 언젠가 몇 명의 조선인이 강가의 깨어진 얼음장 위에 서서 바지를 걷어 올리고 두 자나 깊은 얼음장 섞인 강물을 건너 저편 언덕에서 바지를 내리고 신을 신는 것을 본 적이 있다. 남루한 옷을 걸친 여자들이 신체의 대부분을 드러내 놓은 채 어린애를 등에 업고 간다. 그와 같이 업음으로써 피차에 조금이라도 더 체온을 주고받고자 함이다. 그러나 어린애의 다리는 남루한 옷 밖으로 나왔기 때문에 점점 얼어붙어서 나중에는 조그만 발가락이 맞붙어버린다. 남녀 늙은이는 굽은 등과 주름살 많은 얼굴로 끝날 줄 모르는 먼 길을 걸어, 나중에는 기진맥진해 한 발짝도 옮기지 못하게 된다. 그들 노소강약을 불문하고 고향을 떠나오는 것은 모두 다 이 모양이다……."

또 만주 문제에 정통한 국내의 한 학자는 그의 저술에서 이렇게 적고 있다.

"……조선인 이민의 대다수는 보통 동절(冬節)에 만주로 간다. 그 이유는, 작물 성장기에는 조반석죽(朝飯夕粥)도 못 되지만 어쨌든 본국 내에서 생계를 유지할 수 있는 까닭이다. 만추(晚秋)에는 항상 그들은 소유한 모든 것을 받는 대로 받고 매각하여 그 돈을 가지고 철도나 기선으로 여행하는 동안에 다 써버린다. 그들이 만주에 도착할 때는 십중팔구 빈손이 되어버린다. 그러므로 자연히 고통과 신고를 당할 뿐만 아니라 혹은 생명을 잃는 데까지 이른다. 엄동한절에 그들은 먼저 와서 사는 조선인 이주자의 집단지에 가서 기생적으로 살든지 또는 생활의 대가로 익년(翌年) 농장에서 노동을 하겠다든지 혹은 지주가 명하면 무엇이든지 하겠다는 계약 아래 중국인 지주가 급여하는 음식과 거처에 살러 간다. 이것으로 인하여 그들의 생활 수준은 적어도 첫해에는 노예 상태에까지 떨어진다. 이 '기우(寄寓)'하는 방법의 대부분의 경우에는 중국인 지주가 토지를 농부에게 빌려주고 농부는 소작인이 되는 것이 통례이다. 이렇게 경제적 압박으로 인하여 조선인 소작인은 지주가 명하는 대로 지불하지 않으면 안 된다……."

대개 당시의 상황이 그러하였으니, 수확 때까지 먹을 것과 살 곳을 마련해 주고 소작료도 헐하기 짝이 없는 황제의 동장(東莊)이야말로 그들 조선 유민들에게는 가위 낙원이었다. 거기에 들기 위해서라면 무슨 짓인들 못하겠는가.

그리하여 이듬해 봄 해동을 맞았을 무렵에는 여섯 채의 오두막에 일곱 가구 대략 열여섯의 건강한 남녀 일꾼이 모든 준비를 끝내놓고 있었다. 그다음은 그야말로 일사천리였다. 겉보기와는 달리 개간은 별로 힘들지 않았고 땅은 조선보다 오히려 기름졌다. 수원(水源)은 풍부했고 기후와 햇볕도 곡식이 여물기에는 부족함이 없었다. 논을 뜬 것이 늦어 벼농사는 많이 짓지 못했지만 첫해의 수확은 기대 이상의 것이었다. 거기다가 또 하나의 경사는 흰돌머리를 떠난 후 거의 오 년에 가깝도록 홀로 지내던 황제가 척 대인의 꽃다운 딸을 둘째 부인으로 맞이하게 된 일이었다. 바야흐로 황제의 황금시대가 열리고 있다 할 만했다.

척 소저(戚小姐), 즉 뒷날의 척 귀인(戚貴人)은 척 대인의 서녀(庶女)였다. 원래 척 대인에게는 적서(適庶) 여섯 남매가 있었으나, 큰아들은 봉천 정부의 관리로 길림(吉林)에 살았고 둘째는 관내(關內)로 유학 간 후 몇 년째 소식이 없었다. 거기다 딸들마저 나이가 차 출가해서 장원(莊園)에 남아 있는 것은 막내인 척 소저뿐이었다.

척 소저의 아름다움에 대해서는 황제의 일이라면 무엇이든 나쁘게만 생각하는 적대자들조차도 인정을 한다. 학문도 뒤에서 보게 될 바와 같이 황제와 필담을 나눌 수 있었던 것으로 보아 일반적인 만주 여자의 수준은 훨씬 넘었던 것으로 여겨진다. 다만 애석한 것은 그녀가 벙어리였다는 점이었다. 위로라면 그저 보통의 벙어리처럼 귀머거리를 겸한 것이 아니라, 발성 기관의 이상으로 말을 못할 뿐이라는 정도일까.

실록은 무뚝뚝하게 척 부인을 얻은 사실만을 기록하고 있지만 여러 가지로 미루어 거기에는 분명 감미로운 로맨스가 있었다. 그리고 그 로맨스 뒤에서는 척 대인의 은근하면서도 치밀한 조력도 눈에 띈다. 추적한 바에 의하면 로맨스의 전개는 이러하다.

황제가 처음 척 소저를 만난 것은 전날 척가장에서 몸겨누웠을 때였다. 많은 비복들을 두고도 황제의 탕재는 척 소저 스스로 끓여 내왔는데, 그때부터 척 대인에게는 어떤 남모를 의도가 있었던 것 같다. 과연 황제는 한눈에 반하여, 처음 그녀를 대하던 순간 굵은 몽둥이로 가슴팍을 세게 언어맞은 것처럼 숨이 콱 막히더라고 뒷날 술회했을 정도였다.

그 뒤로도 몇 번인가 척 대인은 이런저런 핑계로 그녀를 황제 앞에 불러냈으나 그때는 사람의 눈이 많은 척가장 안이고, 또 황제는 황제대로 여러 면에서 분주하던 때라 둘 사이는 별 진전이 없었다. 그러다가 황제가 동장으로 거처를 옮기게 된 이듬해 봄부터 급속하게 진전되기 시작했다. 그 계기 역시 척 대인이 만든 것이었다.

그 봄 어느 날, 신기죽과 마숙아는 농감(農監)을 나가고 황제
혼자 텅 빈 오두막을 시키고 있는데 척 대인이 만날 일이 있다는
전갈과 함께 마차를 보내왔다. 척가장에 가보니 척 대인이 후원에
푸짐한 술상을 차려 놓고 기다리고 있었다. 그 곁에는 아름다운
척 소저가 그림처럼 붙어 서 있었다.

척 대인은 이것저것 대수롭지 않은 일을 몇 마디 묻더니 곧바
로 황제에게 술을 권하기 시작했다. 후원 꽃밭에는 봄꽃이 만발
한데 지기와 미인이 함께 있으니 어찌 술맛이 나지 않으랴. 술에
는 깊은 단련을 쌓은 적이 있는 터라 황제는 권하는 대로 사양 없
이 받아 마셨다.

그런데 한창 흥이 돋을 무렵, 척 대인이 말없이 자리를 뜨더
니 종내 돌아오지 않았다. 한동안 홀로 술잔을 따르던 황제는 문
득 이상한 기분이 들어 척 대인과 필담을 나누던 종이에다 썼다.

"대인께서는 왜 돌아오지 않으시오?"

그걸 본 척 소저는 조용히 안으로 사라지더니 잠시 후에 돌아
와 붓을 들었다.

"가친께서는 봄과 술에 함께 취해 주무시겠노라 하셨습니다.
저더러 접대를 맡으란 분부가 계셨으니 아무쪼록 공자(公子)께서
는 이 술을 다 비우고 가셨으면 합니다."

보니 단아한 필체에 문장도 시의(詩意)가 있었다. 척 대인을 대
신하여 술잔을 채우는 그녀의 반듯한 아미에도, 미미하지만 한 가
닥 춘정(春情)이 서려 있었다.

"내 비록 술을 좋아하나 행여 취해 소저에게 무례함이 있을까 두렵소이다."

갑자기 가빠 오는 숨결을 억누르며 황제가 필담으로 그렇게 받자 척 소저가 이내 대꾸했다.

"왕위군(王衛君＝王薈)의 글에 술이란 바로 사람을 훌륭한 경지로 이끌어 들이는 것이다[酒正自引人好著地], 라는 구절이 있었습니다. 하물며 행실이 돈독하신 공자(公子)이겠습니까?"

그러자 어색하던 분위기가 풀어지며 황제는 다시 흥겹게 술잔을 기울이기 시작했다. 몇 잔을 홀로 거듭 비운 황제가 다시 붓을 들어 썼다. 당나라 잠참(岑參)의 절구였다.

"꽃잎이 옥 항아리에 떨어지니 봄 술이 더욱 향기롭구나[花撲玉缸春酒香]."

척 소저가 망설임 없이 잠참의 다른 시구로 받았다.

"세상의 헛된 이름에는 전혀 등한할 뿐이네[世上浮名好是閒]."

"꾀꼬리를 깨워 가지 위에서 울게 하지 말라[打起黃鶯兒 莫教枝上啼]."

이어 황제가 다른 시구를 쓰고 다시 척 소저가 받았다.

"그 울음소리에 꿈 깬 이 몸 임 계신 땅에 못 간다네[啼時鶯妾夢不得到遼東]."

그러자 돌연 멀리 흰돌머리와 두고 온 부모처자가 떠오르며 황제는 한 가닥 처연한 심회에 젖었다. 한 잔을 서둘러 비운 황제가 또 다른 구절을 토해내듯 휘갈겼다.

"아득한 고향 어디서 찾을까, 그리운 마음 한이 없네[故園蝶何處 歸思方悠哉]."

"꽃이 피면 풍우가 잦고, 우리네 삶에는 이별이 흔한 법이라오[花發多風雨 人生足別離]."

척 소저가 마치 황제의 마음이라도 읽은 듯 답했다. 황제는 더욱 비감해져 썼다.

"두고 온 고국 찾을 길 없는데 구름 낀 산만 첩첩하여 시름에 젖게 하네[鄕國不知何處是 雲山漫漫使人愁]."

"이 세상에 나그네 아닌 이가 누구리오, 그 돌아가는 집이 곧 고향이리이다[在世誰非客 還家卽是鄕]."

"십 년 세월에 이룬 바 없으니, 지친 말조차 이리저리 떠다님을 싫어하네[十年成底事 羸馬厭西東]."

"흥하고 쇠하는 것은 아침과 저녁의 바뀜과 같고, 세상의 일은 부평초 같다[盛衰等朝暮 世道若浮萍] 하였습니다. 너무 상심 마십시오."

참으로 따뜻한 위로였다. 황제에게 악의를 가진 사람들은 척 소저가 벙어리인 것을 큰 흠인 양 내세우지만 그 점이야말로 황제에게는 오히려 다행이랄 수도 있었다. 자신이 말을 못한다는 것 때문에 그녀는 더욱 열심히 문자에 매달리게 되었고, 그러다 보니 황제와 필담이 가능할 만큼 높은 교양을 습득하게 된 듯하다. 거기다가 어차피 오랑캐 말 배우기를 마다하여 주자(朱子)도 활용한 백화(白話)까지도 입에 담지 않은 황제이고 보면 그녀가 의지하는 필담도 전혀 불편함이 없는 대화 방식이었다.

어쨌든 그 한낮 사이에 그들의 관계는 놀랄 만큼 발전하여 그들이 마지막으로 주고받은 말은 이러했다.

"백만 전을 일시에 써버릴 수는 있어도 마음속에 가득한 정을 펼 말은 한마디도 못 찾겠구려[百萬一時盡 含情無片言]."

"제 가슴도 터질 것만 같사옵니다. 낭군께서 아실 수 있을는지요[妾心正斷絶 君懷那得知]."

그리고 오후 늦게서야 깨어난 척 대인이 다시 술자리로 돌아왔을 때 황제는 흥이 도도하여 붓을 휘둘렀다.

"주인께서 능히 객을 취하게 하시니[但使主人能醉客],
  여기가 바로 고향인가 싶소이다[不知何處是他鄕, 원래는 어디가 타향인지 모르겠소이다]."

그 뒤 그날을 시작으로 불붙은 황제와 척 소저의 관계는 척 대인의 묵인 아래 순조롭게 진행되어 그해 가을이 왔을 때는 떼려야 뗄 수 없이 되고 말았다. 뿐만 아니라 신기죽은 황제의 유처취처(有妻取妻)에 명분을 세워주고, 마숙아는 그 혼담을 성사시키는 방법과 절차를 일러주니, 황제는 마침내 청혼을 하기에 이르렀다. 척 대인은 기다린 듯 기꺼이 승낙하고, 그리하여 가을걷이가 완전히 끝난 그해 시월 어느 날 황제는 드디어 척 소저를 둘째 부인으로 맞이하게 되었다.

그런데 여기서 한 가지 짚고 넘어가야 할 점은 척씨 부녀 모두 황제에게 처자가 있다는 사실을 처음부터 알고 있었다는 점이다.

그럼에도 불구하고 오히려 그쪽에서 자진하여 그렇게 일을 만들어간 데 대해서 의견은 또 몇 갈래로 나뉜다. 그 하나는 황제의 천명을 굳게 믿은 척 대인이 딸의 부귀영화를 위해 일을 그렇게 이끌어갔다는 것이고, 다른 하나는 서른이 가깝도록 마땅한 혼처가 없는 불구의 딸을 어수룩한 황제에게 그런 방식으로 떠맡겼다는 것이었다.

솔직히 말하면, 황제를 옹호하는 사람들에게도 척 대인의 그같은 결정은 좀 어리둥절한 기분이 들게 하는 데가 있다. 하지만 척 대인을 반드시 바보나 악당으로 만들어야만 이해할 수 있다는 식의 태도에는 찬성할 수 없다. 척 대인은 그저 평범한 한족(漢族)의 늙은이로 보고, 그 혼사 역시 풍습과 관점이 다른 우리로서는 쉽게 이해할 수 없는 그 나름의 믿음과 뜻에 따라 추진된 것이라고 보는 쪽이 훨씬 온당하리라.

척 소저에 관해서도, 황제에 대한 그녀의 연정을 불구자의 절박한 심경 탓이라고 여기기보다는 차라리 이국정취에서 구하고 싶다. 아주 드물기는 하지만 오늘날 우리 주변의 젊은 여성들에게도 빈민가 출신의 교양 없는 미군 사병(士兵)이건, 양변기 수리로 몇 푼 모아 관광이랍시고 찾아든 일본인 막벌이꾼이건 외국인이라면 덮어 놓고 좋아하는 경향이 있지 않은가. 거기다가 서른의 나이에도 시들지 않은 황제의 준수한 용모와 멀리 남쪽에서 망명해온 왕공(王公)이라는 후광이 겹쳐 척 소저의 방심(芳心)을 여지없이 사로잡고 만 것이리라.

을축(乙丑)에서 신미(辛未)까지 동북(東北)을 파촉(巴蜀)으로 삼아 교훈생
취(敎訓生聚)하시다.

갑자년부터 꽃피기 시작한 황제의 성세(盛世)는 그 뒤로도 화
려하게 이어졌다. 을축년에 다시 조선 유민 다섯 가구와 전답 육
만 평을 늘렸으며, 병인년에는 조선인 일곱 가구를 받아들여 전
답 십만 평을 더 늘렸다. 그리하여 을축년이 저물 무렵에는 황제
휘하에 대략 스무 가구, 장정만 삼십여 명에 이십만 평이 넘는 전
답이 마련되었다.

흰돌머리 사람들의 이주는 정묘년부터 시작되었다. 을축년 시
월, 가을걷이가 끝나고 장내(莊內)가 한가로워지자 마숙아는 조용
히 황제를 찾아 의논했다.

"우리가 흰돌머리를 떠난 지도 벌써 육 년, 이제 이곳은 어느
정도 자리가 잡혔으니 그곳을 돌아봐야 할 때가 아닌가 생각됩
니다. 듣기에 왜인들의 억압과 착취는 날로 심하여 조선에 남아
있는 이들은 점점 살기가 힘들어지고 있다고 합니다. 흰돌머리라
고 예외일 리 없으니, 만약 사실이 그렇다면 그들을 이리로 옮기
는 것이 어떨는지요? 다행히 이곳에는 아직도 개척하면 쓸 만한
땅이 수십만 평 남아 있고 쌓아둔 양식도 당분간은 그들을 먹일
만합니다."

"하지만 그곳은 장차 돌아가 기업(基業)을 삼을 땅, 함부로 버
릴 수야 있겠소?"

말은 의젓하였지만 황제는 왠지 심란한 기색이었다. 마숙아는 이미 그린 반응을 예상하고 있었다는 듯 입가에 의미 있는 웃음기를 띠며 말했다.

"그곳을 버린다는 뜻이 아니라 남아도는 힘을 잠시 이곳으로 끌어들여 요긴하게 쓰자는 것입니다. 흰돌머리는 정공(鄭公, 정 처사)과 원자(元子)가 남아 돌보게 하면 되지 않겠습니까?"

그 말을 듣자 황제의 얼굴은 알아보게 밝아졌다. 실은 황제도 흰돌머리 사람들의 이주가 필요하다는 것은 진작부터 알고 있었다. 황제의 동장에 모여든 백성들은 비록 충성스러웠으나 원래가 뿌리 없이 흘러다니던 유랑민들이었다. 처음의 감격과 신비가 사라지고, 어느 정도 일의 내막을 알게 되자 그들은 은연중에 황제 일행을 낮춰보기 시작했으며, 개중에는 황제 일행을 제치고 척 대인과 직접 선을 대보려는 자들까지 생기게 되었다. 황제 일행은 하등 필요 없는 중간 계급으로 느껴졌고, 그들에게 바치는 소출의 2할 5푼 소작료도 헐하게만 느껴지던 처음과는 달리 공연한 낭비로 여겨지기 시작한 것이었다.

흰돌머리 사람들의 이주는 그런 그들을 견제하기 위해 절실히 필요했다. 그러나 그렇게 하는 데는 황제가 선뜻 허락하기 어려운 문제가 하나 있었다. 그것은 틀림없이 거기에 묻어올 장인 황 진사와 부인 황씨의 존재였다. 그들 몰래 척 부인(戚夫人)을 맞은 데다 그 무렵에는 한창 정분이 깊어져 있었기 때문이었다. 장인은 어떻게 달래 본다 하더라도 부인 황씨에 이르면 특히 난감하였다.

장차 국모(國母)가 될 이라 지금까지 덮어두고 왔지만 사실 황씨 부인의 성정은 자못 사나운 데가 있었다. 황제 또한 회파사(廻波詞＝공처가를 조소한 노래)에 오를 만큼 공처가도 아니고 진(晉)의 왕도(王道) 차윤(車胤)의 무리와는 다르나, 오랜 불운을 겪는 동안 처가 재산만 거덜 내다 보니 자연 황씨 부인에게 눌리지 않을 수 없었다. 그리하여 흰돌머리를 떠날 무렵에는 '남편을 필요로 하는 시간은 극히 짧고 남편을 혼내주기에는 한없는 시간을 가진' 황씨 부인에 의해 '다듬이 방망이도 옷만 두드리지 않으며, 물들인 손톱은 종종 미남자의 얼굴을 할퀸다.'는 경지에 이르러 있었다.

그런데 이제 마숙아의 말을 듣고 보니 그런 황씨 부인에 의해 척 부인과 행복한 신혼 생활이 방해받지 않고도 필요한 흰돌머리 사람들을 불러들일 좋은 구실이 생겨준 셈이었다.

"공은 과연 나의 자방(子房＝장량)이오. 그럼 흰돌머리 사람들을 데려오되 젊고 충성스러운 이들만으로 하고 가친과 장인께서는 나머지 권속들을 안돈하여 기업을 보존하게 하시오."

그리하여 이듬해 봄부터 동장으로 이주해 온 흰돌머리 사람들이 두 해에 걸쳐 모두 이십여 호, 장정만 오십 명에 가까웠다. 그것도 정 처사가 고르고 골라 보낸 충성스러운 사람들이었다.

흰돌머리 사람들이 옮겨오자 동장은 물론 척가장의 분위기까지 일시에 새로워졌다. 그 근본적인 원인은 그들 흰돌머리 사람들의 믿음과 충성이었다. 그들이 우선 감탄한 것은 흰돌머리 같은 골짜기에서는 상상도 못할 동장의 넓고 비옥한 땅이었다. 특히 척가장 사람들이 황무지로만 여겨온 늪지대는 그들에게는 바로 그만한 넓이의 논처럼 보였다. 다음으로 그들을 감탄시킨 것은 평소에는 힘과 사나움의 상징처럼 여겨지던 소위 '대국인(大國人)'들이 황제를 대하는 태도였다. 척가장에 있는 만주인 장정(莊丁)들은 말할 것도 없고 한인(漢人)인 척 대인의 권속들까지도 황제를 대하는 품이 전일 그들 자신이 흰돌머리에서 황제를 대하던 이상이었다. 마지막으로 황제의 성공에 후광을 보탠 것은 새로 얻은 척부인이었다. 이왕 말이 통하지 않으니 그녀가 벙어리라는 것은 조금도 흠이 되지 않는 대신 그녀의 문장이나 미모는 하늘처럼 돋보였다. 결국 흰돌머리 사람들은 그런 여러 가지를 통해 자기들이 황제에 바쳐온 믿음과 충성은 일부 사람들의 의심처럼 속거나 홀린 탓이 아니라 마땅히 바쳐야 할 것이었으며, 황제의 신화 또한 조작이나 우연의 일치가 아니라 진정한 하늘의 뜻임을 깨닫게 되었다.

한편 먼저 와 있던 조선 유민들에게는 처음 흰돌머리 사람들의 출현이 자기들에 대한 중대한 위협으로 받아들여졌다. 황제에게 그만한 인적 자원이 있는 이상 자기들이 애써 일궈 논 땅을 언제 뺏길는지 모른다는 불안 때문이었다. 그러나 차츰 흰돌머리 사람들과 섞여 살게 되면서 그들도 이상한 열기에 감염되기 시작했다. 흰돌머리 사람들의 입으로 전해 주는 황제의 놀라운 신화와 빛나는 자취를 듣게 됨으로써, 그들은 비로소 척가장 사람들과 황제 사이의 이해 못할 밀착의 실마리를 찾은 기분이었다. 그 결과 살기 위한 일시의 방편으로서가 아니라 이름 그대로 황제의 신민(臣民)이 되고자 결심한 그들과 흰돌머리 사람들 사이에는 선의의 경쟁이 벌어졌다. 황제에 대한 보다 큰 충성과 복종의 경쟁이었다.

일이 그쯤 되자 그 열기는 척가장 사람들에게도 번져갔다. 척 대인은 처음 마숙아에 인도된 한 무리의 조선 이주민들이 황제 앞에 무릎을 꿇으며 눈물을 흘릴 때부터 억누를 길 없는 자기도 취에 빠져들었다. 영웅만이 영웅을 알아본다는 식으로, 어딘가 황제의 언행에 허황됨이 있어도 그를 알아본 자신의 혜안(慧眼)에 대한 스스로의 찬탄이었다. 그때부터 그는 조선 어디인가 봉기를 기다리고 있다는 황제의 수만 근왕군을 의심 없이 믿게 되었으며 황제가 받았다는 천명 역시도 역사의 필연으로 받아들였다. 그런 척 대인의 열기는 은연중에 전 척가장 사람에게 옮아가고, 다시 그것은 척가장에서 동장으로 역류되고…….

여기서 한 가지 설명해 두고 싶은 것은 얼른 이해되지 않는 그 묘한 열기에 관해서다. 유명한 종교 연구가인 김모(金某) 박사는 근년 그의 연구 논문에서, 사이비 종단의 발생기에 있어 흔히 그런 맹신과 복종의 열기가 신도 상호 간의 상승 작용으로 고조되는 수가 있음을 지적하였다. 물론 우리의 황제를 둘러싼 그와 같은 열기를 사이비 종단의 그것으로 규명하는 것은 당치도 않은 말이지만, 적어도 그것이 이 이야기를 끌어가기 위해 억지로 꾸며낸 것이라는 의심을 받지 않기 위해 참고로 덧붙이는 바이다.

그 나머지 을축년에서 신미년까지의 대여섯 해는 그야말로 교훈생취(敎訓生聚) — 백성을 가르치고 길러 군사를 강하게 하고 나라를 부요하게 한 해였다. 마숙아와 신기죽 및 새로 이주해 온 해물 장사 배 서방의 성심 어린 보필과 척 대인의 후원 아래 동장의 개척은 오래잖아 완료되고 황제의 잠재력은 흰돌머리 시절과는 비교도 못할 만큼 자라났다. 십어만 평의 논에 백만 평 가까운 밭, 오십여 호 삼백 명이나 돼가는 인구에 동원 가능한 장정만도 백 명이 넘었다. 황제의 창고에는 피륙과 곡식이 가득하였고, 그 밑바닥의 토굴에는 그동안에도 쉬지 않고 비축해 둔 신식 무기들이 때를 기다리고 있었다. 여유가 생길 때마다 비적 출신이어서 무기 시장에 밝은 동(董)을 시켜 사들인 것으로, 체코 여단에서 흘러나온 것을 비롯, 각종의 장총이 오십여 자루에 대련(大連)으로 밀수입된 모젤 권총이 다섯 자루였다. 전에 비적들에게서 빼앗아 척가장에 보관시켰다가 찾아온 무기와 합치면 장정들의 태반을 무장시킬 수 있었으며, 척가장의 자보단(自保團)과 연합할 경우 이백이 넘는 무장 병력이 출동할 수 있었다.

그런데 여기서 한 가지 유의할 것은 황제의 외국인 고문으로서, 그리고 무엇보다도 무기 구입에 대한 지대한 공으로, 마땅히 이름이 전해져야 할 동(董)의 이름이 끝내 실록에 나타나지 않는 점이다. 공자께서는 『춘추』를 편하실 때, 비록 군주라도 그 한 일이 옳지 못하면 명칭이나 용어를 달리하셨는데, 황제의 사관(史官)도 그 필법을 따른 듯하다. 비록 동의 전공(前功)이 그처럼 높았으나, 나중에 보게 될 바처럼 한 번 황제를 배반하매 실록은 그 이름조차 남기지 않았다. 대개 사관(史官)의 필법이란 이와 같이 준엄하니 모름지기 사람은 역사를 두려워할 줄 알아야 할진저.

그 밖에 을축·신미년 간의 중요한 사건으로는 실록 최대의 모사(謀士)로 보이는 김광국의 출현이다. 김광국은 경오년 어느 눈보라 치는 날 총상을 입은 채 척가장 부근에 쓰러져 있는 것을 척 대인이 구해 동장으로 보내왔다. 헛소리를 통해 그가 조선인이라는 것을 알아차린 척 대인은 구명(救命)의 은혜를 황제에게 양보하여, 황제로 하여금 그를 요긴하게 쓸 수 있도록 미뤄주었다.

단군 성조의 피를 나눈 이면 누군들 황제의 가련한 백성이 아니겠는가, 황제는 백방으로 손을 써서 김광국을 사경(死境)에서 구해 냈다. 사실 김광국의 회복은, 스물다섯이라는 그의 젊은 나이 외에는 순전히 천금을 아끼지 않은 황제의 보살핌 덕분이었다.

그러나 회복된 김광국이 황제의 막하에 머무는 데는 문제가 있었다. 한말 망명 지사의 아들로 통의부(統義府) 신파(新派) 계열에서 활동하던 그는 일본인에 대한 증오심에서는 황제에 못지않았다. 그는 기미년의 만세 사건 직후 시작된 관동군의 비적 토벌에서 부친을 잃었을 뿐만 아니라, 그 자신의 부상도 현상금을 노린 친일파 밀정(密偵)의 저격에 의한 것이었다. 하지만 건국의 이상에 있어서 황제와 김광국은 전혀 달랐다. 알려진 바와 같이, 팔단구회(八團九會)를 통합하여 실현된 통의부(統義府)가 신·구파로 분열하게 된 것은 전덕원(全德元) 등을 중심으로 한 구파(舊派)의 복벽사상(復辟思想)과 양기탁(梁起鐸) 등의 공화국 건설을 주장하는 신파

(新派) 사이의 대립 때문이었다. 그런데 그 신파를 지지해 오백 년 이(李) 왕가의 전통과 권위를 부정한 김광국에게 황제의 천명인들 무슨 설득력이 있겠는가. 더군다나 김광국은 북간도에서 오년제 중학교를 수석으로 졸업한 이른바 신청년(新靑年)이었다.

"내 너를 잘못 보았다. 인민의, 인민에 의한, 인민을 위한 나라 라니, 도대체 그게 무슨 뜻이냐?

먼저 인민의 나라를 살펴보자. 겉으로야 걸주(桀紂)와 같은 폭 군도 공맹(孔孟)과 같은 성현도 마찬가지로 그와 같이 주장했다. 그러나 그것은 한낱 비유로서, 다스리는 자의 자세를 깨우치기 위함이었지 천하의 임자가 바로 우매한 백성이란 뜻은 아니었다.

인민에 의한 나라라는 것도 그렇다. 제왕도 민심을 등지고 홀로 설 수는 없지만, 그렇다고 지각없는 백성들이 그 다스리는 자를 스스로 뽑는다는 뜻은 아니었다. 신라의 화백제도(和白制度)나 몽 고의 홀리늑대(忽里勒台=쿠릴타이, 즉 부족회의)가 다 그 뜻을 가지 고 있었으나 모두가 천명을 모르는 야만의 풍속이었다. 나라를 다 스리는 데 중인(衆人)의 지혜를 모으는 것이 비록 현명한 방법이긴 하나 어찌 하늘의 밝음에야 비하겠느냐?

끝으로 생각해 볼 것은 인민을 위한 나라다. 다만 그 진심이 얼 마나 들어 있느냐의 차이뿐, 지난날 어떤 치자(治者)인들 그걸 내 세우지 않은 적이 있느냐? 그러나 다시 살피면 그 또한 백성의 호 응을 얻기 위한 한낱 구호요, 실은 제왕의 영광과 위엄을 더하기 위해 백성의 재물을 빼앗고 필사(必死)의 전쟁터로 내몰기 위한 구실에 지나지 않았다. 진심으로 그 백성을 위해서였다면 저 화려한 궁정은 무엇이며 일없이 백성의 재물만 축내는 수천 궁녀와 수백 환신(宦臣)은 무엇이냐? 산과 내를 흐르는 원통한 백성의 피는 무엇이며, 고전장(古戰場)을 뒹구는 수많은 원통한 해골은 또 무엇이냐?

네가 주장한 세 가지는 비록 그 말이 아름다우나 뜻이 거짓되고 허황함은 이와 같다. 그리고 그 세 가지를 골자로 하는 민주(民主)란 것도 천명을 받은 제왕을 대신하여 백성 위에 군림하려는 사특한 자들의 술수이거나, 동방을 침노하기에 앞서 그 군주를 내몰고 자기들의 앞잡이를 대신 세우려는 양이(洋夷)의 간교로운 계략에 불과하다.

내 일찍이 상해(上海)에 그와 같은 무리들이 모여 가정부(假政府)를 꾸몄다는 소리를 듣고 근심한 지 오래더니, 오늘 또 너를 만나 근심이 더 늘게 되었구나. 궁하여 의지해 온 자를 쫓는 것은 군자의 도리가 아닌 줄 알지만, 행여 내 백성이 물들까 두려우니, 몸을 일으키는 대로 즉시 떠나거라. 성한 몸으로도 이곳에 머물러 계속 요망한 변설을 농하면, 마침내 하늘의 노여움이 네게 이르러 빌려고 해도 빌 곳이 없으리라[無所祈也]."

그것이 어느 날 밤 아직 상처가 아물지도 않은 김광국에게 황제가 냉엄하게 이른 말이었다. 그런데 그와 같은 김광국을 설득하여 끝내 황제의 사람으로 만든 것이 마숙아였다. 왠지 처음부터 김광국을 마음에 들어 하던 마숙아는, 그 밤 내내 병석에 붙어 앉아 갖은 말로 그를 어르고 달래었다. 그리하여 날이 밝은 무렵 쓴 웃음과 함께 마숙아의 설득을 받아들인 김광국은 이윽고 황제에 게 나아가 머리를 조아리며 말했다.

"오묘한 하늘의 뜻과 드높은 주군(主君)의 기개를 살피지 못했습니다. 만일 수하(手下)로 거두어주신다면 보잘것없으나마 힘을 다해 일하겠습니다."

그 밤 마숙아가 김광국을 설득한 내용에 대해서는 여러 가지 후문이 있다. 먼저 마숙아는, 황제의 거듭되는 이상한 행운과 동장의 전망을 과장하고, 필요할 때는 김광국의 이상을 위해서도 황제가 축적해 둔 힘을 사용할 수 있게 해준다고 보장했다고 한다. 그리고 덧붙여 이제 황제의 기업(基業)은 자신이 경영할 수 있는 한계를 벗어나 김광국처럼 젊고 많이 배운 사람이 아니면 삼백에 가까운 그곳 동족들의 앞날이 근심스럽다고 실토했다는 말도 있다. 신식 교육을 받고 뚜렷한 건국이념을 가지고 있는 김광국이 그와 같은 형태로 황제의 막하에 남게 된 것을 설명하는 데는 자 못 합리적인 이유가 될지 모르나, 기왕에 실록에 의지하기로 한 이상 그 기록을 믿기로 하자.

실록은 마숙아가 그토록 힘들여 김광국을 붙잡아 놓은 것은 머지않은 죽음을 예견한 제갈량이 젊은 강유(姜維)를 후계자로 길 렀던 것과 같은 충성으로 보고 있다. 뒤에 알게 되겠지만 실제에 있 어서도, 그렇게 남게 된 김광국이 뒷날 황제를 위하여 한 여러 가지 일들은 확실히 마숙아의 전공(前功)을 무색케 하는 데가 있었다.

임신(壬申) 마침내 천병(天兵)을 일으키셨으되, 때가 이르지 않음이여, 마슥아(馬叔牙) 먼저 죽다.

을축에서 신미년 사이에 마슥아가 가장 고심한 것은 황제의 기병(起兵)을 억제하는 일이었다. 황제는 거의 해마다 군사를 일으키려고 들었는데, 그것은 대개 두 가지 방향에서 오는 자극 때문이었다.

그 첫째로는 갈수록 강해지는 일본 군국주의의 압박을 들 수 있다. 영사 경찰이나 비적 토벌의 명목으로 만주에서 병력을 증강시키던 일본은 노일전쟁을 통해 가까워진 비적들을 매수하여 만주에서의 실질적인 지배권을 얻자 기타의 무장 집단을 탄압하기 시작했다. 그들은 연장회(連莊會) 또는 보위단(保衛團)의 이름으로 공공연히 인정받아온 부락 단위 무장 집단을 해체하기 시작했으며, 거부하는 집단에 대해서는 토비(土匪)로 몰아 공격을 서슴지 않았다. 척가장에 거치돼 있던 구식 기관총과 다수의 무기가 압수당한 것도 그 무렵이었는데, 특히 그때 분노한 척 대인과 덩달아 나서는 황제를 달래기 위해서 마슥아는 꼬박 사흘이나 따라다니며 애쓰지 않으면 안 되었다. 그러다가 신미년 구월에 만주사변을 일으킨 일본이 몇 달 만에 만주 전역을 점령하기에 이르자 마슥아의 만류는 점점 어렵게 되어갔다.

황제를 자극하는 다른 하나는 척가장 및 동장 사람들과 척 부인의 기대에 대한 의무감이었다. 흰돌머리 사람들의 이주 이래 고조된 그들의 기대는 황제를 알지 못할 조급에 빠지게 했다. 특히 사랑하는 척 부인에게는 한시 바삐 자신의 영광과 위엄을 드러내어 그녀의 무한한 애정과 신뢰에 보답하고 싶었다.

"바야흐로 왜적의 세력은 요원의 불길 같아서, 지금 저들의 관동군(關東軍)은 세계를 대적한다고 호언하고 있습니다. 대중화나 북방의 강국 아라사(俄羅斯)조차도 그들의 무력 앞에 전전긍긍하는 이때에 섣불리 병(兵)을 일으키는 것은, 실로 계란으로 바위를 치는 격이요, 어리석은 버마재비가 수레바퀴에 저항하는 것과 같습니다.

저 파왜관(破倭關)의 치욕이 장졸의 불충이나 주군의 용병이 용렬함에 있지 않았을진대, 어찌 같은 어리석음을 두 번 되풀이하려 하십니까? 앞으로도 바닷가에 모래알처럼 많은 날이 남았으니, 지금은 촉한 왕일 때의 한고조처럼 잠시 잔도(棧道)를 끊고 가만히 힘을 기름만 같지 못합니다."

마숙아는 황제가 군사를 일으키려 할 때마다 혹은 신기죽을 동원하고 혹은 척 부인을 달래어 그렇게 만류하게 했다. 그러나 임신년에 이르자 드디어 마숙아의 계책으로도 더 이상 황제를 말릴 길이 없어지고 말았다. 다음과 같은 「감결(鑑訣)」의 구절 때문이었다.

"선비[士者]가 관을 비뚜루미 쓰고, 신인(神人)이 옷을 벗고, 주변(走邊)에 기(己) 자를 빗겼다가, 성인(聖人)의 휘자(諱字)에 팔(八)을 더하고……."가 그것인데,

사(士) 자에 관을 비뚜루미 한다는 것은 임(王)이요, 신인(神人)이 옷을 벗는다 함은 신(申)이며, 주변(走邊)에 기(己) 자를 빗긴다 함은 기(起)요, 성인 즉 공자(孔子)의 이름 구(丘)에 팔(八)을 가한다는 것은 병(兵)이 된다. 곧 임신기병(王申起兵), 임신년에 군사를 일으킨다는 뜻이다.

이런 명문(明文)이 「감결」에 나와 있는 이상 아무리 수완이 능한 마숙아로도 어쩔 수 없었다. 신기죽이나 척 대인도 군사를 일으킨다는 데에 있어서는 황제 이상으로 열성적이었다. 동장의 조선인들은 물론 뭐가 뭔지 모르는 척가장의 중국인들까지도 덩달아 들썩였다.

마숙아가 돌연히 몸져누운 것은 대세가 완전히 거병(擧兵)하는 쪽으로 돌아 장원 전체가 추수가 끝나기만을 기다릴 무렵이었다. 처음에는 감기 정도로 여겨 대수롭지 않게 보았으나, 차츰 열이 심해지고 온몸에 붉은 반점이 생기면서 마숙아는 혼수상태에 빠져들었다. 만주인들이 가장 무섭게 여기는 풍토병의 하나로, 열에 아홉은 죽는다는 무서운 병이었다.

실록은 수많은 충신들의 행적을 적고 있으나 이 마숙아야말로 진정한 충신이었다. 죽음을 하루 앞두고 잠깐 의식을 회복한 마숙아는 그 마지막 순간까지 황제를 위하여 바쳤다. 먼저 그는 장원 안에서 유일하게 자기의 뜻을 이해하고 임박한 재앙을 막아주기 위해 함께 힘써온 김광국을 불렀다.

"젊은 선생, 무슨 수를 쓰든지 이번 출병은 막아주시오. 내 따로이 생각해 둔 게 있소만, 기어이 안 되거든 강압으로라도 이 일을 막으시오. 젊은 선생이 잘 아시는 바와 같이, 단 한 사람이라도 무기를 들고 이 장원을 나서게 되는 날이면, 차마 눈뜨고 못 볼 일이 벌어질 것이오.

하지만 이 일 외에는 절대로 그분(황제)을 거역하거나 노엽게 하지 마시오. 선생에게는 얼른 이해가 안 되겠지만 그분은 확실히 하늘이 내신 사람이오. 지난날 나는 처음부터 그분을 속였고, 이곳으로 올 때까지만 해도 나는 다만 그를 따르는 이상한 행운에 의지해 실패한 내 인생을 복구할 마음뿐이었소. 그러나 이제는 진정으로 그분을 우러르고 믿게 되었소. 이 영악하고 거친 세상에 나는 그분처럼 착한 천성을 고이 간직하고 있는 이는 한 사람도 보지 못했소. 나는 도(道)가 무엇인지 모르나, 그분의 마음이 바탕하고 있는 어떤 거룩하고 깨끗한 흐름이 바로 그게 아닌가 싶소. 부디 그분을 잘 보살펴주시오.

그리고 후일 그분을 떠나게 되더라도 어려움 중에 버리고 떠나는 일은 없도록 해주시오. 선생처럼 깊은 지식과 세상을 볼 수 있는 밝은 눈을 가진 후임자를 구하지 못하거든 그분을 안전한 땅으로 인도한 후에 떠나도록 하시오. 선생이 그분에게 진 생명의 빚을 갚지 않고 떠날 만큼 비정한 사람이라고 생각하지는 않지만, 그간의 정에 의지해 다시 한 번 그분을 부탁하오."

김광국에게 그와 같이 간곡한 부탁을 거듭한 마숙아는 다시 동(董)을 불렀다. 동은 그동안 모은 돈으로 다시 무기와 탄약을 사러 떠나려는 참이었다.

"동 형(董兄), 놀라지 말고 내 마지막 부탁 하나 들어주시오. 이 번에 떠나거든 부디 다시는 돌아오지 마시오. 지니고 떠나시는 그 돈이면 어디서든 자리 잡고 살 만할 것이오. 주군(主君)에 대한 동 형(董兄)의 믿음과 충성은 실로 눈물겹도록 고마우나 이번만은 내 말대로 따라주시오. 지금 일본은 수십 개 사단을 이곳에 풀어 중 원을 삼킬 꿈을 꾸고 있다고 들었소. 만약 동 형(董兄)이 그 돈으로 무기와 탄약을 더 사들여 섣불리 군사라도 일으킨다면 우리 조선 사람들은 물론 척가장까지도 온전하지 못할 것이오. 동 형(董兄) 이 진정으로 우리 주군(主君)을 위하고 그를 따르는 무리를 불쌍 히 여기신다면 이 길로 나가 종적을 감추고 다시 돌아오지 마시 오. 이 세상에서의 내 마지막 부탁이오……."

나중에 이 내막이 알려지자 황제는 몹시 노하였고, 실록의 저 자도 그런 황제의 의견에 따라 나무라는 투로 적고 있으나, 냉정 히 당시의 만주 정세와 관련해 살펴보면 그 일이야말로 마숙아의 가장 큰 공로 중의 하나였다.

그러나 마숙아의 충성은 거기서 끝나지 않았다. 마침내 숨이 지던 날 아침 그는 임종을 보러 온 황제에게 말했다.

"이제 이 땅에서 입은 육신의 옷을 벗고 떠나는 자리이니, 주 종(主從)의 격식을 떠나 우리가 처음 만나던 때와 같이 형으로 부 르겠습니다.

지난날 나는 여러 번 형을 속였으나, 형은 오히려 분노한 정공

(鄭公)의 칼날 아래서 나를 구해 주었으며, 지난 십수 년 태어나고 스무해가 훨씬 넘도록 굶주림과 추위 속에 살아온 나를 먹이고 입히기를 한몸처럼 해주었습니다. 큰일 작은 일 어리석은 소견을 나무라지 않고 따라주었으되, 슬픔과 괴로움은 홀로 거두고, 기쁨과 즐거움은 반드시 나누었습니다. 충성할 때나 배반할 때나 한결같이 나를 믿어 의심하지 않았고, 실패할 때나 성공할 때나 변함없이 웃으며 지켜보아 주었습니다.

　내가 아직도 세상 사람들의 얕은 소견을 헤어나지 못해 형이 받았다는 천명을 믿지는 못하지만, 형의 사람됨에 미루어 밝은 끝을 의심치 않습니다. 하늘이 따로 있겠습니까? 사람이 곧 하늘이니 형의 바름과 떳떳함과 밝음은 너그러움과 넓음과 두터움과 어우러져 언젠가는 홀로 빛나고 우뚝할 것입니다.

　다만 한 가지 당부하고 싶은 바는 「감결」이며 비기(秘記)가 모두 천년의 이서(異書)라 하더라도, 그것들은 모두 세태에 부응하여 변할 수도 있으니 너무 자구(字句)에만 매달리지 마십시오. 방금도 임신기병(壬申起兵) 넉 자에 현혹되어 앞뒤 없이 군사를 일으키려 하나, 내가 보기에는 아직 때가 온 것 같지는 않습니다. 봇둑이 터져도 첫 물결은 피하는 법이며, 불이 나도 불 머리를 바로 덮쳐서는 안 될 것입니다. 지금 왜적의 기세는 터진 봇물과 같고 성난 불길과 같으며, 형의 힘은 흙 한 가마 물 한 동이에 미치지 못합니다. 부디 강한 적의 예봉을 받아 스스로를 상하게 하지 말고 따로이 뒷날을 기약하십시오. 꽃은 반드시 지고 흥겨운 잔치도 파할 때가 있으니 왜적이 피폐하는 날도 머지않아 올 것입니다. 그 때를 당해 군사를 일으키면 북소리 한 번에 적은 모래처럼 무너져내릴 것입니다.

그 밖에 또 형에게 당부하고 싶은 것은 사람을 쓰는 일입니다. 글씨를 쓰는 것이며 문장을 짓는 일은 신기죽에게 맡기되 재물을 관리하고 군사를 움직이는 일은 김광국에게 의지하십시오. 김광국이 비록 젊으나 그의 넓은 지식과 밝은 눈은 내가 감히 미치지 못하는 바입니다. 내 이제 그에게 뒷일을 맡기고 떠나거니와, 행여 못난 나에게 한 가닥 정이라도 남았거든 그 정을 그에게로 옮기어 부디 그를 대함에 소홀함이 없도록 하십시오……"

그리고 잠시 후에 숨을 거두니 때에 마숙아의 나이 마흔셋이었다. 무식한 그의 말치고는 어딘가 어울리지 않는 데가 있지만, 실록이 설령 문장은 꾸미고 다듬었다 하더라도 그 뜻만은 바로 옮겼으리라 믿어 의심하지 않기로 한다.

"새는 죽을 때에 그 소리가 슬프고 사람은 죽을 때에 그 말이 착하다더니 마공(馬公)이 바로 그렇구려. 지난날 공(公)을 거울로 삼아 매양 나의 득실을 살폈거든, 이제 그 거울이 깨졌으니 어디서 나의 득실을 살필 수 있으리오."

황제는 그렇게 한탄하며 마숙아의 시신을 거두니 때는 임신년 구월 열이튿날이었다.

마숙아의 그 돌연한 죽음은 거병(擧兵)의 열기로 들끓던 모두에게 찬물을 끼얹은 격이었다. 황제 측근에서 풍월이나 주고받던 신기죽과는 달리 동장의 실제적인 관리자였던 마숙아였기에 그 죽음은 어떤 불길한 징조처럼 여겨지기까지 했다. 황제는 마숙아의 유언대로 김광국을 불러 다시 한 번 그 일을 의논했지만, 김광국 역시 마숙아의 유언에 충실하게 여러 가지로 황제를 만류했다. 거기다가 동(董)의 배신으로 무기까지 거병에 넉넉하지 못하니 마침내 황제는 출사(出師)의 뜻을 돌이키지 않을 수 없었다.

계유(癸酉) 드디어 백석리(白石里)의 기업(基業)을 폐(廢)하다.

흰돌머리(白石里)에 남아 있던 정 처사 일족이 척가장으로 찾아든 것은 이듬해 계유년 봄의 일이었다. 지난겨울의 무모한 열기에서 깨어나 봄갈이 준비로 분주하던 척가장 사람들은 거지 차림을 한 한떼의 조선 사람들을 맞아 어리둥절했다. 바로 정 처사와 황씨 부인, 우발산 등과 따라온 몇몇 흰돌머리 사람들이었다.

황제가 만주에서 눈부신 성공을 거두고 있는 사이에도 흰돌머리의 기업(基業)은 날로 피폐하여 갔다. 그 첫 번째 이유는 노동력의 과도한 유출이었다. 병인, 정묘년 간에 동장으로 이주해 온 사람들은 사실상 흰돌머리의 전 노동력이었다. 젊고 충성스런 그들이 떠나버리자 정 처사는 우발산과 남은 노약자들을 수습하여 몇 년간을 악전고투했다. 그러나 오래잖아 그들은 점차 늘어난 적대자들 사이에 작은 섬처럼 되고 말았다.

흰돌머리 기업의 피폐를 더욱 재촉한 두 번째 이유는 황 진사 일족의 몰락이었다. 황제가 흰돌머리에 있을 때 이미 반나마 줄어든 황 진사의 재산은 황제의 북천(北遷) 준비로 거지반 거덜 나고 말았다. 그러다가 황 진사가 원인 모를 병으로 드러눕자 채 삼 년도 못 돼 거지와 다름없이 되어 거꾸로 정 처사에게 얹혀사는 신세로 변했다. 그렇게 살기를 다시 일 년, 황 진사는 끝내 딸이 왕후가 되는 것을 보지 못한 채 한을 품고 죽으니, 그해는 바로 황제가 동장(東莊)을 열고 척 부인과 결혼식을 올린 갑자년이었다. 정 처사로서는 써도 써도 무한한 것처럼 보이던 중요한 재원(財源)이 너무도 어이없이 말라버린 셈이었다.

그래도 그 뒤 몇 년간 흰돌머리의 기업을 지키기 위해 정 처사는 온갖 힘을 다 기울였다. 하지만 늙은 자신과 절름발이 우발산이 감당하기에는 지나친 짐이었다. 갈 길은 오직 황제를 바라 만주로 떠나는 것밖에 없었다.

아무리 그 위엄을 위해 사사로운 정을 감추어야 하는 황제라고 하지만, 만 리 길을 찾아온 부모처자가 어찌 반갑지 않으랴. 전갈을 받고 한달음에 달려간 황제는 눈물로 그들을 맞아들였다.

정 처사는 완전히 늙어 있었다. 흰돌머리의 기업을 지키기 위한 고군분투의 몇 년이 그를 한 쇠약한 노인으로 만들어버린 듯했다. 그런데 황씨 부인을 만남에 있어 뜻 아니한 일이 벌어졌다. 그녀의 치마꼬리에 매달려 주춤거리는 아이들이 셋이나 되었기 때문이었다. 원자(元子) 융은 황제가 떠나올 때 네 살이었고, 둘째인 휘(輝)

도 이미 태중(胎中)이어서 이름을 지어두고 왔지만, 이제 겨우 걸음마를 하는 셋째는 아무래도 기억이 없었다.

황제가 의아스러운 눈초리로 셋째를 뜯어보자 찔끔하던 황씨 부인이 기어드는 목소리로 더듬거렸다.

"이 아이는 오 년 전 겨울에 다녀가셨을 때……."

그렇게 말하는 황씨 부인과 황제를 번갈아 바라보는 정 처사의 눈길은 무언가를 탐색하는 듯하였고, 그 곁의 우발산(牛拔山)은 왠지 묘하게 일그러진 얼굴로 송구한 듯 목을 움츠렸다.

"왜, 생각 안 나느냐? 그 뒤로도 몇 번 다녀갔다면서……."

정 처사가 여전히 탐색하는 눈길로 황제의 표정을 살피며 따지듯 물었다. 너무도 창졸간의 일이라 멍청해진 황제가 얼떨결에 대답했다.

"아, 그거……."

이도 저도 아닌 대답이었지만, 그 말을 듣자 함께 온 흰돌머리 사람들이 이구동성으로 감탄하며 말했다.

"축지법을 써서 하룻밤에 만 리 길을 오간다더니 정말이었군. 그렇지만 정말 무정하십니다. 그렇게 옆집 드나들듯 하면서 우리에게는 얼굴도 한 번 안 내미시다니."

그제서야 황제에게도 일의 진상이 어렴풋이 떠올라왔다. 황제는 잠시 혼란에 빠졌다. 분노와 수치와 당혹과……. 그러나 이내 황제는 마음을 가다듬었다.

"바쁜 데다가 원체 왜경(倭警)의 감시가 심해서, 하지만 이제 같이 살게 되지 않았습니까?"

황제는 그렇게 얼버무리며 셋째를 덥석 안아 올렸다. 아이는 자지러질듯 울어 제쳤으나 정 처사의 얼굴에는 안도의 표정이 그리고 황씨 부인과 우발산의 눈에는 원인 모를 물기가 어렸다.

그러나 황제의 왕자(王者)다운 풍도가 정작 유감없이 드러난 것은 그날 밤의 큰 잔치가 끝난 뒤였다. 사람들이 모두 돌아간 후 거나하게 취한 황제가 황씨 부인이 기다리는 방으로 들어가자 그녀는 갑자기 황제의 무릎 앞에 몸을 던지며 흐느꼈다.

"진작 죽어 마땅한 몸이 이렇게 살아 만 리 길을 찾아온 것은, 그리던 얼굴이나 대하고 용서라도 빈 후에 죽고자 함이었습니다. 그런데 이제 너그러움으로 천한 이 몸을 감싸주시고 죄를 묻지 않으시니 구천에 가서도 길이 그 은혜 잊지 않겠습니다."

그러면서 줄줄이 눈물을 흘리는 그녀에게는 이미 예전의 등등하던 기세를 찾을 길이 없었다. 다만 시들고 지친 조선 아낙의 모습이요, 가련한 황제의 신민일 뿐이었다.

"한 번 실절(失節)한 지어미가 무슨 할 말이 있겠습니까만, 그저 마지막으로 당부하고 싶은 바는 어린것에게는 죄가 없으니 부디 사랑으로 거두어주옵소서.

다행히 이곳에서 현숙한 부인을 얻으셨다 하니, 그 높은 덕행이 어련하리오마는 어미 자식 간의 정이 모질어 감히 한 말씀 드린 것입니다. 그럼 부디……."

그렇게 말을 마친 그녀는 시퍼런 비수를 빼어 들었다. 황제가 놀라 비수를 빼앗으려 할 때 갑자기 방문을 열고 뛰어든 그림자가 있었다. 우빌산이었다. 그는 재빨리 황씨 부인의 비수를 뺏어 황제에게 바치며 말했다.

"소인을 죽여줍시오. 아씨 마님에게는 죄가 없습니다. 소인이야 말로 죽음을 구하려 이렇게 주군 앞에 달려왔습니다. 한때의 색정을 못 이기어……"

그때였다. 황제가 벽력 같은 고함으로 우발산의 말을 중단시켰다.

"이놈, 우발산. 입을 닥치지 못하겠느냐? 어디서 망령되이 혀를 놀리느냐? 내 일찍이 무진 기사 양년에 걸쳐 흰돌머리를 다녀간 적이 있거든 셋째 아이에게 무슨 혐의가 있으랴. 하물며 현숙한 부인이 실덕(失德)하다니 당키나 한 말이냐? 일후 또다시 그따위 망발을 하면 먼저 네 혀를 뽑고, 마침내는 묻힐 땅조차 없게 하리라."

그리고 멍청히 있는 우발산 곁에서 역시 어리둥절해 있는 황씨 부인에게 부드러운 목소리로 타일렀다.

"부인, 실절(失節)이라니 그 무슨 끔찍한 말씀이오? 헛 게 보인 모양이구려. 악몽이라도 꾼 게요? 내가 부인을 보아 낳은 엄연한 내 아들인데 그 무슨 당치 않은 말씀이오? 그런 말은 아예 입에도 담지 마오."

말을 마친 황제는 그 자리에 쓰러지듯 눕더니 이내 코를 드르릉드르릉 골기 시작했다.

황씨 부인과 우발산은 출가 전부터 정을 통해 온 사이라든가, 특히 황제가 없는 동안에는 거의 동거하다시피 했다든가 하는 따위의 황씨 부인에 대한 험담은 황제가 축지법을 써서 만 리 길을 하룻밤에 오갔다는 전설만큼이나 믿을 것이 못 된다. 그 불상사는 십 년 독수공방을 지키던 황씨 부인과 사십이 다 되도록 총각으로 늙어가던 우발산 사이에 어쩌다 있었던 단 한 번의 실수였으며, 거기 대한 황제의 너그러움은 그런 그들의 충성과 복종을 배가시켰을 뿐이었다. 여후(呂后)가 유태공 내외와 함께 항우에게 사로잡혀 있을 때 심이기(審食其)와 사통하였으나 한고조는 그 죄를 묻지 않았고, 성길사한(成吉思汗=칭기즈칸)도 다른 부족의 씨를 받은 아내 부르테나 친자가 아닌 주치를 내치지 않았다. 우발산의 끝 모를 충성이나, 황씨 부인이 이전의 완악한 성품을 고치고 죽을 때까지 현숙한 아내로서 내조를 아끼지 않게 된 근원 역시 그런 황제의 너그러움에 있지 않았는가 싶다.

신천(新天) 원년(元年) 갑술(甲戌) 남조선(南朝鮮)을 개창(開創)하시다.

황제가 정식으로 나라를 연 것은 갑술년 구월, 그러니까 양력으로는 1934년 10월이었다.

원래 천하 경영을 위한 황제의 구상은 먼저 군사를 일으켜 사방을 평정한 후에 나라를 여는 순서로 되어 있었다. 척가장에서 기업을 마련한 그 십 년 동안 거의 매년 있어 온 기병(起兵)의 논의는 그런 구상에 따른 것이었는데, 임신년을 제외하면 거의 추상적이고 습관화된 논의였다. 그러나 그 임신년의 기병조차도 마숙아 등의 집요한 반대로 좌절되자 황제는 다시 엉거주춤 현실에 안주하고 말았다.

사실 그 무렵 황제의 주위는 그 어느 때보다도 풍요와 안락을 구가하고 있었다. 수확은 충분했고, 가정은 화목했으며 동장(東莊)은 물론 척가장 사람들까지도 황제에 대한 신뢰와 존경이 한결같았다. 여느 사람들 같으면 그것으로 만족하여 나아가기를 멈추어도 좋다고 생각할 만큼 부족함이 없는 삶이었다.

그러나 하늘은 자신의 뜻을 펴기 위하여 보낸 이가 땅 위의 조그만 복락과 평온에 안주하여 헛되이 늙도록 버려두지는 않았다. 갑술년에 접어들자 연이은 두 개의 사건이 황제를 자극하였다.

그 하나는 만청(滿淸)의 폐제(廢帝) 부의(溥儀)가 새로 독립한 만주국의 강덕제(康德帝)로 옹위된 일이었다. 복잡한 국제 정치의 이면에 관계없이 백성들의 봉기로 중원을 잃은 그가 멀리 동북(東北)의 고지(故地)에 밀려와 복위(復位)했다는 사실은 여러 면에서 황제에게 충격과 자극이 되었다.

다른 하나는 정 처사의 죽음이었다. 전해 척가장을 찾아들 때 그는 이미 칠십을 바라보는 고령이었다. 그러나 기력은 쇠약해져도 일찍이 품었던 야망은 황제의 뜻하지 않은 성공에 힘입어 전에 없이 뜨겁게 타오르고 있었다.

사실 정 처사는 동장에 들어설 때까지도 황제의 새로운 신화를 의심하고 있었다. 그전까지의 모든 신화는 직접이든 간접이든 자신이 개입된 것이어서 앞뒤를 짐작할 수 있었지만, 만주에서의 신화는 전혀 자신의 개입 없이 이루어진 탓이었다.

그러나 막상 와서 보니 황제의 성공은 정 처사의 상상을 훨씬 뛰어넘는 것이었다. 자기가 흰돌머리에 수십 년 공들여 쌓아 올린 것의 몇 배를 황제는 불과 몇 년 동안에 맨손으로 이뤄 놓았다. 특히 수백 석의 군량이 비축된 창고 밑바닥에 번쩍이는 수십 정의 신식 장총과 수많은 탄약 상자를 보게 되었을 때는 비록 자기의 핏줄을 이은 황제이지만 새삼 신비하고 위대해 보였다. 다만 한 가지 안타까운 것은 그와 같은 힘을 가지고서도 황제가 쉬이 움직이려 들지 않는 점이었다.

거기서 정 처사는 사랑하는 아들에 대한 마지막 선물로 또 하나의 신화를 조작했다. 머지않은 자신의 죽음을 왜인들의 독해(毒害) 탓으로 돌려 그들에 대한 황제의 적개심을 높임과 동시에, 빠른 시일 내의 봉기를 자극하기 위해서였다.

그 신화의 배경은 흰돌머리에 있을 때 화전(火田)을 일구어 장원을 넓히려던 정 처사가 산림법 위반으로 주재소에 끌려갔던 일이었다. 정 처사는 그 일을 이용하여 꾸미기를, 산림법 위반이란 겉으로 내세운 구실일 뿐이었고 실은 황제 때문에 잡혀간 것이었는데, 거기서 끝내 뜻을 굽히지 않자 왜인들은 그에게 발작이 느린 독을 쓴 것으로 했다. 달리 증인이 없으니 함부로 조작이라 말하기 어렵지만, 왜인들이 꺾으려 했던 정 처사의 뜻이 무엇인지, 과연 그런 독물(毒物)이 있으며, 또 그걸 꼭 투여할 필요가 있었는지 등에는 쉽게 납득이 가지 않는 점이 많다. 아마도 한때 조선 땅을 소란하게 했던 고종, 순종의 독살설을 참고로 한 정 처사의 조작으로 보인다.

그해 봄 노환(老患)으로 자리에 눕게 되면서 그 얘기를 꺼낸 정 처사는 그 뒤 숨질 때까지 몇 달 동안 계속하여 반복했다. 처음에는 황제도 반신반의했지만, 정 처사의 증세가 뜻밖에 악화되기 시작하자 차츰 왜인들의 독해(毒害)를 의심하게 되었다. 그리하여 그해 여름을 넘기지 못하고 정 처사가 죽었을 때는, 일흔이라는 나이에도 불구하고 황제의 가슴은 왜인들에 대한 적개심으로 타올랐다. 끝 모를 슬픔 때문에 더욱 뜨겁게 타오르게 된 적개심의 불꽃이었다.

여느 아버지들과는 달리, 황제에게 있어서 정 처사는 영광스러운 삶의 지표를 설정해 주었을 뿐 아니라 때로는 그 삶 자체를 함께 살아준 사람이었다. 정 처사의 꿈이 곧 황제의 꿈이었으며, 그의지가 곧 황제의 의지였다. 흰돌머리에서는 물론 만주로 온 후에도 황제의 생각 한 갈래, 몸짓 하나 정 처사가 설정한 삶의 범위를 넘어선 것은 없었다. 그런데 그 정 처사가 죽고 보니 황제는 마치 삶의 토대가 송두리째 무너져내린 기분이었다. 황제로 하여금 그 크나큰 상실을 맛보게 한 왜인들에게 어찌 한시라도 복주(伏誅)의 부월을 늦추겠는가. 황제는 발인(發靷)과 더불어 기병(起兵)을 결의하고 가만히 신기죽과 김광국을 불렀다.

"옛말에 아비를 죽인 원수와는 하늘을 함께 이지 않는다 했소이다. 청 태조(清太祖) 노이합적(努爾哈赤=누르하치)은 일개 오랑캐의 추장이었으나 하늘에 칠대한(七大恨)을 고하고 병(兵)을 일으켜 마침내 부조(父祖)를 모살한 명나라를 멸망시켰소. 내 반드시 그를 흉내 내려 함은 아니지만, 또한 일곱 가지 죄를 물어 왜적을 토멸하고자 하오. 그 일곱을 들자면, 첫째는 이 나라 삼천리를 병탄한 죄요, 둘째는 내 백성을 살상하고 학대한 죄요, 셋째는 그 재물을 훔치고 빼앗은 죄요, 넷째는 성현의 법도를 폐하고 서양 오랑캐의 천한 습속과 제도를 퍼뜨린 죄요, 다섯째는 천신(天神)의 우두머리인 제(帝)를 감히 참칭한 죄요, 여섯째는 왕사(王師)에 항거한 죄요, 일곱째는 선고(先考)를 독살한 죄라. 그 일곱 가지 죄가 한가지로 크고 무거우나 내 특히 선고(先考)의 위패를 받들고 발병(發兵)하여 살부(殺父)의 한(恨)을 앞세우고자 하오. 두 분께서는 이 뜻을 깊이 헤아려 마땅한 계책을 일러주시오."

여기서 왕사(王師)에 항거했다는 것은 특히 파왜관의 싸움을 가리킨다. 결국 마숙아와는 정반대로 정 처사는 그 죽음으로 황제의 거병(擧兵)을 재촉한 셈이었다. 아직도 흰돌머리 식의 행동양식에 익숙하지 못한 김광국이 아연해서 황제를 쳐다보고 있는 사이에 신기죽이 대뜸 찬동하고 나섰다. 그것도 황제 못지않게 비장한 목소리였다. 그러나 황제는 문득 마숙아의 유언이 생각났던지 아직도 아연하게 앉아 있는 김광국에게 말했다.

"지난날 마공(馬公)이 죽으며 당부하기를 밖의 일을 그대에게 물어서 하라고 했소. 이번 일은 특히 그대에게 의지하는 바 크니 부디 지혜와 성심을 아끼지 말고 저 간사한 도적을 깨뜨릴 계책을 가르쳐주오."

김광국으로서는 생각할수록 어이없는 주문이었다. 그 무렵 만주는 관동군으로 뒤덮이다시피 했고, 한다 하던 독립군들도 노령(露領)이나 화북(華北)으로 밀려나는 판이었다. 물론 동북항일연군처럼 유격전을 전개하는 방법이 남아 있었지만, 그것도 황제나 그를 따르는 사람들에게는 불가능했다. 결국 김광국이 할 수 있는 최선의 방법은 전에 마숙아가 그랬던 것처럼 황제의 측근을 회유하여 그 지원 아래 무모한 기병(起兵)을 말리는 것뿐이었다.

김광국이 신기죽이나 척 부인, 황씨 부인 등을 어떻게 설득했는지는 알 길이 없다. 그러나 황제의 결의는 전에 없이 강경하여 그 누구의 만류도 효과가 없었다. 개국(開國)은 그런 황제를 달래기 위해 신기죽이 들고 나온 대안이었다. 김광국은 역시 어이없었지만 그걸로라도 수백의 동족에게 닥칠 참혹한 병화(兵禍)를 피할 수만 있다면, 하는 기분으로 거기에 동의했다. 이에 신바람이 난 신기죽은 그 길로 달려가 황제 앞에 엎드렸다.

"이제 주군(主君)께서는 대군을 발(發)하시려 엄명이 추상(秋霜) 같으시나, 대저 일이란 순서가 있는 법입니다. 모든 일은 먼저 그 근본이 정해져야 성사(成事)를 기약할 수 있은즉, 주군께서도 마땅히 근본을 먼저 정한 후에 나아가야 할 것입니다.

받으신 바 천명(天命)이 거룩하고, 위의를 사방에 떨치셨으되 주군께서 의연히 한낱 포의(布衣)로 계시니, 따르는 무리도 필경은 반도(叛徒)나 폭민(暴民)으로 불리게 됩니다. 그런 그들에게 어찌 엄정한 군기와 왕사(王師)의 위엄을 기대할 수 있겠습니까? 바라건대 주군께서는 먼저 나라를 여시어 장수와 병졸에게 황상(皇上)의 부월과 천병(天兵)의 기치를 내리신 후에 대병(大兵)을 진발시키십시오."

"나도 그 생각을 해보았소만, 땅이 좁고 쌓아둔 재물도 없는 터에 백성의 수 또한 많지 않으니 섣불리 나라를 열었다가 자칫 세상 사람들의 비웃음거리나 되지 않을까 두렵소이다."

"당치 않은 말씀이십니다. 『묵자(墨子)』에 보니, 옛적 요순(堯舜)이 살던 집은 높이가 석 자에 흙으로 만든 계단이 겨우 셋, 지붕은 참억새와 납가새로 엮었으나 처마 끝을 자르지도 않고 서까래를 깎지도 않았으며, 질그릇에 애벌 찧은 쌀과 기장으로 밥을 지어 담아 먹었고, 명아주잎과 콩잎으로 국을 끓여 마셨습니다. 또 여름에는 갈의(葛衣)를 입고 겨울에는 녹피의(鹿皮衣)를 입으셨으되, 만고의 성천자(聖天子)로 우러름을 받았습니다. 그와는 달리 『사기(史記)』 식화지(食貨志)에 보이는 촉(蜀)의 탁씨(卓氏)는 노비 천 명에 전야(田野)가 임금에 비할 만했고, 주(周)의 사사(師史)는 능히 칠천만 석의 부(富)를 쌓았으나 둘 다 한낱 장사치로 죽었습니다. 어찌 제왕의 흥기(興起)가 땅의 넓고 좁음이나 재물의 많고 적음이나 백성의 수에 달렸겠습니까? 보잘것없는 일성일읍(一城一

邑)을 근거로 일어나 천하의 주인 된 예(例)는 열 손가락을 다 꼽
아도 오히려 부족할 것입니다."

그렇게 불이 붙은 논의는 한나절이나 계속되었다. 천하를 얻을
때의 세 번 사양하는 예(禮)를 기나긴 논의로 대신할 셈이었다. 그
러다가 그 밤이 깊어서야 마침내 황제는 개국(開國)을 허락했다.

일이 그쯤 되자 그다음부터는 온전히 신기죽의 독무대였다. 실
록을 살펴보면 김광국은 별로 눈에 띄지 않는 반면 신기죽의 활
약은 실로 눈부신 바 있었다.

개국(開國)과 관련된 신기죽의 첫 번째 건의는 칭제건원(稱帝建
元)이었다. 그러나 황제는 칭제를 다음으로 미룸으로써 그 깊은 사
려를 나타냈다.

"높이 있으면 눈에 띄고, 눈에 띄면 적이 많아지는 법이오. 한
말(漢末)의 원술(袁述)이나 수말(隋末)의 이궤(李軌), 원말(元末)의
한림아(韓林兒) 등이 실속 없이 먼저 칭제(稱帝)하다 낭패를 본 예
가 될 것이오. 우선은 우리 삼한(三韓)의 고례(古例)로 왕(王)이면
족하오."

그다음은 국호(國號)와 연호(年號)였다. 신기죽은 밤낮없이 사
흘이나 심사숙고한 후 건의했다.

"조선(朝鮮)은 단군 이래로 역대 왕조가 즐겨 써온 나라 이름입
니다. 원래는 요하(遼河) 이동(以東)의 밝고 넓은 땅을 두루 가리킨
말이었으나 이씨(李氏)가 압수(鴨水) 이남에 나라를 세우고 또 그
이름을 써 좁고 어두운 반도만을 지칭하게 되었습니다. 만약 주군

(主君)께서 그 이름을 그대로 쓴다면, 저들 탐욕스러운 중국인들로 하여금 계속 한반도만을 조선으로 오인케 하여 자칫 요동땅에 대한 연고(緣故=연고권)를 영원히 잃을까 두렵습니다.

이에 저 백제가 일시 국호로 사용했던 남부여(南扶餘)를 예로 삼아 새 나라의 이름을 정할까 합니다. 백제의 성왕(聖王)이 그 국호를 바꿈에 있어 그들의 근원인 부여(扶餘)를 그대로 쓰지 않고 남(南) 자를 덧붙인 것은 단순히 옛 부여와 구별하기 위한 것 이상으로 남북(南北)의 옛 땅에 대한 연고를 남기고자 함이었습니다.

비록 자리 잡은 이 땅이 조상들의 고토(故土)이긴 하나, 지금은 구차히 빌린 남의 땅이요 주군의 백성도 대개가 반도에 남았으니, 우선은 새 나라의 경계를 압수(鴨水) 이남으로 하여 그 이름을 남조선(南朝鮮)이라 함이 어떻겠습니까? 이는 대적(大敵)을 앞두고 중화와 한 조각 땅을 다투어 헛되이 기력을 소모하는 불행을 피하면서도, 요동에 대한 연고권을 고스란히 보존하는 양책(良策)이라 여겨집니다. 또 그렇게 함으로써 오래전부터 민간에 널리 퍼져 있는 남조선에 대한 여망에 부응하는 것이 될 것입니다. 조선이란 온전한 이름은 먼저 대적(大敵=일본)을 파하고 다시 요동을 회복한 후에 써도 늦지 않습니다.

연호(年號)에 관해서는 이제 새 하늘이 열리는 것이니 마땅히 천개(天開)로 해야 하나, 이는 여조(麗朝)의 기승(奇僧), 묘청(妙淸) 등이 대위국(大爲國)을 열고 사용한 전례가 있고, 또 태초(太初), 태건(太建), 개원(開元), 개태(開泰)가 있으나 역시 전진(前秦), 남조(南朝) 등이 그 연호로 쓴 바 있습니다. 다만 신천(新天)이 이 개국의 뜻에 맞고 함부로 쓰인 예도 없어 이에 추천하여 올리는 바입니다."

황제가 들어보니 좀 거창하기는 해도 별로 나무랄 데가 없는 건의였다. 그 일에 황제의 동의를 얻은 신기죽은 더욱 열을 올려 서책을 뒤지고 생각에 잠기더니 다시 열흘 후에 새 나라의 관제(官制)에 대한 건의를 올렸다.

"제가 삼한(三韓) 역대의 관제를 살펴보매 상고(上古)의 것은 아득하여 잘 알 길이 없었으나, 하대(下代)의 것은 한결같이 중화의 관제를 본뜨지 않음이 없었습니다. 이제 그것을 다시 본뜨는 것은 흉내의 흉내에 지나지 않으니, 차라리 그 본래의 것으로 돌아가 중화 역대(歷代)의 득실을 살펴봄이 치국(治國)의 정도(正道)에 이르는 지름길이 되지 않을까 합니다.

주(周)의 분봉(分封)은 창업(創業)의 원훈숙장(元勳宿將)에게는 후한 논공행상(論功行賞)이요 또 당대에는 별 어려움이 없었으되, 그 자손의 대에 이르니 마침내 천하의 화(禍)가 되었습니다. 땅과 백성을 나누고 왕권(王權)까지 나누어 주실(周室)의 다스림은 겨우 왕기(王畿) 천 리밖에 미치지 못하매, 저 춘추전국(春秋戰國)의 난세(亂世)가 오백 년이나 계속됐던 것입니다.

한대(漢代)에는 위로 삼공(三公), 삼사(三司), 구경(九卿)이 있고, 아래로는 봉미(奉米) 천 석에서 백 석까지 수다한 관리를 두어 군현제(郡縣制)를 실시했으나 무능한 군주(君主)에 대비한 장치가 없었습니다. 초기의 성세(盛勢)가 지나자 조정은 외척과 환관들의 각

축장이 되고, 마침내는 거기서 승리한 환관들의 탐오와 불법으로 나라를 망치기에 이르는 것입니다.

한이 진(秦)의 관제를 본받은 것처럼 당(唐) 역시 수(隋)를 본받았지만, 당(唐)의 삼성육부(三省六部)와 제감(諸監) 어사대(御史臺)는 인근의 여러 나라에 전형이 될 만큼 자못 정연한 것이었습니다. 그러나 성당(盛唐)의 유능한 군주들이 재상의 실권을 빼앗아 직접 나라를 다스린 것이 나쁜 선례가 되어, 무후(武后), 위후(韋后)는 공경(公卿)을 조롱의 대상으로 삼고, 안락(安樂), 태평(太平) 두 공주의 난정(亂政)에 이르러서는 공경이 궁정 뜰에서 여흥 삼아 줄다리기를 하게 되는 신세로 떨어지고 말았습니다. 이후 나라의 대권은 혹은 환관과 결탁한 한림(翰林)에게 돌아가고 혹은 환관인 추밀사(樞密使)가 농락하게 되니, 이에 참지 못한 외정(外廷)의 대신들이 강력한 군대를 가진 번진(藩鎭)에 의지하게 되어 당(唐)은 마침내 그로 말미암아 멸망하게 되는 것입니다.

송(宋)은 대개 당제(唐制)를 답습하여 따로이 상고할 필요는 없으나 다만 과도히 문신을 중용하고 무신(武臣)을 억제했으며, 중원에 치우치고 변방을 소홀히 하여 망국(亡國)의 날까지 병란에 시달렸으니, 한 가지 참고로는 삼을 만합니다.

명(明)에 이르러 관제의 중요한 변천은 승상직을 폐하고 황제가 직접 육부(六部)를 관장한 일입니다. 이는 명태조가 승상 호유용(胡惟庸)을 주살한 이후의 관례로 그럼으로써 군주는 더욱 높아지고 신하는 더욱 낮아졌던 것입니다.

하오나 그와 같은 변혁은 조상의 기업을 물려받아 어려움 없이 자란 후대의 군주에 이르면 나라의 큰 우환이 되는 법이니, 대개 그런 군주는 향락을 탐하여 정사(政事)에는 뜻이 없기 때문입니다. 특히 명대에 있어서 환관의 발호가 심하고 붕당이 구름처럼 인 것은 그 같은 관제의 결함에서 비롯된 것임에 틀림이 없습니다.

이로써 헤아리건대, 나라의 대권은 군주에게 있되 군주가 암우(暗愚)하면 충성스러운 신하들의 지혜를 모을 수 있고, 문신을 우대하되 무비도 게을리하지 않으며, 외척과 환관을 왕실의 울타리와 손발로 쓰되 그 발호를 억누를 수 있는 장치를 반드시 먼저 마련한 후에 관제를 정비해야 될 것입니다……."

하지만 그런 제도가 어떻게 손바닥 뒤집듯 쉽게 마련될 것인가. 더구나 그것은 아직 황제의 새 나라에는 급하게 필요한 것도 아니었다. 뒤이은 황제의 결론은 그런 점에서 온당했다.

"백성의 수에 비해 관원이 지나치고 나라가 좁은데 관제가 번다하면 그것은 마치 허약한 말에 감당 못할 짐을 실은 격이오. 지금 새 나라가 그러하니 우선은 나라 일을 동서(東西＝文武)로 나누어 각기 맡아 일할 사람 하나씩이면 충분할 것이오."

신기죽은 이어 병제(兵制), 세제(稅制), 법제(法制) 등도 장황히 논했지만 일일이 다 옮기기에는 지루할 것 같아 생략한다.

어쨌든 황제와 신기죽의 끊임없는 논의 속에 그 여름의 나머지와 가을의 태반이 지나가고, 마침내 개국(開國)의 날이 왔다. 그동안 김광국이 한 일은 그 행사에 쓸 경비를 돼지 세 마리와 술 두

섬으로 줄인 것과 그 소문이 주변의 중국인 부락에 새나가는 것을 단속하는 것뿐이었다. 때로는 쓴웃음으로, 때로는 자신이 맡게 된 역할에 어이없어 하며.

원래 즉위식은 신기죽의 고증(考證)에 따라 격식을 갖추기로 했으나, 경비 절감과 보안을 이유로 한 김광국의 강경한 건의에 따라 평상복에 동장 사람들의 하례를 받는 정도로 결정됐다. 남조선의 태조(太祖)로서였다. 그 다음에 세자 책봉이 있었지만 역시 말만의 선포였고, 논공행상(論功行賞) 또한 말과 글의 잔치로 끝났다.

봉작(封爵) 역시 말만의 것이었으나 화려하고 풍성하기는 그날의 절정을 이룰 만했다. 먼저 죽은 마숙아와 황 진사 그리고 황제의 선고(先考) 정 처사, 선비(先妣) 송씨(宋氏)가 추증되었다. 마숙아는 정북장군 보국공(征北將軍 輔國公)에, 황 진사는 인흥부원군 회덕후(仁興府院君 懷德侯)에 봉해졌고, 황제의 선고(先考) 정 처사는 신무왕(神武王), 선비(先妣)는 신덕왕후(神德王后)에 숙릉(肅陵)이란 능호(陵號)를 내렸다. 다음 신기죽은 문창후(文昌侯)에 우보(右輔)로, 김광국은 무위후(武威侯)에 좌보(左輔)로 문무의 정사를 나누어 맡았으며, 우발산은 파왜장군(破倭將軍) 요동백(遼東伯)으로 변화에 따라 신기죽이나 김광국의 지시에 따르게 했다. 황씨 부인은 의명왕후(懿明王后)로 중전이 되고 척 부인은 귀비(貴妃)로 인순궁주(仁順宮主)가 되었으며, 척 대인은 이후 황 진사와 구별하여 소구(小舅)로 불렸다. 뿐만 아니라 흰돌머리 사람들은 물론 동장의 모든 조선인은 상민(上民)의 칭호를 얻고, 장차 조선을 회복하면 일체의 부역과 징세에서 면제되기로 선포되었다. 갑술년 시월 초닷새의 일이었다.

이 일련의 행사에 대한 사람들의 마음가짐은 각기 달랐다. 황제 일가와 신기죽은 시종 감격에 차서, 흰돌머리 사람들은 엄숙하게, 다른 조선 유민들은 약간 이상하지만 아무래도 좋다는 식으로 그리고 내막을 잘 모르는 척가장 사람들은 어리둥절해서. 우습기도 하고 한심스럽기도 하고 또 한편은 우울하기도 한 것은 오직 김광국 한 사람뿐이었다.

신천(新天) 사 년(四年) 잠입(潛入)한 공산비(共産匪)를 출척(黜陟)하시다. 국저(國儲) 융(隆) 동장(東莊)을 떠나다.

공산비(共産匪)란 새로운 근심거리가 우리의 황제에게 나타난 것은 신천 삼 년, 즉 1936년의 일이었다. 물론 그전에도 황제는 그들에 관해 들은 적이 있지만 그것은 대개 종잡을 수 없는 풍문으로서였다. 그런데 그해 팔월 김광국의 건의를 따라 세운 양현관(養賢館)을 통해 그들 중의 하나가 황제의 눈앞에 현실로 나타나게 되었다.

양현관이란 김광국이 황제를 달래기 위해 또 한 번 고심한 흔적으로 이름은 옛날 풍을 띠었으나 내용은 신식 중학교였다. 예측한 대로 개국(開國)은 한동안 황제의 주의를 기병(起兵)에서 멀어지게 했다. 처음에는 그 과정의 번거로움으로, 나중에는 어떤 성취감에 빠져. 그러나 그것도 불과 이 년, 차차 나라가 정비되고, 백성이 늘자(그래 봤자 백 호도 못 채웠지만) 황제는 다시 군사를 일으킬 마음이 생겼다. 그때 김광국은 신기죽을 설득하여 다음과 같은 상주(上奏)를 올리게 했다.

"대저 나라의 힘을 기르는 방도는 여럿 있으나, 그 백성을 슬기롭고 충성되게 가르치는 것이 그중의 으뜸입니다. 순(舜)임금이 익(益)을 시켜 불로 새와 짐승을 쫓고, 우(禹)로 하여금 아홉 군데 강물 막힌 것을 뚫게 하시고, 후직(后稷)을 시켜 농사짓는 법을 가르쳐 백성을 편안히 살게 하셨지만, 다시 설(契)을 사도(司徒)로 삼아 인륜을 가르치게 한 것은 사람이 아무리 배불리 먹고 따뜻이 입고 편한 곳에 거처해도 가르침이 없으면 곧 짐승에 가까운 것을 염려하심이었습니다.

이제 비록 나라의 기틀이 잡히고 왕화(王化)가 두터우나 이 백성의 자제들은 오직 생업에만 몰두할 뿐 가르침을 전혀 받지 못하고 있습니다. 나라의 병고(兵庫)에 날카로운 무기가 아무리 많고 백성 중에 그 무기를 잡을 수 있는 장정 또한 무리 지어 있더라도, 그들이 슬기롭고 충성되지 않으면 전하를 위해 무슨 소용이겠습니까? 나라의 강함이 그 땅의 넓이에 있지 않고, 군대의 강함이 그 수(數)에 있지 않다는 말은 바로 그를 두고 이르는 말일 것입니다.

미신(微臣) 등이 가만히 엎드려 헤아리건대, 이 나라에 가장 시급한 것은 인재를 기를 학숙(學塾)을 세우는 일입니다. 대소중화

(大小中華)를 막론하고 역대 왕조가 한결같이 국자감(國子監)이니 성균관(成均館)이니 하여 관학(官學)을 둔 것은 미신(微臣) 등의 헤아림이 어리석지 않음을 보여주는 것입니다.

다행히 지금 쌓인 재물은 넉넉하고 백성들의 일손은 한가로워 한 가지 토목 공사를 일으키기에는 적합한 시기이니, 청컨대 전하께서는 먼저 그 가르침의 장소를 짓도록 허락해 주소서. 그런 연후 전하의 사람 중에 마땅한 자를 골라 태부(太傅)로 임명하고, 따로이 동북을 유랑하는 현사(賢士)를 널리 청해 여러 박사(博士)의 자리를 채우면 마땅히 이 백성을 슬기롭고 충성되게 기를 수 있을 것입니다……."

구구절절 옳은 말이었다. 황제는 기꺼이 허락하고 스스로 양현관(養賢館)이란 편액까지 써서 신기죽과 김광국을 격려했다.

하지만 아무리 작아도 학교를 세운다는 것은 그리 쉬운 일이 아니었다. 겨우 여남은 평 되는 교실 세 개에 두어 평 짜리 교무실 하나가 딸린 건물을 짓는 데도 몇 년에 걸쳐 군비(軍備)로 모아둔 재물과 그해 농한기의 인력 거의 대부분이 소모되고 말았다. 따라서 황제는 군사를 일으킬 마음조차 먹지 못하고 그해를 넘기게 되었다. 바로 김광국이 노린 대로였다.

김광국은 흐뭇한 마음으로 학교를 열 준비를 했다. 학생은 코흘리개부터 서른 살이 넘는 어른까지 모두 육십여 명으로 초급, 중급, 고등, 세 반으로 나누었다. 그런데 문제는 교원이었다. 황제의 사람들이라고 해보았자 남을 가르칠 수 있는 사람은 신기죽과 김광국이 전부였다. 태부(太博)를 겸임한 신기죽이 한문과 도덕을 맡고, 김광국이 국어와 역사를 맡아도 산술과 과학 쪽은 채울 사람이 없었다. 그것이 공산주의자 이현웅(李鉉雄)이 황제의 동장(東莊)에 들게 된 계기가 됐다.

이현웅은 당시 김광국보다 한 살 아래인 스물여덟이었는데, 1930년의 간도폭동 때부터 화요회(火曜會)계에 몸을 담고 활동하던 자였다. 학력은 역시 한인계(韓人系)의 중학을 마쳤으나, 이론파이기보다는 행동가에 가까웠다. 간도폭동 후에도 몇 차례 과격한 활동에 가담하여 쫓기는 몸이 되자 우수리[烏蘇里] 강가의 호림(虎林) 부근에 근거를 두고 있다는 이학만(李學萬) 부대에 합류하려고 북상하던 길에 우연히 김광국을 만나게 되었다.

새로 세운 학교에다 자기가 동장에서 하고 있는 기묘한 역할에 대한 변명과 나름대로의 꿈을 걸고 있던 김광국은 이현웅이 단지 조선인 지식 청년이란 사실 하나만으로 모든 사정을 털어놓고 말았다. 듣고 난 이현웅은 뜻밖에도 선뜻 김광국의 제안을 받아들였다. 자신의 신분을 깊이 감춘 채였다.

사실 처음 이현웅이 양현관에서 가르치기를 승낙한 것은 동장을 은신처로 삼아 오랫동안 쫓기느라 지친 몸을 쉬기 위해서였다. 당시의 살벌한 만주에서 다만 하늘의 가호라고밖에는 설명할 수밖에 없을 만큼 척가장 주변은 무풍지대로 남아 있었다. 그러나 한 번 동장에 도착하자 이현웅은 이내 엉뚱한 마음을 품게 되었다. 황제는 적어도 그에 있어서는 그저 한 미치광이에 지나지 않왔고, 신기죽이나 그 밖의 사람들도 대부분은 그만한 수의 미치광이로만 보였다. 조직과 선동에 능한 그에게는 동장의 적화(赤化)가 늦든 이르든 시간문제로만 여겨졌다. 만약 그렇게만 된다면 그는 동장을 근거로 새로운 사(師=소위 동북 의용군의 단위, 처음에는 대개 이백 명 정도로 출발했음)를 꾸며 동북 의용군 내에서 자신의 두각을 드러나게 할 심산이었다.

동장에 온 후 처음 몇 달간 이현웅의 활동은 참으로 성공적이었다. 황제를 전하(殿下)나 주군(主君)으로 부르지 않고 어물어물 넘기거나 황제에게 할 말은 되도록 신기죽을 시켜 대신하게 하는 김광국과는 달리 이현웅은 처음부터 신기죽과 언행을 같이했다. 그가 어찌나 공손하고 충성스러워 보였던지 황제조차도 이렇게 감탄할 정도였다.

"내 봉룡(鳳龍=제갈량), 봉추(鳳雛=방통)에다 서서(徐徐)까지 얻은 기분이로다."

봉룡은 신기죽에 비하고 봉추는 김광국에, 서서는 이현웅에 비한 것이었다.

이현웅은 또 양현관의 학생들에게도 가장 인기가 좋았다. 신기죽이 알아듣지도 못할 한문투로 지루하기 짝이 없는 수업을 하고 김광국이 딱딱하게 학과에만 매달린 대신, 이현웅은 오랜 조직 생활을 통한 달변으로 재미있게 수업을 이어나갔다. 산술과 과학을 맡았으면서도 그 과목을 기초적인 사상 교육에 이용할 수 있는 그의 재능은 정말 놀랄 만한 것이었다. 예를 들어 산술 시간에는,

"어떤 땅 임자[地主]가 소작인에게 소작물로 소출의 절반을 받고, 다시 쟁기와 소를 빌려준 삯으로 소출의 1할 5푼을 뺏고, 또 작년에 빌려준 곡식의 이자로 10퍼센트를 거둬갔다면?"

하고 물으면 아이들은 멋모르고 대답한다.

"나쁜 놈입니다."

그러면 이현웅은 슬쩍 눙치는 것이었다.

"틀렸습니다. 지금은 산술 시간입니다. 그 땅 임자는 소출의 75 퍼센트, 할(割)로는 7할 5푼, 분수로는 사분의 삼을 차지한 것입니다."

또 일본인들에 대한 적개심을 기를 때는 이렇게 물었다.

"임진왜란 때 왜인들은 일본에다 비총(鼻塚), 즉 코 무덤이란 것을 만들었습니다. 그런데 이름은 코 무덤이지만 실은 코와 귀를 함께 묻었습니다. 만약 오사까에 있는 코 무덤에 십삼만 천 개의 귀와 코가 묻혀 있다면, 당시 코를 잘려 죽은 조선인과 귀를 잘려 죽은 조선인과 코·귀를 함께 잘려 죽은 조선인은 각각 얼마이겠습니까? 단 죽은 조선인의 총 십만 칠천 명, 그중에서도 코를 잘려 죽은 조선인은 귀를 잘려 죽은 조선인보다 만 명이 많다고 합니다."

말하자면 연립방정식을 이용한 반일 교육이었다. 과학을 가르치면서도 그런 예는 수없이 많았다. 예컨대 자석의 극끼리는 '부자와 가난뱅이처럼 서로 배척한다.'는 것이었고, 광맥을 설명할 때는 '원래 농민의 것이었던 땅이 부당한 방법에 의해 몇몇 지주에게 몰린 것처럼' 지표면에 같은 분포로 널려 있던 요소가 어떤 계기로 한군데 뫼어서 이루어진 것이라는 식이었다. 김광국도 가끔씩 학과를 제쳐놓고 독립과 자유 평등 따위에 대해 열변을 토할 때가 있지만, 학생들에게는 그 말이 어렵고 실감이 나지 않는 데 비하면, 참으로 교묘하고도 효과적인 방법이었다.

그 밖에 이현웅은 장원 내의 모든 남녀노소에게도 존경과 호감을 함께 샀다. 황제는 물론 신기죽이나 김광국은 들에 나오는 법이 거의 없었으나 그는 시간 나는 대로 들에 나가 그들과 함께 일했다. 그의 목적은 학교에서와 마찬가지로 그들에게 넌지시 초보적인 사상 교육을 펴기 위함이었지만, 그걸 모르는 사람들은 지식 청년인 그가 손수 흙을 만지며 그들과 함께 일한다는 점에만 감격했다.

이현웅이 그와 같이 보낸 몇 개월은 음흉한 야심가가 자신의 본색을 숨기고 성실과 겸손을 가장하는 전형적인 예였다. 그러나 물은 결국 아래로 흐르게 되어 있고, 민심은 정당한 천명을 따르기 마련이었다. 이현웅은 비록 은밀하고 빈틈없이 일을 진행하였지만, 그에게도 빈틈은 있었다. 그것은 무엇보다도 사람을 잘못 본 것이었다.

황제나 신기죽을 미치광이로만 여긴 것도 실수였거니와 특히 그런 실수는 김광국과 우발산에 대해서 심했다. 김광국은 언제든 손만 내밀면 합세해 줄 사람으로 믿고, 우발산은 일반의 평대로 반편으로만 여겨 전혀 경계하지 않은 것이 바로 그러했다. 또 황제의 나머지 백성들에도 여러 가지 오판을 했는데, 그 모든 결과는 곧 드러나게 된다.

먼저 이현웅의 끔찍한 음모가 황제의 귀에 들어가게 된 것은 다름아닌 우발산에 의해서였다.

해가 바뀌어 신천(新天) 사 년 삼월, 여느 때처럼 들에 나가 한나절 봄갈이 준비를 도운 이현웅은 쉬는 틈을 이용해서 다시 자신의 음모를 진행시켰다. 초보적인 사상 교육의 단계를 벗어난, 거의 선동에 가까운 얘기였다.

"외람된 말이지만 저는 가끔씩 여러분이 몹시 딱하게 여겨질 때가 있습니다. 여러분은 찬바람 뙤약볕을 가리지 않고 밤낮없이 일해도 겨우 세 끼 잡곡밥에 허름한 무명옷인데, 어떤 자들은 따뜻한 곳 시원한 곳 골라 자며 낮잠만 자도 여러분의 소출을 반이나 뺏어 쌀밥에 비단옷 입고 지냅니다. 여러분은 그게 억울하지 않습니까?"

그러나 반응은 뜻밖이었다. 그 자리에 있던 중늙은이 하나가 도리어 이상하다는 눈빛으로 말했다.

"남의 땅을 빌려 농사를 지으면 땅 임자와 짝갈림하는 것은 예부터 내려온 법 아니오? 알몸으로 남의 나라를 떠돌던 우리가 이렇게 살아 있는 것도 감지덕지해야 할 판에, 억울하고 원통할 게 무엇이오?"

"땅이 어떻게 몇몇 사람의 것입니까? 땅은 우리 모두의 것입니다. 지금 땅을 가진 자는 바로 우리의 몫을 빼앗거나 훔쳐간 자들에 지나지 않습니다. 그런데도 여러분은 세 끼 밥 얻어먹는 걸로 간지덕지하며 잃은 것을 되찾을 생각을 않고 있습니다. 불쌍한 노비의 근성이지요. 사람은 모두 평등하고, 똑같이 행복을 누릴 권리가 있습니다."

"비단결 같은 말이야 얼마든지 있지만 그게 될 법이나 한 일이오? 이 세상이 천당으로나 변한다면 모르지만."

"그렇지 않습니다. 물론 하루아침에 이루어지지는 않는다 해도, 여러분이 그걸 위해 힘을 합쳐 싸운다면 반드시 그런 날이 옵니다."

"싸우다니 누구와?"

"우리 몫을 가로챈 자들입니다. 가까이는 척가(戚哥)와 여러분이 주상(主上)이라고 부르는 미치광이 마름[舍音] 같은 자들이지요."

미치광이 마름이란 아침까지도 그 앞에서 굽실대던 황제를 가리킨 말이었다. 그때는 이미 약속한 오 년이 훨씬 지난 때였으므로 황제는 동장 사람들의 소작료를 받아 척 대인과 반씩 나누고 있었는데 그걸 마름이라고 낮춰 말한 것이었다. 사람들은 그런 이현웅을 놀라움으로 아연하여 바라보았다. 그러나 이현웅은 사람들이 자기의 말에 감동되어 그러는 줄 알고 더욱 열을 올려 계속했다.

"물론 당장 그들과 피를 흘려가며 싸우라는 뜻은 아닙니다. 또 그럴 수도 없는 것은 제국주의의 군대와 경찰이 그들의 편에 서 있기 때문입니다. 우선은 작은 것부터 시작해 되찾아갑시다. 작은 것이란 바로 지나치게 많은 소작료를 내리는 것입니다. 지금 여러분에게서 거두어가는 절반은 도둑질이나 강도질과 다름이 없습니다. 지주의 몫은 어쩔 수 없다 해도 그 미치광이 마름이 차지하는 몫은 당장에 되찾을 수 있는 것입니다……."

지난날 몇 번인가 소작 쟁의를 선동해 본 터라 이현웅은 청산유수로 계속해 떠들었다. 그런데 그곳에는 진작부터 우발산이 와 있었다. 그것도 더욱 놀라운 것은 불끈하는 성미로 뛰쳐나가는 대신 멍청한 표정으로 듣고 서 있음으로써 전혀 이현웅의 경계를 받지 않은 점이었다.

그 때문에 이현웅의 흉악한 반심(叛心)을 속속들이 알아차린 우발산은 그 밤으로 황제에게 달려가 일의 경과를 상세히 보고했다. 황제는 열화와 같이 노했지만 사나운 짐승을 바로 몰아 뜻밖의 화를 입을 만큼 어리석지는 않았다. 우발산에게는 엄한 함구령을 내림과 동시에 몇 군데 믿을 만한 정보망을 쳐두게 했고, 따로이 신기죽을 불러서는 대공산(對共産) 이론 투쟁의 준비와 함께 일을 여럿에게 가만히 알리도록 했다.

그것도 모르고 때가 무르익은 것으로만 여긴 이현웅은 며칠 안 돼 김광국을 상대로 또 한 번의 실수를 저질렀다. 산책을 핑계로 김광국을 이목이 드문 곳으로 끌어낸 이현웅은 마치 사전 약속이라도 있었던 것처럼 이야기를 꺼냈다.

"김 형, 이제 거의 때가 온 모양이니 슬슬 일을 시작합시다."

"때라니, 그 무슨 말이오?"

"나는 다 알고 있소. 궁하다 보니 그 미치광이의 비위를 맞춰가며 지내기는 해도 김 형의 심사는 항상 편치 못할 거요."

"미치광이라니? 정 장주(鄭莊主) 말이오?"

"장주(莊主)는 무슨…… 되놈 마름을……."

김광국이 황제를 전하나 주상으로 부르지 않는데 더욱 자신을 얻은 이현웅이 거리낌 없이 황제를 비웃었다. 이미 말한 대로 김광국을 잘못 판단한 것이었다.

"말을 함부로 하지 마시오. 그분의 사람들이 들으면 이 형은 당장 몰매를 맞고 쫓겨날 거요."

"걱정할 필요 없소. 내가 지난 일 년 동안 냄새 나는 그들과 함께 들에 나가 일한 것이 공연한 짓인 줄 아시오? 이들은 벌써부터 내 편이오."

"무얼 잘못 판단했을 거요. 그들 대부분이 품고 있는 그분의 신화는 수십 년 믿음의 뿌리를 가지고 있소. 이 형의 몇 마디 말로 간단히 깨어질 성질의 것은 결코 아니오."

"김 형은 그에게 빌붙어 사는 자신을 위로하기 위해 고의로 그를 격상시키고 있지만, 아무래도 그가 미치광이라는 사실을 부인하지는 못할 거요. 차라리 나를 도와 떳떳하게 살 방도를 구해 봅시다. 그를 내쫓고 척가로부터 이 장원의 관리권을 인수합시다."

"설령 그를 쫓아낸다 해도 척 대인은 불가능할 거요."

"소작료를 올려줘도?"

"어떻게 올리겠소?"

"우리 몫을 줄이면 안 되겠소? 그가 3할 우리가 2할."

거기서 김광국의 안색이 약간 어두워졌다.

"인수를 해서는?"

"사회주의 혁명의 근거지로 삼는 것이오. 우리 모두 제국주의 타도의 선봉이 되는 거요."

"진작부터 의심을 했지만, 결국…… 이 형을 여기로 끌어들인 걸 진심으로 후회하오."

"나 역시 김 형은 나와 길이 다르다는 건 알았소만, 그럼 좌우 합작으로 합시다. 항일 연합 전선의 근거지로."

"사양하겠소. 내게 무슨 대단한 이념이 있어서가 아니라, 이 형이나 그분이나 이 장원의 사람들에게는 비슷한 존재이기 때문이오. 즉 바뀌어 봤자 그 사람들에게는 본질적으로 별로 달라지는 게 없을 거요."

"무슨 뜻이오?"

"이 형의 유물 사관(唯物史觀)이나 그분의 천명(天命)이나 그것이 어떤 필연성에 의지하고 있는 점에는 똑같은 발상이 아니겠소? 그리고 프롤레타리아 혁명에 대한 이 형의 신념과 정열이나 그분의 『정감록』에 대한 믿음과 그 실현을 위한 노력이나 또한 크게 다를 게 무엇이겠소?

이상적인 형태로만 실현된다면 어떤 이념과 체제이든 국민들에게 복이 될 것이고, 그것이 악용되기 시작하면 그 어떤 아름다운 이념과 체제도 국민들에게는 다만 고통스러운 멍에에 지나지 않을 거요. 요컨대, 이념과 체제란 지배하는 쪽의 구실과 수단이지, 지배받는 쪽으로서는 어떤 것이건 본질적인 차이가 없소. 마치 지금 김 형이 그분을 내쫓기 위해 소작료의 인하를 내세우고 있지만, 일단 그 일에 성공하면 그들의 몫은 이 형이 차지하게 될 것처럼, 그래서 이곳 사람들이 물어야 할 소작료는 전과 다름없이 5할일 것처럼."

"그의 몫을 대신 차지하다니, 지나친 표현이오. 솔직히 말해 내가 그의 몫을 이용해야 되는 것은 사실이지만, 그것은 어디까지나 그 사람들의 동의를 얻어, 또 혁명이 완수되는 날까지만 빌리는 것이오."

"말의 차이일 뿐 뜻은 같을 거요. 어떤 폭군도 화려한 반대급부를 약속하지 않고 세금만 거둬가는 법은 없소. 거기다가 혁명이 완수되는 날 같은 것은 영원히 오지 않을 거요. 이념의 적은 항상 존재하고, 완전한 이상이란 땅 위에서 실현되는 법이 아니니까."

"허무적인 감상주의거나 지나친 비관론이오."

"어쨌든, 또 한 가지 분명한 것은 이 형의 그 계획은 반드시 실패하리란 거요. 나는 이곳 사람들을 잘 아오. 그간의 정리로 충고하건대, 이미 다른 데서도 그와 같은 뜻을 말한 적이 있다면 이 밤이라도 멀리 떠나 화를 피하는 게 좋겠소."

"그새 그들의 미망에 홀리셨군. 하여튼 방해나 마시오. 이래봬도 다섯 건의 소작 쟁의와 한 건의 영사관 습격을 지도한 이현웅이오. 그것도 대부분 이곳 사람들보다 더 무지 몽매한 농민들을 교육시켜."

드디어 이현웅은 불쾌한 듯 그렇게 내뱉고는 사람들이 봄갈이로 바쁜 들로 나가버렸다.

하지만 김광국이 우려했던 사태는 생각보다 빨리 왔다. 그날 저녁 이현웅의 일을 전할까 말까 망설이며 김광국이 황제의 처소(정식 명칭은 興德宮)를 찾아가니 일은 벌써 시작되고 있었다. 황제와 신기죽이 무언가 심각하게 의논하고 있는 곁에, 깊이 감추어 두었던 청룡도를 꺼내든 우발산과 장총을 안은 두 명의 장정이 삼엄한 표정으로 서 있었다.

"좌보(佐輔), 마침 잘 오셨소. 그러지 않아도 이제 막 사람을 보내려던 참이었소."

"무슨 일이십니까?"

"양현관 박사(博士) 이현웅의 모반이오. 고변(告變)이 있은 지는 이미 여러 날 되었으나, 개과천선을 기다렸더니 기어이 모반을 일으킬 모양이오. 일이 화급하니 먼저 잡아들이고 봐야겠소."

"일이 어느 정돕니까?"

"조금 전의 전갈에 의하면 오늘 밤 내 백성을 소집하여 일을 일으킨다 하오. 일설에는 사발통문까지 돌았다 했소."

믿던 김광국이 응하지 않자 이현웅이 일을 서둔 모양이었다. 사발통문이야 거짓일 테지만, 소작인 대회라도 소집한 것 같았다. 이현웅의 신속한 거사도 거사지만 황제 측의 치밀한 정보망도 놀랄 만했다.

　김광국이 가만히 일의 진전을 관망하고 있는 사이에, 명을 받고 나간 우발산은 오래잖아 여기저기 피탈이 난 이현웅을 끌고 왔다. 끌려오는 도중에 반항을 하다가 얻어맞은 것임에 분명했다.

　"이노옴, 내 너에 대한 대접이 박하지 아니하였거든, 무엇이 부족하여 모반을 꾸몄느냐?"

　요순(堯舜)의 처소를 본떠 세 단 흙 계단을 가진 황제의 초가집 계하(階下)에 이현웅이 끌려 들어오자 황제가 불같이 노해 꾸짖었다. 이(李)도 지지 않았다.

　"이보시오. 헛소리 말고 빨리 나를 풀어주쇼. 고이 내보내 주지 않으면 큰코다칠 거요."

　"저놈이 이제야 본색을 드러내는구나. 그래, 가만히 있지 않으면 어쩔 테냐?"

　"헌병대에 연락해서 이 척가장 전체를 뒤집어 놓겠소. 숨겨 놓은 총과 탄약만 일러주어도 여기 모든 조선인들은 물론 당신도 살아남지 못할 거요. 지금이 어떤 세상이라고, 흥."

　"끌려온 주제에 아직 입은 살았구나. 모반에다 이제는 왜적과 내통이라니. 여봐라, 요동백 우발산은 내 명을 받으라. 저 대역 죄인을 중곤(重棍)으로 다스려 다시는 요망한 입을 놀리지 못하게 하라."

　그러자 우발산은 두 장정을 시켜 미리 준비해 둔 듯한 곤장을 꺼내게 했다. 신기죽의 고증(考證)으로 버드나무를 깎아 길이 다섯 자 여섯 치, 너비 다섯 치, 두께 여덟 푼(分)으로 격식을 갖춘 중곤(重棍)이었다. 더 크고 무겁기야 치도곤(治盜棍)이 있지만 이름이 적합하지 않다 하여 중곤을 쓰기로 한 것이었다.

매에는 어지간히 단련된 이현웅이었지만, 마구잡이로 떨어지는 기세에 흠칫한 표정이었다. 그러나 입은 여전한 기세로 이번에는 김광국을 향해 악을 썼다.

"김 형도 살인죄의 공범자가 되고 싶소? 어째서 가만히 구경만 하시오? 주인이 미쳤으면 김 형이라도 말려야 하지 않소?"

"그러기에 진작 떠나라고 충고하지 않았소? 이젠 나도 어쩔 수 없소이다. 스스로 부른 화(禍)니, 입이나 조심하여 공연한 매나 면하시오."

김광국이 그렇게 냉담하게 말하는 사이에 한 떼의 동장 사람들이 모여들었다. 바로 이현웅이 그날 밤의 대회를 위해 소집한 사람들의 일부였다.

"여러분, 잘 오셨습니다. 여러분을 조금이라도 살기 좋게 해주려고 한다고 이 미친 작자가 나를 이 꼴로 만들었습니다. 내가 여러분의 소작료를 줄이고, 쓸데없는 부역을 없애주려 한다고 말이오……."

그러나 그에게 돌아오는 것은 더욱 세찬 매질뿐이었다. 금세라도 자신이 그 조건만 제시하면 두 손을 들고 환영하며 따라나설 것 같은 그 '인민'들은 그저 무표정한 얼굴로 눈만 껌벅이며 서 있었다.

"무엇들 하십니까? 언제까지 저 미친 작자에게 착취를 당하고 있을 겁니까? 여러분의 놈은 여러분 스스로가 지키지 않으면 안 됩니다……"

반응 없는 그들을 향하여 이현웅은 몇 번이고 절망적인 선동을 되풀이했다. 그러다가 제풀에 지쳐 눈을 부릅뜬 채 무거운 신음과 함께 헐떡이기만 했다. 거기서 잠시 매를 멈추게 한 황제는 친국(親鞫)에 들어갔다.

"다시 묻겠다. 네 어찌하여 그런 반심을 품었더냐?"

"어리석고 약한 민중을 돕기 위해서요."

처음의 기세가 숙진 반면 어느 정도 냉정을 회복한 이현웅이 대답했다.

"나를 몰아내는 것이 어째서 내 백성을 돕는 길이냐?"

"이미 말한 대로 당신이 중간에서 가로채는 2할 5푼의 소작료를 그들에게 되돌려줄 수 있고, 또 축성(築城)이니 중수(重修)니 혹은 궁장토(宮莊土) 경작이니 해서 한 달에도 몇 번씩 임금 없이 그들이 당신을 위해서 일하는 것을 없앨 수 있기 때문이오."

"나는 의지가지없이 천애(天涯)를 유랑하는 저들에게 집과 먹을 것을 주고 또 농사지을 땅을 주었다. 아직 왕사(王事)가 뜻 같지 않아 저들에게 약간의 지세와 부역을 과하고 있거니와 그게 어찌 내 백성을 괴롭히고자 함이겠느냐?

내 근자에 들으니, 양이(洋夷)의 문물제도가 발전했다 하나 모두 겉꾸밈에 지나지 않아서 비록 직접 나라에 바치는 세금은 적어도 소금이며 술이며 온갖 상품에 몰래 세금을 매기니 실제 그 백성이 부담하는 세금은 소출의 3할이 넘었다. 또 그들의 병제(兵制)에 개병제도(皆兵制度)란 것이 있어 그 백성을 늙도록 묶고 놓아주지 않으니, 내 소용될 때마다 며칠씩 내 백성을 불러 쓰는 것이 무어 그리 지나치겠느냐?

더구나 나는 저들을 상민(上民)으로 삼아, 장차 나라의 운세가 크게 떨치는 날이 오면 크게는 장상(將相)으로 작게는 읍군(邑郡)의 목민관(牧民官)으로 나와 함께 부귀와 영화를 누릴 수 있게 하려고 한다. 그런데 어째서 내가 저들을 착취하고 혹사하는 것처럼 말하느냐?"

"듣고 보니 당신이 여느 미치광이는 아님을 알겠소. 당신이 말하는 것은 봉건사회의 가천하(家天下) 사상이오. 하지만 세상이 어떻게 특정한 인간만을 위해서 만들어졌겠소? 오히려 토지며 모든 재화는 모든 인민의 것이오. 만인은 평등하게 이 땅에서 자기의 몫을 누려야 하오. 그런데 당신 같은 자들이 중간에서 빼앗고 가로채는 바람에 저들은 저렇게 굶주리고 헐벗게 된 것이오."

"내가 언제 저들의 것을 가로채고 빼앗았단 말이냐?"

"일하지 않는 자는 먹지 말아야 하고 벌지 않는 자는 쓰지도 말아야 하는 법이오. 그런데 당신은 일하지도 않고 벌지도 않으면서 저 사람들보다 더 기름진 음식을 먹고 더 좋은 옷을 입고 있소. 그게 바로 저들이 애써 만들어낸 재화를 빼앗거나 가로챈 것이 아니고 무엇이오?"

이론이라도 이겨보겠다는 듯 자못 정연한 이현웅의 반박이었
다. 그러나 이치를 따지는 일이라면 우리의 황제인들 두려워할 것
이랴.

"이제 본색을 알고 보니 네 놈은 허자(許子)의 아류(亞流)로구나."

"그런 케케묵은 봉건시대의 잡설이 아니라 위대한 마르크시즘
의 윤리적인 바탕에서 말한 거요."

"내 오랫동안 읽고 들었으나 하늘 아래 새로운 것이란 별로 없
었다. 오늘날 무슨 만고불변의 새로운 진리를 깨달은 것처럼 목청
을 돋우는 자들의 주장도, 가만히 살펴보면 옛 성인이나 현자의
깨달음에 혹은 생각을 보태거나 줄이고 혹은 말을 교묘하게 꾸미
거나 이로(理路)를 비틀어 놓은 것뿐이었다.

맑시즘인지 말오줌인지 내 알 바 아니지만, 기왕의 네 주장이
그를 따른 것이라면 그는 필시 허행(許行)의 소설(所說)을 치장하
고 비튼 것에 틀림이 없다.

공자께서는 이단(異端)을 공격하는 것이 무익하다 하셨지만, 특
히 아성(亞聖=맹자)의 말씀에 그를 논한 것이 있기로 내 너에게 들
려주고자 한다."

그렇게 말을 마친 황제는 곧 신기죽에게 명했다.

"우보(右輔), 『맹자(孟子)』를 가져와 「등문공(勝文公)」 장을 여시
오."

그러자 신기죽은 소매 속에서 책 한 권을 꺼내 들었다. 역시 준
비된 듯한 느낌이었다. 이어 황제가 읽기를 명하자 신기죽은 거침

없이 읽어나갔다.

"……진상(陳相)이 맹자를 만나서 허행(許行)의 가르침을 일러 말했다.

'등(勝)나라 임금은 참으로 현명한 분이지만 아직 올바른 정치의 도를 알지 못한다. 현명한 사람은 백성과 함께 농사를 짓고 아침저녁도 손수 지어 먹고서 나라를 다스린다. 그런데 지금 등나라에는 곡식 창고와 재물 창고가 있다. 그것은 백성을 괴롭혀서 자기를 살리는 길이니 어찌 현명하다 할 수 있겠는가?'

맹자께서 물으시기를,

'허자(許子)는 반드시 자기가 곡식을 심은 다음에야만 밥을 먹는가?'

'그렇게 한다.'

'허자는 반드시 천을 손수 짠 다음에만 옷을 입는가?'

'베잠방이를 입지만 (손수 짠 것은) 아니다.'

'허자는 관(冠)을 쓰는가?'

'쓴다.'

'어떤 관을 쓰는가?'

'흰 관을 쓴다.'

'손수 그것을 짜는가?'

'아니다. 곡식으로 그것을 바꾼다.'

'허자는 어째서 손수 그것을 짜지 않는가?'

'농사짓는 데 방해되기 때문이다.'

'허자는 솥과 시루로 밥을 지어 먹고 쇠쟁기로 농사를 짓는가?'

'그렇게 한다.'

'자기가 그것들을 만들어 쓰는가?'

'아니다. 곡식을 가지고 가서 그것들과 바꾸어 쓴다.'

'곡식을 가지고 쟁기와 그릇을 바꾸어 쓰는 것은 독 짓는 이[陶工]와 대장장이[冶工]를 괴롭히는 것이 아니다. 그러므로 독 짓는 이와 대장장이가 그들의 그릇과 쟁기를 가지고 곡식과 교환하여 먹는 것이 어찌 농부를 괴롭히는 것이 되겠는가? 하지만 허자는 왜 모든 것을 다 집에서 만들어 쓰지 않고 번거롭게 여러 공장이[工匠]들과 교역을 하는가? 무엇 때문에 허자는 번거로운 일을 꺼리지 않는 것인가?'

'여러 공장이들의 하는 일은 본래 농사와 함께할 수 없기 때문이다.'

'그렇다면 천하는 다스리는 일만이 농사와 함께할 수 있다는 것인가?

대인(大人)이 할 일이 따로 있고 소인이 할 일이 따로 있다. 또한 사람의 몸에도 여러 공장이[工匠]가 만든 것이 모두 필요한데, 반드시 그걸 다 자기가 손수 만든 다음에야 쓸 수 있게 된다면 천하 사람들을 끌어다가 일에 지치게 만드는 것이다. 그러므로 '어떤 사람은 마음을 수고롭게 하고 어떤 사람은 몸을 수고롭게 한다.'는 말이 있다. 마음을 수고롭게 하는 사람은 남을 다스리고 몸을 수고롭게 하는 사람은 남에게 다스림을 받는다. 남에게 다스림을 받는 사람은 남을 먹여주고, 남을 다스리는 사람은 남에게서 얻어먹는 것이 온 천하에 통하는 원칙이다…….'"

이것으로 보아 황제와 신기죽은 오래전부터 이현웅과의 이론 투쟁에 대비해 온 것 같았다. 신기죽이 읽기를 마치자 황제는 다시 계속했다.

"얼핏 보면 허자의 가르침과 네가 믿는 이단(異端)이 크게 달라보이지만, 그 출발에 있어서는 별로 다를 바가 없다. 너희들 중에도 반드시 다스리는 일을 맡게 될 자가 있을 것인즉, 만약 머리를 써서 나라를 다스리는 것이 일하는 것이 아니라면 그자 역시 일하지 않고 다른 사람의 소출을 빼앗아 먹는 자다. 또 만약 머리를 써서 나라를 다스리는 것이 일이라면 나 또한 밤낮없이 일하고 있다. 나는 깨어서는 이 백성의 어려움을 생각하고 잠들어서는 이 백성의 편안함을 꿈꾼다. 그런 내가 밥을 먹거나 옷을 입는 것이 어찌 빼앗거나 훔친 것으로 비유될 수 있단 말이냐?

너희들은 입만 벌리면 인민, 인민 하며 오직 백성들만을 위해 일하는 것처럼 꾸미지만, 실제로 너희가 구하는 것은 순리로는 얻을 수 없는 다스리는 자의 자리이다. 이 백성이 너희들의 달콤한 꼬임에 빠져 나라의 대권을 너희 손에 쥐여주기만 하면, 너희들은 지금 다스리는 자의 몇 배로 혹독하게 이 백성을 착취하고 부려 먹을 자들이다. 결국 너희들은 무슨 천지개벽이나 되는 것처럼 혁명을 말하고 있으나 이 백성의 입장으로 보면 다스리는 자가 달라지고 빼앗기고 혹사당하는 구실이 달라질 뿐이다. 너희들이 말하는 낙원(공산주의 낙원)은 오직 새로운 무하유지향(無何有之鄕)일 따름이다……."

이현웅 또한 하루 이틀 된 공산 도배가 아니니 어찌 지고만 있을 것인가. 그 때문에 논쟁은 한 시간 이상을 끌었으나, 대개 그런 논쟁이란 실속 없이 지루하기만 한 까닭에 생략하기로 한다. 다만, 이현웅에 대한 신기죽의 양형(量刑)은 자못 엄정하고 음미해 볼 만한 것이므로 여기에 옮긴다.

마침내 지혜가 막히고 말이 다한 이현웅이(일설에는 도무지 논의가 안 된다는 식의 가소롭다는 표정이었다고 하지만) 침묵 속에 처분만을 기다리는 것을 보고 황제는 신기죽에게 이(李)의 죄벌(罪罰)을 물었다. 신기죽은 거기에도 역시 준비가 있었는 듯 거침없이 대답했다.

"살펴보니 이현웅의 죄는 대개 세 가지가 됩니다. 그 하나는 모반이요, 그 둘은 혹세무민(惑世誣民)이며, 그 셋은 적국과의 통모(通謀)입니다. 그 하나하나의 죄를 형(刑)으로 헤아릴 수 없는 것은 아니나 번거로움을 피해 다만 한 가지 대역(大逆)의 죄로만 묶어 다스릴까 합니다.

대역의 죄는 나라의 으뜸가는 죄로 역대의 왕법(王法)은 한결같이 죽음으로 형(刑)을 삼았습니다만 그 방법은 사뭇 달랐습니다.

하은주(夏殷周)는 상고하기 아득하나 사서(史書)에 포락(炮烙＝기름칠한 구리 기둥을 숯불 위에 얹고 그 위로 죄수가 지나가게 하던 형벌), 과(剮＝살을 저미고 뼈를 발라내 죽임), 책(磔＝나무 기둥에 묶어 놓고 창

셋째 권 개국 311

으로 찔러 죽임) 등의 혹형이 보이므로 대역 죄인을 다스리던 형벌이 아닌가 여겨집니다. 진대(秦代) 역시 정비된 법령이 남아 있지는 않으나, 거열(車裂), 요참(腰斬), 육시(戮屍), 팽살(烹殺), 효수(梟首) 등과 이삼족(夷三族)이 보이는 바 대역죄의 형벌은 그중의 하나였을 것입니다.

한대(漢代)의 법령에 이르면 소하(蕭何)의 구장(九章)에다 숙손통(叔孫通)의 방장(傍章) 18편, 장홍(張鴻)의 월관률(越官律) 27편이 있었지만 대개 진법을 참고하여 별 변동이 없고 기시(棄市)와 족형(族刑) 정도가 새로 보입니다. 특히 족형은 진(秦)의 이삼족(夷三族)을 본받은 것이라 하나, 그 행형(行刑)의 끔찍함이 전대(前代)를 넘어서는 데가 있습니다. 먼저 얼굴에 먹자를 넣고, 코를 베고 좌우 발가락을 자른 다음, 목은 베어 효수하고 고기는 소금에 절였으며, 또 욕하거나 비방하면 그 혀를 잘랐다 하니, 이는 필시 대역 죄인을 다스리던 형벌이었을 것입니다.

당률(唐律)에 이르면 예교에 치우쳐 다소 인후하였지만, 여전히 대역죄는 십악(十惡)의 우두머리로 팔의(八義＝여덟 가지 형의 감면 조건으로 왕족, 황제의 옛 친구 등)로도 구할 수 없었으며, 교(絞), 참(斬), 능지(陵遲) 셋 중에 하나로 죽음을 받았습니다.

명청(明淸)에 이르러서도, 대명률(大明律)은 비록 고율(古律)의 형태를 많이 벗었으되 대역죄는 의연히 극형에 처해졌으며, 겨우 청말(淸末)에 가서야 능지(陵遲)와 효수(梟首)가 폐지되었을 뿐입니다.

이와 같이 살피건대 후세에 이를수록 방법은 완화되었으나 사죄(死罪)임에는 변함이 없으니 오늘 대역 죄인 이현웅도 죽음을 면할 길은 없겠습니다. 다만 그를 한칼에 베어, 죽는 괴로움을 덜어주고, 또 무고한 그의 삼족(三族)에 화가 미치지 않게 한다면, 이는 전하의 관인 후덕을 만천에 널리 펴보이는 것이 되겠습니다."

그리하여 참형(斬刑)으로 결정이 난 이현웅은 날이 밝기를 기다리기 위해 창고에 가두어졌다. 그제서야 혼란과 공포에 빠진 이(李)는 목숨을 빌었으나 이미 때는 늦은 후였다.

"월광천하무사조(月光天下無私照)라 하였으니, 달빛과 같이 천하를 비추는 왕법(王法)에 어찌 사사로움이 있겠느냐? 내 비록 너의 재주를 아끼나, 울며 마속(馬謖)을 벤 공명(公明)을 본받을 뿐이다."

그것이 황제의 준엄한 대답이었다.

그런데 이튿날 날이 밝자마자 뜻밖의 사태가 동장을 발칵 뒤집어 놓았다. 창고 문은 환하게 열려 있고 온몸이 꽁꽁 묶인 채 갇혀 있던 이현웅이 어디론가 사라져버린 것이었다. 사람들은 혹 김광국을 의심하고 혹 이현웅을 짝사랑하여 그에게 몸과 마음을 바친 조선 유민의 딸을 의심하기도 했지만, 실은 세자(世子) 융(隆)의 구원이었다.

왕대[王竹]밭에 왕대가 난다는 말은 있어도, 여러 가지로 미루어 볼 때 세자 융은 부조(父祖)의 기량과 포부를 온전히 물려받지 못한 것 같다. 황제가 동북으로 옮기던 네 살 때까지 이렇다 할 신화도 특징도 없던 그는, 그 뒤 할아버지 정 처사 밑에서 자라날 때도 여전히 평범한 아이였다.

정 처사 또한 그 어떤 배려에서였는지 융에게는 처음부터 신식 교육을 받게 했다. 아홉 살에 겨우 천자문을 떼자 이십 리 가까운 이웃 면소재지의 보통학교에 입학시켜버렸던 까닭이다. 그리고 황제에게는 그토록 정성을 기울였던 제왕(帝王)의 학문도 융에게는 별로 가르치려 들지 않았다.

어떤 이는 거듭되는 황제의 실패 때문에 정 처사의 야심이 식은 탓이라고 하지만, 그게 틀린 것은 뒷날 죽으면서까지 황제의 분발을 자극할 신화를 조작한 것만 보아도 금세 알 수 있다. 아마도 정 처사가 융에게 신식 공부를 시킨 것은 장차의 필요에 대비하기 위해서였고, 제왕의 학문에 힘을 기울이지 않은 것은 끝내 종사(宗社)를 잇지 못하게 될 융의 앞날에 대한 한 가닥 불길한 예감 때문이었으리라.

어쨌든 그래서 열다섯의 나이로 척가장에 이르렀을 때에도 융은 여전히 별 특징 없는 소년에 지나지 않았다. 이에 근심을 느낀 황제는 다시 신기죽에게 태자소사(太子少師)의 직을 더하여 늦은 대로 제왕의 학문을 가르치도록 했으나 융의 진전은 극히 느렸다. 아니, 느렸다기보다는 차라리 자기에게 내려진 천명(天命)을 도무지 믿으려 들지 않았다. 그 극단인 예가 신기죽이 세자라고 부르는 것조차 싫어한 일이었다.

하지만 그렇다고 해서 융이 완전히 평범한 조선 유민의 아이들처럼 일찍이 들에 나가 일을 배우는 것을 좋아하는 것도 아니었다. 열여덟 때는 장원 내에서 가장 예쁘다는 배 서방의 딸과 짝을 지어주려 했지만 펄쩍 뛰며 반대했다. 대신 그 잘난 언문 실력으로 여기저기서 구한 책을 닥치는 대로 읽거나, 아니면 몇 시간이고 멍청한 생각에 젖어 있기 일쑤였다. 황제의 한 특징인 호학(好學)의 기풍을 이은 것이라고 볼 수 있지만, 실은 그때부터 한평생 황제를 괴롭힌 진짜 근심이 시작되고 있었다.

그러다가 이현웅이 나타나자 그 근심은 현실적으로 황제를 괴롭히기 시작했다. 웅은 마치 오래 기다려온 구세주라도 만난 듯이 이현웅에게 빠져들었다. 그리고는 더욱 미친듯이 이(李)가 구해 주는 일련의 이단 서적을 읽어 젖혔다.

학교[養賢館]에서도 웅은 가장 우수한 성적을 냈지만 역시 황제에게는 불안일 뿐이었다. 새로운 지식이 늘어갈수록 아들은 점점 그에게서 멀어가는 듯한 느낌이 들었기 때문이었다. 거기다가 이현웅의 모반에 웅이 적지 아니 조력하고 있다는 정보가 들어오자 황제는 깊은 번민과 고뇌에 빠져들게 되었다. 기틀을 바로잡기 위해서는 이현웅과 나란히 끌어내어 베어야 할 것이지만 골육의 정으로는 그렇게 할 수가 없었다.

일이 터지던 날 이현웅이 일을 처리한 방식은, 바로 그와 같은 고민에 빠져 있던 황제가 힘들여 짠 각본을 따른 것이었다. 아들의 면전에서 힘과 논리로 당당히 이현웅을 압도함으로써, 다시 말해 이현웅의 무력함과 그 이론의 그릇됨을 여지없이 드러나게 함으로써, 그에 대한 아들의 환상을 깨어버릴 심산이었다. 우발산으로 하여금 이현웅을 거칠게 다루게 하여 그의 몰골을 한껏 초라하게 만든 것이나, 관련자나 공범을 묻는 대신 황제가 이현웅과 그토록 오랜 논전을 벌인 것은 순전히 융을 의식해서였다. 그날 밤의 모든 진행이 어딘가 미리 준비된 듯했던 것도 바로 그런 이유에서였다.

이현웅의 계산된 양보(혹은 모욕적인 논쟁 거부)로 기나긴 논쟁이 황제의 승리로 돌아가자 황제는 먼저 일그러진 얼굴로 그 광경을 보고 있던 아들에게 득의한 미소를 보냈다. 그러나 뜻밖에도 그 미소를 차갑게 외면한 융(隆)은 그날 밤 기어이 이현웅을 빼내 함께 달아나고 말았다. 중죄인을 놓친 분함이나 아들을 잃어버린 슬픔보다는, 이현웅과의 보이지 않는 싸움에서 져버린 듯한 굴욕감이 황제에게 더 깊은 상처를 안겨준 사건이었다.

그런데 한 가지 여기서 반드시 덧붙여야 할 것은 이현웅의 탈출을 김광국이 도왔다는 풍문의 진상이다. 그 새벽 황제의 창고를 빠져나온 이현웅과 세자 융이 김광국을 만난 것은 사실이었다. 그들이 막 장원을 빠져나가려 할 때 장총을 든 김광국이 앞을 가로막았던 것이다.

"김 형, 돌았소? 정말로 나를 죽게 할 작정이오?"

이현웅이 떨리는 목소리로 김광국에게 물었다.

"반드시 그런 것은 아니오. 다만 한 가지 약속을 받고 싶소."

"무슨 약속이오?"

"당신은 정 장주(鄭莊主)에게 생명을 빚졌소. 평범하게 늙어 죽을 위인은 아닌 것 같아 하는 말이지만, 후일 기회가 오면 반드시 그분에게 빚을 갚도록 하시오."

"김 형에게가 아니고?"

"그렇소. 그분은 이미 알고 계시오. 당신들이 창고를 빠져나가기 전부터."

"……."

잠시 곤혹스러운 침묵이 이현웅과 융을 감쌌다.

"언제 어디서건 기회만 생기면 반드시 갚으시오."

"약속하겠소."

이윽고 이현웅이 무겁게 대답했다. 그 말을 들은 김광국은 다시 융에게로 향해 서며 무언가를 내밀었다.

"이걸 가지고 가라. 네 아버님께서 내리신 것이다."

"뭐, 뭡니까?"

"돈과 금붙이다. 아버님께서는 또 말씀하셨다. 어디를 가든지 몸성히 지내고, 언제든 마음 내키면 망설이지 말고 돌아오라고. 일후 이 장원의 문은 언제나 너를 위해 열려 있을 것이라고."

"……."

"나도 한마디 해야겠다. 확실히 네 아버지에게는 황당무계한 데가 있다. 아주 나쁘게 말하면 미치광이라고 할 만큼. 하지만 세상에 한 가지 결함도 없는 사람은 아무도 없다. 그리고 대부분의 결함은 종종 남에게 해를 끼친다. 시기란 결함을 가진 사람은 그로 인해 남을 헐뜯고, 탐욕이란 결함은 이웃의 재물을 훔치게 한다. 특히 편협한 계급의식이나 권력욕, 명예욕, 증오 따위의 정신적인 결함이 어우러져 어쭙잖은 이념의 탈을 쓰게 되면 세계와 인생에 대한 그 피해는 예측하기 어려울 정도로 크다.

그런 점에서 네 아버님이 가진 정신적 결함은 오히려 우리들 중 누구의 것보다 적다. 누군가 곁에서 적절히 조절해 주기만 하면, 결코 남에게 해는 되지 않을 것이다.

대신 네 아버님께서 타고 나신 바 품격에 이르면 여기 있는 우리 세 사람의 장점을 다 합쳐도 그 발밑에 미치지 못한다. 내가 그분에게 의지해 살기 때문에 하는 말이 아니라, 진정 그분에게는 몇 마디로 쉽게 표현할 수 없는, 어떤 크고 환한 정신의 아름다움이 있다. 만약 하늘이 있다면, 그런 네 아버님의 품격이야말로 그 하늘로부터 부여받았음에 분명하다.

이왕 마음먹고 나선 길이니 떠나되, 어느 정도 세상을 알게 되거든 돌아오도록 해라. 그리고 어떤 의미에서는 너무 크고 높기 때문에 외로운 그분을 도와드리도록 해라. 잘 가거라."

말을 마친 김광국은 깊은 침묵에 빠져 있는 두 사람을 두고 장원으로 돌아갔다. 그런데 누군가 그런 김광국을 먼빛으로 본 사람이 있어, 그가 그 탈출을 도운 것으로 오해한 것임에 틀림이 없다.

자, 그럼 이쯤에서 셋째 권(券三)을 끝맺기로 하거니와, 이왕 이 글이 연의(演義) 투를 빌렸을 바에야 그 대부분을 담고 있는 명대(明代) 장회소설(章回小說)을 제대로 흉내 내보자.

그 뒤의 일이 어떻게 되는지 알고 싶거든[欲知後事如何], 다시 다음 회를 기대하시라[且聽下回分解].

〈2권에서 계속〉

황제를 위하여 1

개정 신판 1쇄 인쇄 2020년 12월 14일
개정 신판 1쇄 발행 2020년 12월 21일

지은이 이문열

발행인 양원석
편집장 최두은 **디자인** 이은혜 **영업마케팅** 양정길 강효경

펴낸 곳 ㈜알에이치코리아
주소 서울시 금천구 가산디지털2로 53, 20층 (가산동, 한라시그마밸리)
편집문의 02-6443-8844 **도서문의** 02-6443-8800
홈페이지 http://rhk.co.kr
등록 2004년 1월 15일 제2-3726호

ISBN 978-89-255-8932-9 04810
      978-89-255-8934-3 04810(세트)